おしゃべりな人見知り

syunkon日記

山本ゆり
Yamamoto Yuri

第3章 毎日がエブリデイ……129

第4章 これはこれでいいんじゃないかというはなし……201

第1章

ごはんができたよ

具なしのインスタントラーメン

ラーメンが好きだ。ラーメン嫌いな人っていないでですよね。絶対いますけどね。

お店のラーメンはいわずもがな、インスタントラーメンも大好きだ。最近のインスタントラーメンの進化はすさまじく、お店で出してもわからんのちゃうか、むしろ出してるとこあるやろと思うぐらい本格的な、まるで生麺みたいなものもある。初めて食べた時は感動したが、やっぱり私が求めているのはペラペラの麺に粉のスープのザ・インスタントラーメンだ。もうこれは「インスタントラーメン」という、いわゆるラーメンとは別ジャンルの独自の食べ物だと思っている。

明星チャルメラ、エースコックのワンタンメン、浪花の中華そば好きやねん、うまかっちゃん、どれもそれぞれに好きだが、特によく買うのは出前一丁とサッポロ一番塩らーめん。時々チキンラーメンが無性に食べたくなるが、チキンラーメンはそんなめちゃめちゃおいしい！とはならない。平均75点。ひと口目のおいしさは85点〜空腹時には95点まで跳ねるが、だんだん飽きてきて最後

のほうは70点を下まわるぐらいで食べ終わり、「しばらくええわ」となる。でもまた**チキンラーメ**
――――ン！と口が全力であの味を欲する時が訪れ、食べると75点。「ああーこんなんやったな。うん。ありがとう。おいしかった。でももうしばらくええわ」と黄色い鳥に告げる。しばらくすると**チキンラーメ――――ン！**となり、食べると75点。「そうそうこんな味やった。ありがとう。おいしかった。しばらくええわ」と黄色い鳥に告げ、またしばらくすると**チキンラーメ――――ン！**となる。75点。「そうそうこんな味やったわ。ありがとう！　しばらくええわ！」と黄色い鳥に告げる。またしばらくすると**チキンラーメ――――ン！**（何回言うねん。もはや一番好きやないか）

子どもの頃、インスタントラーメンは土日の昼ごはんの定番だった。一番記憶にあるのはサッポロ一番塩らーめん。必ず溶き卵が入っていた。たっぷりの切りごまとしょっぱめのスープがからんだフワフワ卵をお箸ですくって食べるのがたまらない（あの切りごま、考えた人天才じゃない？どんだけ合うねん。ほんでどんだけ量多いねん）。ただパッケージ写真の卵は溶き卵ではなくゆで卵なのだ。なぜ毎回我が家は溶き卵なのか、母に聞いてみたことがある。

母「子どもが小さい時はひと袋ふたりで分けるでしょ。溶き卵にしないと卵2個いるでしょ」

なるほど、母の知恵というわけだ。しかししょうゆラーメンの時は毎回落とし卵だった。なぜ毎回落とし卵なのか、母に聞いてみたことがある。

母「ラーメンのスープって全部飲まないでしょ。溶き卵やったら流しちゃってもったいないでしょ」

なるほど、母の知恵というわけだ。それでは聴いてください。山本ゆりで新曲『どないやねん』。

卵以外によく入れていた具はキャベツ、もやし、長ねぎか玉ねぎの薄切り。時々にんじんや白菜。とにかく冷蔵庫にある野菜をたっぷり入れた。生協のボロニアソーセージ的なもんを薄切りにしてチャーシュー代わりに入れることもあったし、豚バラをちょこっと入れることもあった。野菜や肉がない時も、卵だけは入れていた。というか、ラーメンってそういうもんだと思っていた。袋の裏に「お好みで具を入れるともっとおいしくなります」とあるが、入れへん人おるんかいと。

それが結婚して衝撃を受けた。夫が何も入れない人だったのだ。理由を聞くと

「インスタントラーメンやから」

何ひとつ説明になっていないが、生まれてこのかた具が入って出てきたことも、入れたいと思ったこともないらしい。夫にとって、インスタントラーメンは「お父さんが作る休日の朝ごはん」。幼い頃、平日の朝はお母さんが焼く食パンだったが、休日の朝は時々お父さんがインスタントラーメンを作ってくれた。それが具なしだったから、むしろ具を入れる人がいることにびっくりしたらしい。いやパッケージ写真よ。まじで写真はただのイメージやと思ってたんかい。

勝手に上から目線で「可哀想に」と思ったが、野菜がそもそも好きじゃない夫にしたら、嗜好品のラーメンをわざわざまずくする理由がないらしい。「**インスタントラーメンは具なしが一番うまい**」というのが夫の持論だ。

結婚とはお互いの価値観のすり合わせというが、今ではすっかり夫も具がたっぷりのラーメンを食べている。娘たちもラーメンなら野菜をたくさん食べてくれる。インスタントラーメンは我

が家の食生活を支えているのだ。

となるはずが、あろうことか**我が家のインスタントラーメンは具なしになってしまった**。結婚とはお互いの価値観のすり合わせというが、だいたい夫側にこっちが流されるパターンだ。

休日の朝、寝過ごして階段を下りていくと、台所から漂ってくるしょうゆラーメンの匂い。夫が娘たちに具なしの出前一丁を作ってくれている。そこに味つけ海苔と小盛りのご飯を添え、レンゲでラーメンの汁をすくってご飯にかけ、麺をすすってはご飯を食べ、時々、麺までのっけて食べる。なんとも行儀の悪いこの「ラーメンご飯」は幼い頃から娘、特に長女の大好物。「朝ごはん何がいい？」と聞くとまず「ラーメンご飯！」（ヨソで言わんといてな）。一度私がキャベツやもやしを加えて出したらたいそう嫌がられたため、何も入れなくなった。そしてもはや、私までもが具なしのラーメン派になってしまったのだ。**余計なものは入れない**（超熟か）。出前一丁に味つけ海苔、多めのこしょう＋小盛りのご飯。この組み合わせが最高。味つけ海苔をラーメンのスープに浸し、トロリと溶けかけたところをご飯にのっけて巻いて食べ、そのあと麺をすすってスープで流し込む。炭水化物×炭水化物、塩分油分の夢の競演。

酔っ払っていようもんならうまさ3割増し。ベロベロの身体にしみ込む深夜のラーメン。具がどうとか以前に**食べたか食べてへんかの記憶さえ曖昧になり**、翌朝流し台にあるお鍋で記憶をたどる。この適当さ、投げやり感をすべて許してくれる、それがインスタントラーメンだ。

ただサッポロ一番塩らーめんだけは私の聖域。食べるのはたいてい土曜のお昼、夫が仕事の時だ。ふた袋を娘ふたりと3人で分け、必ず溶き卵を入れ、たまにもやしも少し入れる。娘もそれが大好きだ。幼い頃は嫌がった切りごまも今では絶対はずせないらしい。

土曜のお昼、溶き卵入りの塩らーめん。

思い出が共有されているのが、なんとなく嬉しい。

明星チャルメラ

1966年明星食品から発売された袋ラーメン。ホタテの旨みが隠し味。

エースコックのワンタンメン

1963年エースコックから発売。松茸風味がスープの鍵。パッケージのあのこぶたは4代目。1963年「ブタブタコブタ♪おなかがすいた　ブー♪」というCMで一躍おなじみに。(ブランドサイトより)

うまかっちゃん

1979年ハウス食品から発売。最初は九州地方限定で発売された、ご当地麺のパイオニア的存在。豚骨ベースの白濁スープ。近畿地方限定、浪花の中華そば「好きやねん」もあり、鶏ガラとかつおだしがポイント。

出前一丁

1968年に日清食品から発売。しょうゆ味にごまラー油をつけて発売したのが特徴。

サッポロ一番

1966年にサンヨー食品から発売。しょうゆ、みそ、塩の順に発売された。ちなみにこの3商品、パッケージのデザイン、写真の雰囲気、文字の表記もバラバラ、商品名も「サッポロ一番　しょうゆ味」「サッポロ一番みそラーメン」「サッポロ一番塩らーめん」とバラバラなの気づいてました？

チキンラーメン

1958年に発売された世界初のインスタントラーメン。日清食品創業者の安藤百福が、妻が揚げていた天ぷらをヒントに自宅の研究小屋で試行錯誤し生まれた。あの黄色い鳥のキャラクターは1990年代からで、名前は「ひよこちゃん」。まんまか。

チキンラーメンの定番アレンジ

油そば風

麺をゆでたあと湯を別にし、麺を器に盛ってごま油をからめ、卵黄を落として黒こしょう、ラー油をたらす。
(湯は塩、こしょうやねぎ、ごまを足し、スープとして飲んで)

カルボナーラ風

ベーコンを炒めておく。麺を牛乳と水を半々で固めに煮、バターを少量加え、真ん中に卵黄を(全卵でも)落としてベーコンをのせ、粉チーズと黒こしょうをかける。

ラーメン炒飯

麺を砕いてふやける程度の湯で戻し、ご飯、卵、刻みねぎ、好みの具とともに炒め、塩、こしょうで味を調える。

パッケージを開けるのが苦手な件

手先が不器用なうえに大雑把なため、世の中の多くのパッケージがうまく開けられない。ポテトチップスなどの袋類もボフッと上から開けられないため、たいてい**縦にビィ―――ッ**と開けて残念な感じになるし、残った際に輪ゴムで留めにくい。箱類も開け口ではないほうから無理やりむしってズタズタになる。そして「どこからでも開けられます」のマジックカットな。ことごとく裏切られるわ。開く気配すらないこともあれば、ちょっと切れるけど途中で止まる、また途中で止まる…を繰り返して最終数cm間隔で切り目入れたイカみたいな、**豚ロース肉の筋切りみたいなベロベロの状態**になったり。お刺身のパックに入ってるしょうゆなんかは魚の脂でヌラってるから全然開けられへんし、ワサビの袋の小ささいことといったら…。

開けた瞬間飛び散るのが約束されてる品もありますよね。ひと口サイズのゼリーとか、ほんま隙間ゼロのやつ。あのゼリー、持つとこちっさすぎるのに親の仇みたいにバチーン糊づけされてるから、子どもに「開けてー」言われたらもう、**流し台で歯でふた噛んであご突き出してニィ――グギギギギギ**…て手前に引っ張ってくるしかない。しかもあのサイズ1個じゃ絶対すまんからな。ぶどうのあとみかん、みかんのあとりんご、りんごのあと桃…てあごガクガクなるわ！

納豆のタレや餃子のタレ、ラー油…小袋に入った調味料も大の苦手。あれ手につかずに入れられる人おるん？　思いきり開けたらドゥバァ飛び散るし、ほんのちょっとしか開けへんかったらあらぬ方向にピャヒ――――ン曲がってかかる。かといって半分くらいビーッて開けて止まったら、そのくっついてるベロベロの切れ端部分が邪魔になる。マヨネーズやタルタルなんかやと、そのベロベロ部分に入ってたわずかな中身で手がヌラヌラになったり、絞ったらベロベロ部分についてしまって「ワー」てなるし、しょうゆなんかは**ベロベロ経由であらぬ方向に垂れたりする**。かといって完全にガッと切り離そうとしたら最後のグッて引っ張らなあかん部分で中身ドブチュァッてなるからもうどうしようもない。カラシなんかもう袋自体が小さすぎるのに隙間もゼロやから、開けた瞬間ブチュッて出て袋にまとわりついて、絞っても**袋にまとわりついたカラシのもっこり度が増すばかり**やから結局それを**ベーンとなすりつけて食べてる**。袋系の調味料は中身の半分ぐらいしか使えてない自信あるわ。

ソース、ドレッシングの瓶の中栓も苦手で。銀紙ならいいけどリングに指入れて引っ張る系やった場合、最後切り離す**グッ！の部分でパチュッてなる**からヒヤヒヤする。あと関西の人しかわからんかもやけどポールウインナー。今は赤いテープで開けられるようになってるけど（昔は金具の部分噛んでグルグルして引きちぎってた）、あれすぐちぎれません？　もしかしてダミーなんか？って思うぐらい赤い部分だけピッてちぎれて**フィルム全然ついてこーへん**。「断たれた…！」てなる。運よくむけても一部包みに残ったりして最後にムイーンてやらな出てこーへん。スナック菓子やラムネなんかの食べ切りサイズがミシン目で連なってるやつ、かなりの確率でどっちか開いてまうねんけど。開いてしまったほうを食べようと、それを切り離そうとしたらそこでもう1個隣の袋が開いても！て、またその次も…**ぜ〜ん〜か〜い〜**（ＩＫＫＯさん口調で）。

ほんで開けにくさの王様、豆腐。角の「開け口」どんだけ持つスペース小さいねん。なんでそんな指先酷使させるん。容器から1～2㎝はみ出すふたのサイズにしたらあかんの？　豆腐のふたは容器ギリギリでお願いしますとか決まりでもあるん？　また糊づけしっかりしすぎてるから、めくる際になけなしの持ち手が全部ビーッと破れて持つとこゼロ。諦めて包丁刺してビ――ッてやってからめくるも、絶対に角が一部残る。ほんでカポッて取り出したらその一部に引っかかって型崩れ（キィ―――――）。

と、この話をブログに書いたら共感の声を続々頂いた。

『牛乳パックもキレイに開けられません。中途半端に薄くはがれてしまい、そして破れる。その結果注いだ時にコップとは別の場所にもポタポタこぼれる…。なんやねん』

『牛乳パックをパコッと開けるの苦手で、手で剥くようにミーンって無理やり引っ張ってます』

ミーンがもはや正式やと思ってたわ。奥にグッと折って、折り目戻して指1本つっこんでクッと引っ張って隙間作ってミィーン。

『ダントツでイラッとしてしまうのは**レトルト品のパウチ**です…。インスタントカレーとか、パスタソースとか、鍋のスープ入ってるものとか。どんなに気をつけていても飛びます』

『パウチは絶対に反対側の切り込みにはたどり着きません（笑）。切り込みの上か下かに到着します』

右からベーン、左からもベーン。最終バーン(なんでやねん)。

『牡蠣の、水と一緒にパンッパンになってるあの袋の開け方の正解がわかりません。仕方なく包丁刺して開けてるけど、ビチャアなって、最悪顔にかかるっていう』

『ネットで調べたら「水を張ったボールの中で穴開けたらいい」と書かれてましたが、なんか負けた気がして(何に)、いまだに〝ここやな?〟と狙いをつけて包丁刺してぶゅちゃ――――っと…』

あれこそ完全に破裂が約束されているパッケージですよね。「あとのことはいい!! とりあえず鮮度がいいうちに密閉!!」って感じで出荷されてるんですかね。

『**サニーレタスとかによく巻きつけられてる紫色のテープ**。テープに(簡単に切れます)だったか、そういう趣旨のこと書いてあるんですが…切れたためしがないんです』

あれ、私も切れたためしないから迷わず包丁で切ってます。**ジャス！！！**って。ついでにレタスもジャス！！！て切れてまう。

『**ボックスティッシュの上のティッシュ出すとこ**。しょっぱなからいつも心が折れます』

『箱ティッシュのふたのミシン目、開けるの失敗して端っこの方ベリっとなるとすごいテンション下がります』

あーわかります。表面の色塗られてるところだけめくれて、**ざら紙みたいな素材がザァー**残る。ほんで最初の1枚引き抜いたら5枚ぐらい取れてまう。

そして一番多かったのがこれ。

『シャンプー、コンディショナー、柔軟剤の詰め替え用についている、あの小さいくちばしのような切り口を手で開けられたことがありません』

『詰め替え洗剤の「手で切れます」系。あれ、うそやんて毎度思います。うまく切れたためしないです。私の手では切れません』

もう赤べコ。首ブンブンブンブンブンブンブーン(むち打ち)。

『うちの母はなんでも歯で取ろうとする人で、それを見ていたからか私も姉もすぐに歯でイーってやってしまいます。いつか歯取れそう…シャンプー詰め替えとか絶対切れない！ **全裸で歯を剥き出し鬼の形相でひどい有り様**です』

想像してめっちゃ笑いました。でもほんと、結局は最終的に全裸ですよね(最終的に歯ですよねやろ。全裸になんの力があんねん)。

『日本の製品は本当に素晴らしくて、外国のお菓子とか、食べ物ってなんの工夫もなくていつもイライラしませんか〜? 私は日本の技術すごいなーって感心しまくってます』

『アメリカに住んでいるのですが、日本のパッケージの素晴らしさを実感します』

いやもうほんとおっしゃる通り。反省します。もう便利が当たり前になりすぎて麻痺している。ここまで開発するのにどれだけの苦労があったかわかってんのかと。ただダラダラと家で恩恵を受けてるだけのくせに、文句を言うなら市販品を買いなさんな。

それに、すべてのものが完璧に開けやすく、使いやすくなったら、それはそれでさみしい。この文句を共有するのもまた楽しいのだ。安全でおいしく、そして手軽に食べられる食品がどれだけありがたいか感謝しつつ、これからも小姑のように小言を楽しもうと思う。

ちなみに好きなパッケージ

①ミシン目べべべべべべべ
②お菓子の缶の周りの透明テープをぐるりと一周ミィ――――ン
③お菓子のフィルム1周ピ――

マジックカット

1987年に旭化成ポリフレックス(現・旭化成パックス)が特許を取得した開封加工技術および商品名。袋の端に無数に小さな傷をつけることにより、加工部分どこからでも指を使って切ることができる。(とか誕生秘話を色々読むとさっき文句言ったの謝りたくなりますね)あの口を開けた蝶ネクタイのキャラクターの名前とかは別にないようです。勝手にパックンって呼んでる。

納豆のタレ

最近の納豆のタレはこうなってます。

ミツカン「金のつぶ」の「パキッとたれ」

ふたにタレが内臓され、パキッと折るだけで手を汚さず入れられる。天才か。

ミツカン
「なっとういち」の「押すだけプシュッと」

タレ、カラシの袋を切らずに押すだけで中身が出てくるため手が汚れない。天才か。

ポールウインナー

1934年伊藤ハムから発売。羊腸ではなくセロハンで包んだ画期的なウインナーソーセージ。年間1億本も製造しているが、93%が関西で売られているとか。

魚肉ソーセージの簡単な開け方

爪楊枝を金具の下に刺してピーッとやると開くそうです。ネットでいっぱい出てきました。

IKKO(イッコー)さん

タレント、ヘアメイクアーティスト、ビューティーディレクター、書家。本名は豊田一幸。イッコーは本名の音読みに由来している。「どんだけ〜」は2007年の新語・流行語大賞にノミネートされたが、もとは新宿二丁目で流行っていた俗語らしい。

伊東家の食卓

日本テレビ系列のバラエティ番組。もとはトーク番組だったが1998年にリニューアルし、裏ワザや大発見を紹介する番組に。ハンバーグ作ったあとのヌルヌルの手、砂糖ちょっとのせてこすりあわせて石鹸で洗い流す裏ワザと、タオル頭にかぶった上からドライヤーかけたら早く乾くっていう裏ワザ、チューブものを膨らませてブンブン振って最後まで使い切る裏ワザ、いまだにやるわ。

こんな便利な商品あります

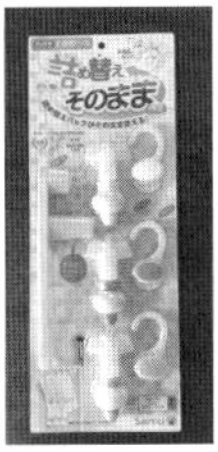

シャンプー、リンスなど詰め替え用を詰め替えずそのまま使えるグッズ。サイン会の時に「これで人生が変わりました」と頂きました。

ボックスティッシュの1枚目をうまく取る裏ワザ

1枚目を取る前に、指でギューッと中に押し込んでから取る。テレビでティッシュ業界の方が言っていたそうです。

たけのことかいう食材

世界には数えきれないほどの食べ物があるが、果たしてなぜこれを食材と認定したのだろう、と疑問を持つものも多い。
根菜の中でも大根やにんじん、じゃがいもはわかるのだ。フォルムや色からも食べられそうな雰囲気は醸し出されてるし、生でかじっても若干の甘味や水分もある。

それに比べてごぼうよ。

完全にただの木の根っこやん。こんなに太くて固い根を誰がなぜ食べようと思ったのか。この土臭い繊維の塊をダイレクトに口にして「**いける**」ってなった人どんな味覚してるん。よっぽど空腹だったか、食材に困っていたか、何か事情があったとしか思われへんねんけど、それがあんなにおいしい料理に生まれ変わり、なんならハレの日の食材としてお節料理に入るなんて先見の明がすごすぎる。

調べると、ごぼうは平安時代に海外から薬用として輸入されてきたらしく、ごぼうを食べる文化は韓国と日本くらいしかないそうだ。韓国でもそこまでごぼう料理はなく、日本のみがごぼうを愛でていると。太平洋戦争後の軍事裁判で当時のオーストラリア人捕虜から「木の根を食べさせられる虐待を受けた」との訴えさえあったらしい。虐待と思われる食材って切なすぎません？

あとは誰もが一度は疑問に思うであろう納豆。どう考えても食材としてアウトな要素しか揃ってない。「豆が糸をひいている、におう、明らかに腐っている…」「**いける**」ってなった人どんな感覚しとんねん。**ごぼうの人と同一人物ちゃうん。**

納豆の発祥については諸説があり、いまだ謎が多いそうだ。よく言われているのが、兵士が馬の食料として豆を俵に詰めて運んでいたら腐っていた、それを食べてみたらおいしかったというもの。細かい話の違いはあれど、どの話を読んでも偶然藁に包んでいた豆が腐っていた、それを食べたらおいしかったの流れである。腐っていたまではわかるが、おいしかったのはほんまかいと思わずにはいられない。おいしくなかったけどそれしか食料がなく、**死ぬか生きるかの瀬戸際で泣く泣く食べていたらだんだん癖になってきちゃったよ俺、**のほうがまだわかるわ。だししょうゆが横に置いてあったならわかるけど、味つけなしの納豆のファーストインプレッションに「うま！」はないやろ。しかしどこかの誰かが食材認定してくれたおかげで、こうして私が週3で食べるほど大好きな食べ物になったわけで、本当に感謝である。

そしてもうひとつ、今回メインで話したいのがたけのこだ。

春の味覚、たけのこ。お好きでしょうか。先日、たくさん頂いたのだ。「とにかくおいしくて、糠（ぬか）さえ入れなくても大丈夫なぐらい新鮮でエグみがない」とのこと。

たけのこは「掘る前に湯を沸かせ」と言われるぐらい鮮度が重要で、とにかく早くゆでないとどんどんエグみが出てくる、という噂は聞いていた。じゃあ、どれぐらいエグいかお手並み拝見といこうじゃないか…フォッフォッフォッ……というのは失礼にも程があるんで、姉にゆで方を聞いてすぐにゆで始めた。ご存知の方も多いだろうが一応書いておきますね。ちなみに所要時間は冷ます時間を含めると約8時間なので、「今日はたけのこご飯にしよう☆」と夕方4時にスーパーで買って来たとしたら深夜2時頃「いただきます」という形になります。

［**ゆで方**］

①洗って先を切り落とす。

たけのこはよく洗い、皮を2～3枚むき、先のほうを斜めに切り落とす（先はアクが多いので。切ることで火の通りもよくなる）。大きければ底の部分も1～2㎝切り落とす。

これはめちゃくちゃでっかいたけのこですけど、小さければ皮はむかなくても大丈夫。皮ごとゆでる理由は風味を逃さないためやけど、お鍋に入らない時は全部むいてください。風味はちょっと劣るかもしれんけど、入らないいんで。むいてもまだ入らない時は切ってもいいです（どんどん許容範囲広がってく）。ちなみに姉は底の赤いブツブツも包丁でそぐように落とすそうで、理由は「**なんか嫌やから。なんか嫌じゃない？**」だそうです。

②切り込みを入れる。

火が通りやすくアクが抜けやすいよう、縦にも切り込みを入れます。

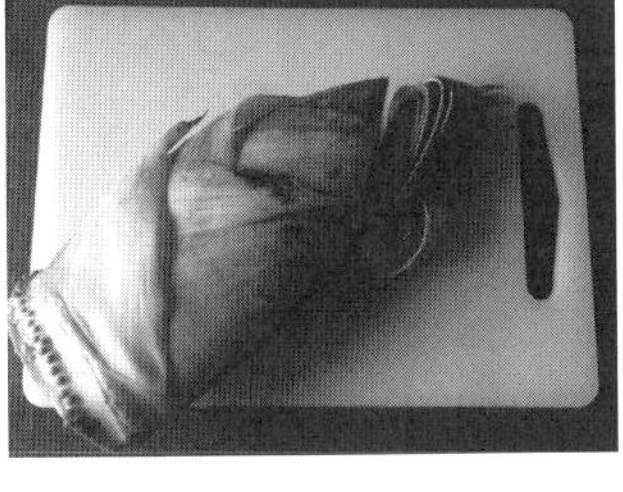

なんか…なんかこのフォルムごめんなさいね（なんで謝ってん。心が汚れてるやろ）。

この切り込みを手でちょっとグッと開くと、より火の通りがよくなります。さっきからそんなに火の通り気にするんやったら細かく切ってゆでたら？って言いたくなるけど、**風味を逃さないギリギリラインを攻めたい**んでしょうね。

③ゆでる。

家じゅうで一番大きなお鍋を用意し（ぐりとぐらか）、たけのこを入れ、水と、糠をひとつかみほど入れます。今回はお米のとぎ汁でゆでました。糠のほうがアクが抜けやすいそうですが、なければとぎ汁でも大丈夫です。このへんは「たけのこ 裏技」とかで検索したらいいのん出てくると思います。

※ついでにご飯を炊こうとお米をといだら、いつもの癖で普通にザ

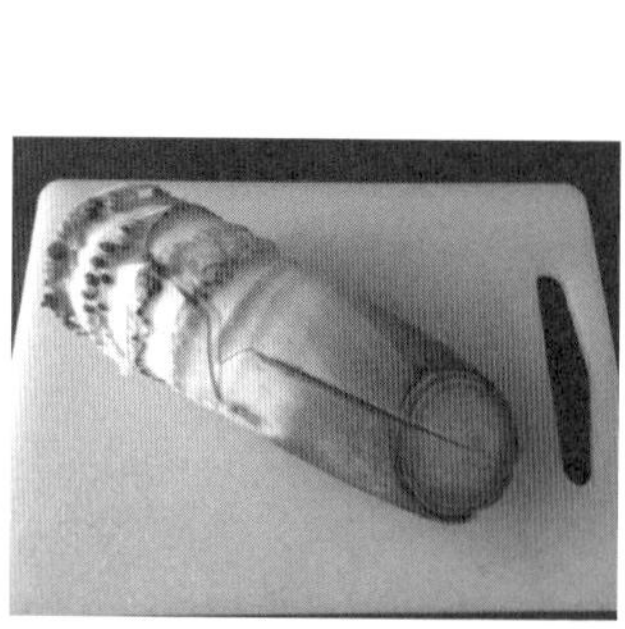

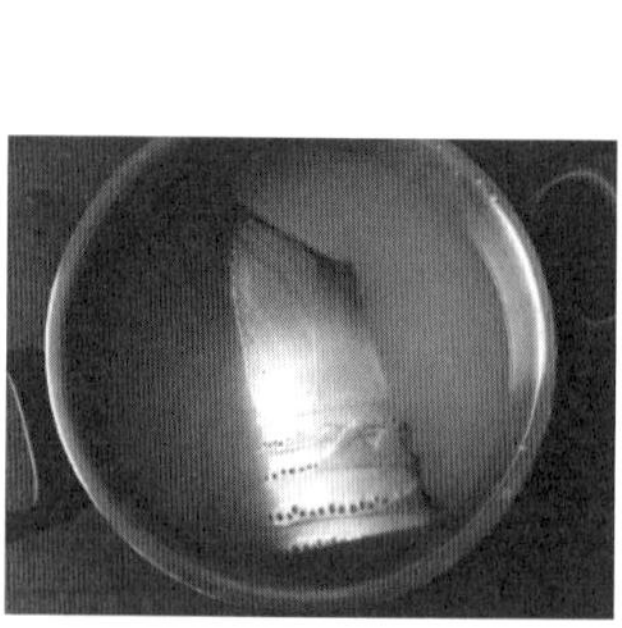

ルにあけて研ぎ汁全部流してしまい、「ハッ……!」となりました。気をつけて。

落としぶたをし(私はアルミホイルで代用)、火にかけます。エグみをとるために鷹の爪を入れる場合もありますが、今回は入れてません。**エグみなどない!**(何その精神論での解決法)

沸騰したらブワァ吹きこぼれるんで(特に糠を入れてたらコンロの掃除が大変)、沸騰したら火を弱め、弱~中火で、絶えずボコボコさせつつ、お湯を足しながら1時間ほど煮ます。

④冷ます。

竹串がすっと通る固さになったら火を止め、ゆで汁に浸けた状態でひと晩、完全に冷まします。ここですぐに取り出したり、水をかけて冷ましたりするとエグみが抜けないので注意。ここまでしないとエグみが残るなんて**もう食材じゃないやろ**。

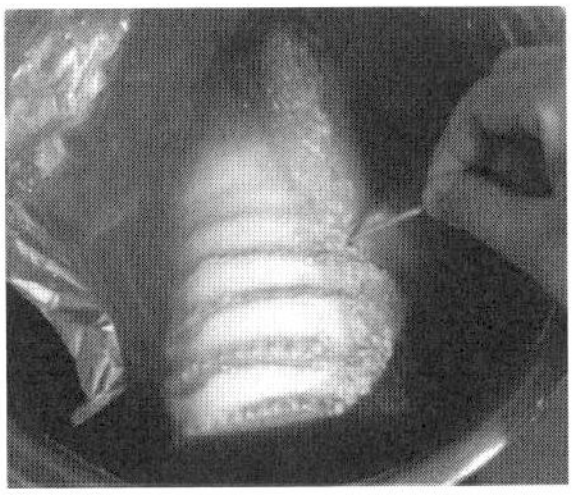

⑤皮をむく。

完全に冷めたら切り込みから皮をベロンとむきます。これ、ちょっと気持ちいいです。ただ「えっと…どこまでが皮?」というぐらい、むいてもむいても皮で(思わず「たけのこ　皮　どこまで」で検索かけてしまったわ)、このままむき続けたら最終的になくなってしまうんではと心配になりますが、むけるまでむいてOKだそうです。いつか必ず終わりがくる。

べろん…

べろんべろん…………終わりがきたよ。

むいた内側の皮(姫皮。亜弓)も食べられるからご安心を!　汁の実にしてもいいし、ごま油やしょうゆで和えるのもおいしい。

以上でアク抜きは終了である。すぐに使わない時は保存容器（タッパーなど）に入れて水を張り、冷蔵庫へ。毎日水を取りかえると４〜５日は持つそうだ。これから土佐煮や炒め物、たけのこご飯など、色々な料理に使う形だ。

そう、**これはまだ「下ごしらえ」であることを忘れてはならない……**。いやいや、こんだけ手をかけたらそのへんの植物全部食せるやろ。松ぼっくりでも食べられそう。

などとベラベラ文句を言ったが、やはり旬のたけのこはおいしい。小気味いいザクザクとした食感、水煮とは全然違う、鼻に抜ける上品な香り。まさに春の味だ。これだけ手をかけたという達成感も相まってより大切に味わいたくなる。手抜き、時短では味わえないおいしさがここにはある。どこの変わり者が最初に食べたか知らないが、どうもありがとうございます‼と言いたい。

姫川亜弓

美内すずえによる日本の少女漫画『ガラスの仮面』のキャラクター。主人公北島マヤのライバル。天才少女と呼ばれて努力のマヤと比較されたが、巻を重ねるにつれ実は天才はマヤで亜弓こそ努力の人やろと私は思います。

はみだしレシピ

たけのこのオススメレシピ
やみつき炒め

2人分で、たけのこ(ゆでたもの。水煮でも)150gを薄切りにし、にんにくのみじん切り1かけ分とともにごま油で炒める。顆粒鶏ガラスープの素小さじ1/2、めんつゆ(濃縮2倍)小さじ2、塩、こしょうで味つけし、あれば粗びき黒こしょうを。
☆エリンギでもおいしいです！

夏の王将

夏は王将。プールのあとはさらなり。

私の中で、夏と言えば王将、王将と言えば夏だ。豚肉1日7000kg、卵1日5万個…食は万里を超える…でおなじみの餃子の王将。京都王将のほう。春も秋も冬もそれぞれ違った風情があれども(王将を嵐山のように言うな)、やっぱり餃子、ビールといえば夏が一番似合う。

太陽が燦燦と降り注ぐ、38度のとろけそうな日。身体に張りつくTシャツ、額を流れる汗をぬぐって重いガラス戸を押すと、そこは油でベタベタの床が広がる夢の世界。ほてった身体を瞬時に冷やすガンガンのクーラー。サンダルを脱いだ足に冷えた畳が心地良い。結露でビショビショのセルフサービスの水をグラスに注ぎ、一気に飲み干し…たいところをグッとこらえてビールを待つ。乾ききった喉に最初に注ぐ水分はビールであってほしい。ビニールでペカペカ反射するメニューを開き、あれやこれやじっくり悩むも、結局頼むのはもちろんそう。

チャー玉丼だ（餃子ちゃうんかい。なんやねんチャー玉丼て）。

チャー玉丼とは、白いご飯の上に刻んだチャーシュー入りのふわとろオムレツがのり、甘辛いタレがかかったものだ。店舗によってあったりなかったりするが、これが絶品で。卵がとろっとろ。ところどころに散りばめられたゴロゴロチャーシュー、かかってるかかかってないかわからんくらいのタレの量、味の濃さ、すべてが絶妙なのだ。何度も家での再現を試みているが全然成功しない。あったら食べてみてほしい。これは次女のナミと私の好物で、長女のアミは炒飯一択だ。

そしてお待たせしました看板メニュー、餃子です。「餃子の王将」というからには絶対はずせない、これを食べずして王将を語るな（とか言う人面倒くさいわ。揚げそばでも語れるわ）。

カリッと香ばしく焼けた皮にジューシーな餡がたっぷり。皮が薄いから軽くていくらでも食べられる。にんにくのにおいがなんぼのもん、平日の夜でもガシガシ食べて出勤したい（嫌われるわ）。こんなにおいしいのに1人前6個で税抜き220円なんて、もう手作りする意味を見失うわ。

その看板餃子は2人前、もしくは3人前注文。この3品が鉄板で、あとはその時の気分でラーメン、酢豚や麻婆豆腐、チューリップやえびの天ぷらなどちょこちょこ頼んでみんなで分け合う。夫はなんだかんだで王将のラーメンが結局一番好きらしい(好きな理由は「**なんのこだわりも感じられへんところ**」。王将の社長にぶっとばされろ)。私は味噌ラーメンも好きだ。王将にきて健康を気にするのも野暮やけど、ニラともやしとひき肉がたっぷり入って野菜がいっぱい摂れるのが嬉しい。あとたまに食べたくなる天津飯。幼い頃、どこかのお店でオムライスと勘違いして注文し、中身が白ご飯でがっかりした思い出がある。それ以来長きにわたり好きになれなかった。「ああ、今日もどこかで誰かがオムライスと騙されてガッカリしてるんやろな」と、注文した人の耳元で「**中身白ご飯やで…**」と呟いてあげたいと思ってたぐらいやけど(うっとうしすぎるわ)、営業時代、頻繁に王将にいくようになり、どんどん好きになった。おいしい。これはおいしい。たまに炒飯が入った天津炒飯なるものもあるが、むしろあの濃い餡には白ご飯がベスト、炒飯はもったいない。

ちなみにあのふわとろ卵、秘訣は王将でのバイト経験がある知り合いいわく「油」「大量の油」「とにかく油」とのこと。「**もう油を食べてると思っていい**」とまで言われた。言い過ぎやろ！　と思ったけど、もうひとり別の王将バイト歴のある上司も「油のかたまり」と言ってたからそうなのだろう。それを聞いても全然気にならんけどな。むしろ「油食べに行こ」ぐらい思ってるわ。

そして王将で個人的に嬉しいのがレモン酎ハイがおいしいところだ。レモン酎ハイは意外と当たりはずれが多い。甘すぎるシロップのものなら、いっそサイゼリヤみたいにストロングゼロを缶のまま出してくれたほうが嬉しいが、王将はちょうどいい塩梅の酎ハイなのだ。家から結構な距離があるのに暑い中わざわざ出向いてしまうのは、おいしいのはもちろん、気兼ねなくお酒が飲めるからだ。子連れでも行きやすい。近所のお店は座敷に子ども用の椅子も食器もあり、フライドポテトやからあげ、枝豆がある。お子様セットがあるお店も多い。金髪にすっぴんのお母さん、タンクトップに焼けた肌のお父さん、茶髪の子ども…若干ヤンチャな雰囲気の家族がいる確率が割と高いのもありがたい。これが落ち着いたカフェやレストランなら気が気でない。ちょっと我が子が騒いだり立ち歩こうもんなら、焦って味もわからないまま「もう出ますすみません…！」となるし、そもそも昼間から小さな子連れで飲むなんて周りの目を気にしてしまう。でも王将は、こんなダメ母の私のことなど誰も気にしない。車で来てないかどうかだけだ。人目を気にせず、足をくずして罪悪感なくくつろげるオアシス、それが私にとっての王将だ。

注文をいつものお兄さんに告げ、でき上がるのを待つ間に、プラッチックの小皿に餃子のタレを注ぎラー油をたらす。リュックから紙と色鉛筆、シールブックを出して娘ふたりに渡し、遊ばせる。何度通おうが「いつもありがとうございます」などないし、笑顔もないし、世間話もいっさいしてこないのがまたいい。冷えた瓶ビールとグラスが届き、娘たちが我先にと取り合って注いでくれる。みんなで乾杯し、熱々の餃子をハフハフと頬張る。最近ハーフサイズの炒飯では足りなくなったアミ。焼けた手足の長さにハッとする。子ども用の椅子がいらなくなったナミ。いつからひとりで食べられるようになったのだろう。

お会計が終わり重いガラス戸を引くと、しばし忘れていた灼熱の世界。ベランダでプールがしたいという2人に、涼しい部屋での昼寝を提案し、案の定ブーイングを受ける。夫の適当な鼻歌に続くアミ、ナミ。ふと、なんとなく、死ぬ間際に思い出すのはこういう日のことなんじゃないかと思ったりする。ほろ酔いで両手をつなぎ、並んで歩く短い影を見る。

餃子の王将

1967年創業、「王将フードサービス」が経営する中華料理チェーン店。大阪王将と区別するため京都王将と呼ばれることもある。大阪王将は餃子の王将の親族がのれん分けして1969年に創業されたが、業務上の関係はいっさいない。私はどっちも好きです。

チャー玉丼。これもたぶん油。今は「とろ玉チャーシュー丼」に改名されたそうです。

サイゼリヤ

イタリアンのファミリーレストランチェーン。低価格でおいしいイタリア料理が食べられる。子ども用メニューのまちがいさがしの難しさは異常。本も出ている。

ストロングゼロ

私が愛してやまないサントリーの缶チューハイ。アルコール度数9%と高めなため摂取量には注意が必要。サイゼリヤのレモン酎ハイはこれ。

プラッチック

大阪のおばちゃん、おっちゃんのいうプラスチック。他、センタッキ(洗濯機)、まったけ(松茸)などあり。

はみだしレシピ

夏にオススメ！
プチトマトのベーコンサラダ

①玉ねぎ1/8個をできるだけ細かいみじん切りにして水にさらす。②ベーコン1枚は粗みじんに切り、少量のサラダ油、おろしにんにく(チューブ)少々で炒め、[ポン酢、オリーブオイル各大さじ1、砂糖小さじ1、塩少々]に混ぜる。③水気をとった①と、へたをとって半分に切ったプチトマト1パックを②に加えて和える。好みで黒こしょう、ドライパセリを！
☆赤と黄色、2色のトマトを使うとキレイ。

ミックスベジタブルへの思い

コーン、にんじん、グリーンピース。体にいいのか悪いのかわからない、なんともいえない甘い冷凍野菜。ミックスベジタブルは幼い頃、我が家の冷凍庫の常連だった。焼き飯やオムライスのみならずお好み焼きの具にさえなっていて、もうミックスベジタブルのない生活なんて考えられない、**いつもそばにいるよねアイツ**というポジションを確立していた。アイツっていうか、アイツら。そして誰の家にも常備していると信じて疑わなかった。

しかし小学校に入り、アイツらを嫌いな友達が多いと気づいて衝撃を受けた。みんなとりわけグリーンピースが嫌いらしい。確かに大きめのシューマイなんかにのってるガチのグリーンピースは、皮も若干口に残るしプンと豆の香りがして、中身が舌にざらつき「**ザ・豆！**」「**私が豆だ**」「**豆だ**」「**私がね**」って感じなので、嫌いな人がいるのもわからなくはない。でもミックスベジタブルのグリーンピースはいけるやろと。皮という皮もなく舌でつぶれるようなやわらかさ。味も青臭さという か豆感はなく、甘さしかなく、もはやコーンやないかと。ていうかその3種類ほぼ同じ味や思てたんで（馬鹿舌か）、全部コーンぐらいの気持ちでいたんですよね。

好き嫌いうんぬんよりびっくりしたのが、そもそも家にないというもの。中には「食べたことない」という人までいて、カルチャーショックを受けた。え、うそやろ…？　どういうこと？　どんな生活してたらミックスベジタブルを避けて通れるん？

と言いつつも、考えてみれば我が家の食事以外でミックスベジタブルが入ってる料理をほぼ見たことがない。どんな生活してても容易に避けて通れる。我が家でさえ決まった料理にしか使わないし、なくても全然生活はまわる。なのに当時は、冷凍庫にアイツらがいないと「やばいミックスベジタブル切らしてる！（アセアセ）」と、卵がない！ぐらいのなくてはならない存在として崇めていた。なんなら次の生協で届くまで待てず、遠いスーパーにわざわざ買いに行ったりもしてたわ。そんないらんやろ**ミックスベジ**（先日実家に帰ると母がミックスベジタブルをこう呼んでいた。いや20年以上フルネームで呼んでたのになんで今さら若干略したん。タブルぐらい言えよ）。

母は昔、どういうつもりでミックスベジを買っていたのだろう。誰の好物でもなければ、姉も私も野菜が苦手だったわけでもないし、買い物に行けない立地でもない。そもそもどういうつもりで出した商品なのだろう。玉ねぎとピーマンとにんじんならまだわかるけど、にんじんとグリーンピースとコーンがちょうど欲しかった！ってことあんまりなくない？　ピラフぐらいしかなくない？　ピラフのために作られた商品なん？

色々気になり「ミックスベジタブル」で検索してみたら、まったく栄養がないとか、いや実は新鮮な野菜と同じぐらい栄養があるとか、ミックスベジタブルによるのだと思うが色々な情報が飛び出した。どういうつもりで作られた商品かは謎のままだったが、なんとなく全体的に、あまりいいイメージはないらしい。というか、酷評がすごい。2ちゃんねるにスレッドまで立ってる。

「ミックスベジタブルって好きな奴いるの？　全員嫌いだろうし存在消えていいよこいつ」

ええ――怖すぎるやろ。ミックスベジタブルに親でも殺されたんかい。

「こいつがいるだけでその料理が安っぽくなる」「どの料理に使ったらこいつら輝けるの」「こんなの食うの鳩ぐらい」「ミクべだけ丁寧に選り分けて残した」という厳しすぎる意見と（ミクべて。ホケミか）「小さい頃からめちゃくちゃ好き」「懐かしい」「何にでも足せておいしくてお手軽に野菜が食べられる」というファンの方とのせめぎ合い。アンチが多いってことは逆に人気者なんじゃないかしら。

しかし我が家でもいつ頃からか、ミックスベジタブルは存在を消した。まずはお好み焼きの具から消え、オムライス、焼き飯からも消え、冷凍庫から完全にいなくなった。アイツら、ほんまにこの3つの料理にしか使われてなかったわ。生協の人も「山本さんミックスベジタブルの注文頻度ガタ落ちしたけど大丈夫？　生きてる？」って心配したんちゃうかな。

結婚後も常備することはなく、もはやミックスベジタブルの存在を忘れかけていたが、実はこの10年の間に2回だけ買う機会があったのだ。

1回目は、上の子を妊娠していた時。つわりでほぼ何も食べられず、1日に昆布おにぎり1個食べるか否かで過ごしていたのだが、突然「ミックスベジタブルの入った焼き飯が食べたい！」という衝動に駆られた。中華料理屋にある王道の焼き飯は全然食べたくないけど、あの幼い頃の実家の焼き飯が食べたい。プチプチと甘いコーンやにんじんがコロコロ入ったあの焼き飯が食べたい。つわりの時期って何かを食べたいと思うこと自体が稀なので、すぐに買いに行き、作って食べた。何を食べてもダメだったのに、これだけは不思議と食べられた。懐かしい。この味だ。

2回目は、これも不思議なもんで、下の子を妊娠していた時だ。上の子以上につわりがひどくて水も飲めず、2取り入れて3吐くみたいな点滴生活だったが、少し回復してきた時に突然「ミックスベジタブルとちくわの入ったお好み焼きが食べたい！」という衝動に駆られ、フラフラの状態でスーパーに行き、キャベツとちくわとミックスベジタブルとお好み焼きソースとお好み焼き粉を買った（ここまで材料揃ってない状況でよう作ろう思たな）。そして1枚分だけ生地を作り、焼いて食べた。懐かしい。おいしい。まさか人生でもう一度このお好み焼きを食べる日がくるなんて思わなかった。当時インスタをやっていたらアップしてたわ。#今日のごはん　#お好み焼き　#おひとりさま　#懐かしい味　#小学生の頃　#よく食べた　#当時のみんな　#元気かな　#また連絡してみようかな　**#ミックスベジタブルとちくわのお好み焼き好きの人とつながりたい**（おらんわ。何このハッシュタグで語る人）。

その日以来一度も作っていないし、食べたいとも思わない。が、幼い頃の味というのは体のどこかにインプットされているものなのかと神秘を感じた出来事だ。

毒々しいほど色鮮やかな3色。不自然に四角いにんじん。少しブヨッとした水っぽい食感。ミックスベジタブルの良さはこのチープさにこそあると私は思う。どんなに高級な牛肉でハンバーグを作っても、横にミックスベジタブルさえ添えれば突然ラフなTシャツで缶ビール片手にバクバク食べられそうな安っぽさを感じられる。ある種のがっかり感。あるいは懐かしさ。昔ながらの、あまりやる気の感じられない喫茶店。少し料理の苦手なお母さんのごはん。心がバサついてる時には、そういう適当なものをガシガシと食べたかったりするんです。

なんぼでも改善の余地はあるだろうし、もっと自然の味に近い、栄養価の高い冷凍野菜はこれからもどんどん増えるだろう。でもミックスベジタブルは、ずっと変わらず、この色、この味、このクオリティでいてほしいと願う。

はみだしレシピ

**おふくろの味
我が家の焼きめし**

ポールウインナーを輪切りにして卵とともに炒め、凍ったままのミックスベジタブルを入れ、油がバチバチにはねるところを顔をしかめて乗り切る。ご飯を投入してほぐしながら炒め、塩としょうゆで味を調える。終わり。なすとピーマンを入れるとなおおいしい。いつ頃からかミックスベジタブルの代わりにねぎが加わり、ポールウインナーの代わりに豚バラ肉になった。さよならおふくろの味。

**おつまみに！
バターペッパーミックスベジ**

① 2人分でフライパンにバターかマーガリン10gを入れて熱し、斜め薄切りのウインナー2本を炒め、ミックスベジタブルを凍ったまま100gほど(適当に食べたいだけ)入れる。
②軽く焦げめがつくまで炒め、塩、こしょうを多めにふって味を調え、仕上げに粗びき黒こしょうをふる。

ピカタの呪い

ここに鶏むね肉が1枚ある。何を作ろうか。スティック状に切って片栗粉をまぶし、こんがり焼く料理は、甘辛、味噌、ピリ辛、塩など色んな味つけパターンで作ったことがあるし、から揚げや天ぷらはこの時期暑い。ゆでて割くか…レンジか……どれもすでにやりつくしている気がする。揚げないチキン南蛮も今さらだ。最近は片栗粉でカリッと仕上げるチキン南蛮をよく作っているが、そういえば昔は溶き卵のみをまとわせていた。衣というには心もとないやわらかさだが、優しくしっとりした衣に甘酢タレが染みるのがまたおいしく、ご飯との相性も抜群だ。卵の衣で、揚げずに何かできないだろうか。1枚肉だと卵があまるから、そぎ切りにして、卵にも味をつけて……

ってこれ**ピカタやないか！**　昔からあるピカタっていう料理やないか！

「ゴーヤのレシピを教えてください」…夏によく頂くコメントだ。我が家は私しかゴーヤを好まないので、なかなか買うことがなく、レパートリーもあまりない。卵や豚肉と炒め、かつお節をどっさり加えた定番のチャンプルーか、薄切りにして塩でもみ、サッとゆでてポン酢、かつお節で和えるか（オリーブ油やごま油を足すとまたおいしい）。ツナとマヨネーズ、めんつゆで和えたサラダも好きだ。だが今回、思い切り違う料理にしてみたい。から揚げはどうか。しょうゆとごま油で下味をつけ片栗粉をまぶし…いや、これもよくあるねんな結局。ゴーヤは苦みが強いし、子ども受けするにはやっぱり卵と合わせるべきか。ほなゴーヤを卵にくぐらせて焼いてみたらいいんちゃうん……ってこれ**ピカタやないか！　ゴーヤのピカタやないか‼**

しょうが焼き用のお肉が安い！　これで新作を1品考えたい。野菜やチーズを巻くのはちょっと面倒だし、「巻く」系の料理はボリュームに反して結構お肉が必要になる。広げて衣をまぶして揚げる…にはお肉が薄すぎてパサつくしカロリーも無駄に高くなってしまう。溶き卵で包む〝とんぺい〟もすでに紹介してしまった。あ、でもとんぺいのアレンジもありかもしれん。味つけを変えるとか。あえてソースなしにして、包むんじゃなく卵側にチーズを混ぜ…**ピカタやないか！！！**豚肉に卵に粉チーズって完全なる基本のピカタ、**ピカタのピやないか！**

気を取り直して魚料理。鮭の切り身を溶き卵に…

「**私だ（byピカタ）**」

うわあああああああああああああああああ。

っていう、世にも奇妙な物語みたいなことたまにあるんですよね。

ピカタ

イタリア料理。肉や魚の薄切りに小麦粉、溶き卵をつけて焼いたもの。イタリア語の「槍のひと突き」という意味「piccata（ピッカータ）」が語源で、槍（フォーク）で突き刺してひっくり返せるような薄い肉を使うことから名づけられたらしい。卵関係あらへんがな。

世にも奇妙な物語

フジテレビ系列で1990年 から放送されているオムニバス形式のドラマ。タモリさんがストーリーテラーで、ごく普通の人間がある日突然不思議な世界に迷い込む話を色々紹介する。こういう最後にゾッとする系の話って何年経っても怖いんですよね。『笑ウせぇるすまん』とか『Y氏の隣人』とか。

ミスタードーナツのはなし

ちよりん　さきちゃんと話しててんけど、ゆり、好きなミスドは？

山本　好きなミスド？　どこの店舗かって話？

ちよりん　なんでやねん。最近リニューアルしたから茨木のミスド…とか誰が知りたいねん。

さきちゃん　マイカルのミスドはちょっと内装変わったよなーとか。

山本　（笑）好きなドーナツな！　これ迷うよなあ。

ちよりん　いま職場でどのドーナツが一番好きか統計とってんねんけど。

さきちゃん&山本　ミスドの人か。

山本　ミスドで働いてたっけ。

ちよりん　いや私すぐ統計とるから…（照）

山本　私シュガーレイズドやわ。

さきちゃん&ちよりん　何それ!!

山本 あのハニーディップの、テカテカがついてないやつ。周りに粉砂糖ついてるやつ。
ちよりん それ挙げた人初めてやわ。
山本 え、でも昔からあるやん！ それかエンゼルフレンチ。か、エンゼルクリーム。
ちよりん だいたい分かれるねんな。ポンデリング派か、オールドファッション派か、エンゼルフレンチとかそっち系か…でもさきちゃんが好きなのだけは聞いたことない。
山本 えー何？ 当てていい？……ハニーディップ系？
さきちゃん 違う。
ちよりん ほんま難しいで。ビワ並に難しい。（※さきちゃんの好きな果物はビワ）
山本 フレンチクルーラー？
ちよりん それはまだわかるやん。もっとマイナーな…。
山本 チュロス。
ちよりん それはまだおるやん。もっとほら、昔からおるけど絶対にゆりがトレーに入れたことのないドーナツ。一度もトングではさんでないドーナツ。
山本 チュロス。
ちよりん チュロスは、だからわかるやん！（笑）

山本　あの、周りに黄色い粒ついてるやつ。
ちよりん　ゴールデンチョコレートやろ？　違うねん。それは人気。
さきちゃん　ちよりん詳しすぎるやろ。
さきちゃん　うちが好きなドーナツは、他とちょっと食感が違うねん。食感が好き。
山本　食感が違う…え、もしかしてアレ？　期間限定かもしれんけど、フレンチクルーラーみたいな形してるけど、それが一段で、固いやつ。
ちよ　シューショコラやろ？　違うねん。
山本&さきちゃん　ミスドの人か！
山本　ほんまにわからん。まさか…ディーポップとか…。
さきちゃん　それはせこい。
ちよりん　それはせこい。
山本　それはせこいよな。
ちよりん　最大のヒント。味がそのまま名前。
山本　チョコレート。
ちよりん　違う！　チョコじゃない。

山本　ダブルチョコレート。
ちよりん　違うって。チョコレート違う言うてんのに。
山本　抹茶？
さきちゃん　抹茶じゃない。
山本　まさか…………いちご系？
さきちゃん　違う。
ちよりん　もうそろそろ言うていいかな。
山本　待って!!　お願いあと3個だけ！
ちよりん　多いわ！
山本　……！わかった!!
ちよりん　どうぞ。
山本　フランクパイ！
ちよりん　パイなんて眼中にすらなかった。
山本　うそやん!!　私むしろ一番好きやったわ。え、おかず系？
ちよりん　違う！

山本　穴はあいてる？

ちよりん　あ、いい質問。いい質問やね。

さきちゃん　いや穴はドーナツの概念としてあいてるやろ！

ちよりん&山本　概念としてあいてる！（笑）

山本　いやあいてないドーナツなんぼでもあるわ。

ちよりん　概念としてではなく、物理的にあいてる。

山本　物理的にあいてるんや！

（その後あと3個どころか散々色んなもん言うても当たらず）

ちよりん　もう言うで。

山本　うん。（ゴクリ）

ちよりん　シナモン。

山本　……………………（真顔）

ちよりん&さきちゃん　無反応——————————!!（笑）

山本　シナモン。

さきちゃん　うん。シナモン。

山本　頼んでる人見たことない。パッとどんなフォルムか出てこーへん。（スマホで検索）

さきちゃん　シナモンは裏切らないおいしさ。

ちよりん　出会って15年経つけどさきちゃんがシナモン好きなんて聞いたことない。

さきちゃん　いや、ここのみんなとおる時には言ってなかったかもしれんけど…。

ちよりん　なんやねんそれ。他の人には言うてるみたいな。妬くわ。

山本　それはどういう時に頼むん？

さきちゃん　なんやろ。新商品があったらたまに浮気するけど、なんかもう、とりあえずなんか買って帰ろーって時とか、明日の朝ごはんになんか食べよーって時は、シナモン。

山本　そんなプレーンな感じでシナモン頼む人おる？

さきちゃん　食感がおいしいねんって。頼んでみて。

山本　頼んでみるわ……って、さきちゃん！シナモン、ミスドのサイトにないで。

さきちゃん　えっ！！！

山本　なんか販売中止なってるというか。〝懐かしのドーナツ〟の欄におるで。

さきちゃん　うちのシナモン！！！！！

ちよりん＆山本　（爆笑）

山本　残念すぎるやろ。

さきちゃん　うちが最近行ってなかったからかな。

ちよりん　さきちゃんのために揚げてたようなもんやのにな…。

山本　最近シナモンの人来ませんね…とか言われてたんちゃうん。

（……と話していたらみんみん合流）

山本　みんみん、さきちゃんの一番好きなドーナツ聞いた？

みんみん　え？　聞いてない。

山本　めっちゃ変わってるから当ててみて。

みんみん　ディーポップ。

山本　それはせこい。もっとマイナーなドーナツ。

みんみん　チュロス？（手で長い棒を表して）

みんな　いや長すぎやろ（笑）

山本　それテーマパークのやつや。

ちよりん　ショーケース絶対入らへんわ。

山本　絶対トングではさまれへん。

さきちゃん　チュロスです（長いチュロスを丸太のようにかかえて提供する店員さんを再現）。
山本　いらっしゃいませー（長いチュロスを丸太のようにかかえてショーケースに収める）。
全員　長すぎるわ！（爆笑）

マイカル

大規模ショッピングセンター。今はイオンに吸収合併され、看板もイオンだが、いまだに高校の近くの茨木のイオンだけは「マイカル」と呼んでしまう。

一段目左から、ハニーディップ、シュガーレイズド、エンゼルフレンチ、エンゼルクリーム。二段目、ポンデリング、オールドファッション、フレンチクルーラー、ゴールデンチョコレート。三段目、チョコレート、ダブルチョコレート、フランクパイ、ハニーチュロ。（初めてトングではさんだ）

ディーポップ。穴の部分だと睨んでる。

好きな食べ物のはなし

ちよりん　好きな食べ物何？

みんみん　ええ――――！　困る！

山本　それめっちゃ困る質問。

ちよりん　今職場で統計とってんねんけど。

山本&みんみん　職場で統計とりすぎやろ。

ちよりん　私あんまり仲良くない人には「パン」って言うことにしてる。

全員　パン！（笑）

ちよりん　これ以上話が広がらんように…。

みんみん　広がるわ!!

山本　パンとか聞いたことないし、「パン!?」って絶対なるやん。

ちよりん　誰の記憶にも残らんかなって。

全員　残るわ！
みんみん　何パン？って絶対なるやん。
山本　そもそも、ちよりんがパン好きなイメージもなかった。
ちよりん　うん。そんな好きじゃない。
全員　なんやねん！
ちよりん　考えたけど、「お寿司」が一番無難やし、これ以上何を聞かれるでもない平和な答えじゃない？
みんみん　一番好きなネタは？
ちよりん　そうなるか……！
さきちゃん　もうお寿司とか、色んな種類がないものじゃないとあかんねやろな。「ガトーショコラ」とか言っとったらいいんか。
山本　……どこの？
全員　広げた――――!!（笑）
山本　ていうか、なんであんまり好きじゃない人に聞かれるの前提で考えてるん。なんで話終わらそうとしてるん。

ちよりん　好きな食べ物ってさあ、好きの概念が難しくない？　気分と、その日による。
山本　ほんまそれやな。
ちよりん　明日死ぬとしてひとつだけ最後に食べるなら…とかなると、逆にもう、おにぎりとかなってくる。
山本　確かに！　一番好きかって難しいな。私はそれでいうと目玉焼き丼。
全員　えー！　何それ。
山本　えっ!?　無難ちゃう？
ちよりん　どんなん？
山本　いや、ただご飯に目玉焼きのせてしょうゆかけるだけの。
さきちゃん　（けだるそうに適当に）ゆりの死ぬ前の目玉焼き丼食べてみたいな～。
山本　ゆりの死ぬ前の目玉焼き丼食べてみたいな～。
山本　ってなんやねん。
全員　（笑ってしゃべれず）
山本　ゆりの死ぬ前の目玉焼き丼食べてみたいな～ってなんやねん。
全員　（笑ってしゃべれず）

山本　もう酔ってるやろ。
みんみん　ほんま適当。
ちよりん　また腰からしゃべってる。
山本　ほんま腰。
さきちゃん　(笑)私はでも、もし明日死ぬとしたら、高いカニやわ。
全員　高いカニ!!(笑)
みんみん　さきちゃんそんなカニ好きやったっけ?
さきちゃん　みんなとおる時は言ってなかったかもしれんけど…。
ちよりん　だからさっきから、それなんなん。
山本　しーちゃん以上にカニ好き?
さきちゃん　しーちゃんがどこまでカニ好きかわからんけど。
山本　しーちゃんはカニが好きすぎて、カニの看板見ただけでテンション上がる。
みんみん　しーちゃんはレジ打ちのバイトの時も、レジにカニ通すだけで「カニ!」ってテンション上がる。
山本　どういう心理やねんって思うよな。人のカニやのに。

さきちゃん　いや人のカニではテンション上がらん。

みんみん　しーちゃん人のカニでいけるもんな。

全員　しーちゃんは人のカニでいける。

山本　「しーちゃんは人のカニでいける…」そこだけ聞くともうやばい人やん。

さきちゃん　さすがに人のカニではいかれへんわー。自分のカニじゃないと。

そしてしーちゃん合流…。

ちよりん　あ、しーちゃん、さきちゃんがめっちゃカニ好きって知ってた？

さきちゃん　しーちゃんほどではないけど。

しーちゃん　うち、カニの看板でもテンション上がるからな。

山本　人のカニでやれる。

全員　いけるや！！！

山本　しーちゃんがテンション上がるのは、カニと、モー娘。の『抱いてホールドオンミー』。

みんみん　カニと抱いてホールドオンミー。

山本　羅列よ。
全員　カニと抱いてホールドオンミー。
全員　（爆笑してしゃべれず）
さきちゃん　カニと抱いて。ホールドオンミー。
ちよりん　どこで切んねん。
みんみん　カニと抱いてってなんやねん（笑）
山本　カニとともに抱いてホールドオンミー。
しーちゃん　痛いわ。

抱いてHOLD ON ME！

1998年9月に発売されたモーニング娘。の3枚目のシングル。車内やカラオケでこの曲がかかるとしーちゃんのテンションが上がる。

腰からしゃべる

適当にしゃべること。さきちゃんが酔って頭がまわらなくなり、適当な発言をした際「ごめん今、腰からしゃべってた」と言ったことにより生まれた（その言葉自体が適当）。

こぼれ話

〜その後の会話〜

ちよりん　しーちゃんこの世で一番嫌いなもの何なんなん。
しーちゃん　セミ。
ちよりん　一番好きなものは？
しーちゃん　カニ。
ちよりん　ほな、しーちゃんの中でうちらはカニとセミの間におるんやな…。
全員　カニとセミの間。
ちよりん　カニとセミとの間。
さや　カニとセミとの間には。
さや　空と君との間には。
全員　♪カニーとセーミとーのーあーいだーには〜〜（中島みゆき風の声で揃う）
全員　（笑ってしゃべれず）

名もなきおかず

「今日のごはん何?」と子どもに聞かれ、カレーやハンバーグなど料理名がはっきりある時は答えやすいが、うちでは大抵そうではない。

「キャベツとちくわと卵炒めたやつ」
「もやしと豚肉炒めたやつ」
「白菜と豚肉と豆腐煮たもん」
「大根とか色々煮たやつ」
「なんか色々炒めたやつや」
「炒めたやつや」
「なんかおいしいやつや」
「炒めもんや」

「なんか色々(どんだけ例あげんねん。どんだけ例あげんねん)」

我ながらめちゃくちゃ理不尽やなと思うが、上記のようなメニューを答える際、「カレーやで」と答える時に比べて若干のイライラが混じっていることが多い。この返事に対して「わーい!」という反応が望めないからか、残りものをかき集めてどうにかしようとしている後ろめたさからか、「別になんでもええやないか」の気持ちがにじんだ口調になってしまう。子どもにしたら、たまったもんじゃないですよね。聞いただけやのに。「今日のごはん何?」って純粋に聞いただけやのにイラッとされて「炒めたやつや!」って返されるなんて可哀想すぎるやろ。え、**私今何か悪いこと言いました?**って話やん。でもまあ、オカンは理不尽にイライラするもんやと、社会に出る前に手軽に理不尽を味わうツールぐらいに思っといて頂けたら(なんちゅー親や)。

でもこの「名もなきおかず」が意外にヒットすることもある。残り野菜、冷凍していた少量の肉のカケラや1枚だけラップに包んでいたベーコンなんかを適当にフライパンに放り込み、酎ハイ片手に目分量でアレ足しコレ足し作ったのに「これまた作って!」と言われるぐらいおいしかったりする。が、たいていは二度と作れない。同じ食材、同じように味つけしても再現できない幻の料理。そこが名もなきおかずの醍醐味だ。

他人の作る名もなきおかずを知るのも楽しい。幼なじみのはまざきまいのお弁当にほぼ100％の確率で入っていたピーマンとささみを炒めたやつ。ちよりんの家で食べた、生の白菜とりんごが千切りになって和えられたサラダ。あかねの家の、卵とエリンギとにんじんとピーマンにお麩が入った炒めもの、同じくあかねのインスタで見た蒸し鶏にカリカリに揚げたじゃがいもがたっぷりのったサラダも、うちでは思いつかない、めちゃくちゃおいしそうな組み合わせだ。

高校時代にクラスの友達、タムの家で夜ごはんをごちそうになった時、さつまいもにパン粉をまぶして揚げたものがから揚げとともに出てきた。そこにマヨネーズとケチャップを混ぜたオーロラソースをかけて食べるのだ。さつまいもの天ぷらではなくフライ、そしてオーロラソース。この発想はなかった！と、すぐに家で真似をしたのを覚えている。まあ、この料理にはもしかしたら名前あったかもしれんけどな……薫とか（綺麗な名前あった——）。

考えてみれば、肉じゃがも最初は名もなきおかず、「肉とじゃがいもと玉ねぎとにんじん煮たやつ」だったはずだ。誰かが「肉じゃが」と呼び、それが浸透したことで国民料理になっている。これまでの組み合わせとは違う、唯一無二の何かがあったのだろう。一方もやしとちくわと卵を炒めたもんは、どれだけみんなが家で作っても「もやしとちくわと卵を炒めたもん」でしかない。ピーマンとささみを炒めたやつも、いくらこの先私が「**ピマささ**」と呼び続けても、やっぱり名もなきおかずのポジションからは動かないであろう。

数学者になりたい友達が（いや、数学者っていう資格はないから転職して数学を勉強している時点でもう彼は数学者なんかも）いつか自分の名前がついた公式ができたらいいな、みたいな話をしていた。私も自分が考え、名づけた料理が唯一無二のものとして世の中に浸透したら嬉しいのかもしれない。

やまもチキンとか（ださっ。今の忘れて。絶対に。絶対に忘れてな…※血走った目で）。

やまもチキン

絶対に忘れてな。ほんまに。

Sugar
Let's cooking...

「具なしのインスタントラーメン」より
サッポロ一番塩ラーメンで

もやしとひき肉の塩バターラー油麺

塩ラーメンに、バター＋ラー油＋こしょう。この組み合わせは鉄板です！
フライパンひとつで作ってるんで、少し深めのものがオススメ。
なければ具だけフライパンで炒めて麺とスープはお鍋で。

材料（1人分）

サッポロ一番塩らーめん …… 1袋
合いびき肉または豚ひき肉 …… 50g
サラダ油 …… 小さじ1
もやし …… 1/2袋
バターまたはマーガリン
…… 10gぐらい。入れたい人はいっぱい
ラー油、あればこしょう、粗びき黒こしょう、
あれば刻みねぎ …… 適量

好みで
キャベツやコーンを
入れると「8番らーめん」
っぽくておいしい。

作り方

1 フライパンにサラダ油を熱してひき肉を炒め、色が変わったらもやしを加え、サッと炒めたら水を袋の表示通り（500ml）入れる。煮立ったら麺を入れ、2分半煮て火を止め、粉末スープを加えて混ぜる。（3分煮ると、そのあと色々のせたり、もたもたしてる間に麺がのびるんで）
2 器に盛ってバターをのせ、ラー油をたらし、付属の切りごま、好みでこしょうと黒こしょうをふってねぎを添える。

「パッケージを開けるのが苦手な件」より
ジャス!!!と切れてしまったレタスで

チョレギサラダ

焼き肉屋さんにあるような、しっかり味の塩ダレサラダ。
混ぜてかけるだけなんでめちゃめちゃ簡単です。生キャベツでもおいしい。

材料(2人分)

サニーレタス……3〜4枚
韓国海苔……
3枚。なければ焼き海苔や味つけ海苔でも。
A 砂糖、塩……各ひとつまみ
顆粒鶏ガラスープの素……小さじ1/2弱
にんにくのすりおろし(チューブ)……
5mm。ほんま香りづけ程度
ごま油……大さじ2
白いりごま……適量

作り方

1 レタスは水に5分つけ、ザルにあけ水気をきってちぎる。(時間があれば水滴がついた状態で冷蔵庫で冷やすとパリッパリになります)
2 ボウルに**1**、ちぎった海苔を入れ、あわせた**A**をかけて和える。

へなっとなるんで、
和えるのは食べる直前に!
ボウルにAを混ぜておいて、あとからレタスを入れるほうが洗い物1個減るからオススメです。
(写真撮ったあとに
気づきました)

「夏の王将」より
たぶんこれも油

チャー玉丼風

チャーシューはレンジでチンでOK。これがめちゃくちゃジューシーでおいしい！
王将のはもっと小さいチャーシューでここまで入ってなくて、卵はもっとフワフワで、
まあ、あの、別モンです。でもこれめちゃめちゃおいしいのでぜひ。

材料（2人分）

豚バラ塊肉……100g
A 砂糖、しょうゆ、酒、水……各大さじ1
｜片栗粉……小さじ1/2
卵……4個（もったいなければ3個）
白だし（なければ塩や鶏ガラスープの素少々でも）……小さじ2
サラダ油……大さじ2
※王将はたぶんこんなレベルちゃう
温かいご飯……丼2杯分
あれば刻みねぎ……適量

作り方

1 豚肉は1.5cm角に切って耐熱容器に入れ、Aをかけ、ふんわりとラップをかけて電子レンジ（600W）で2分加熱する。卵は溶いて水大さじ4（分量外）と白だしを混ぜる。
2 器にご飯を盛っておく。フライパンにサラダ油の半量を熱して卵の半量を流し、油と混ぜ、ふんわりしたら火を止め、ご飯に滑らせてのせる。同様にもう1杯作る。
3 2に1をかけ（たれは全量じゃなく少しだけ。足りんかったらあとからなんぼでも足せるんで）、あればねぎをのせる。

「ミックスベジタブルへの思い」より
ビール片手にワシワシ食べたい1品

ペッパーミンチライス

バターとにんにく風味のご飯、甘辛ひき肉にミックスベジタブルが合うんです！
Q. ミックスベジタブルの代わりに玉ねぎでもいいですか？　A. ひどい。

材料（2人分）

合いびき肉……………………………100g
ミックスベジタブル……80g 量らんでもいいで。
温かいご飯…………………　丼2杯分（500g）
A 塩………………………………2〜3つまみ
　にんにくのすりおろし（チューブ）……2cm
　こしょう……………………………少々
B 砂糖、しょうゆ　………………各大さじ1
バターまたはマーガリン………………20g
サラダ油、粗びき黒こしょう………… 各適量

作り方

1 フライパンにサラダ油を熱してミックスベジタブルを凍ったまま入れて炒め、ご飯を加えてほぐしながら炒め、Aで味を調えて（ひき肉が上にのるので薄めに）器に盛る。
2 続いて油少々を足しひき肉を炒め、色が変わったらBを加えてからめ、1にのせる。バターをのせ、黒こしょうをたっぷりふる。

「ピカタの呪い」より
むね肉を使った新しい料理を提案

鶏むね肉のしっとり黄金焼き

ピカタや。

材料（2人分）

鶏むね肉……1枚
塩、こしょう……各少々
片栗粉または小麦粉……大さじ1
溶き卵……1個分
サラダ油……適量
A ケチャップ、しょうゆ……各大さじ1と1/2
　砂糖……小さじ1
あればベビーリーフ、プチトマト……各適量

作り方

1 鶏肉はそぎ切りにして包丁で軽くたたき、塩、こしょうをふって片栗粉をまぶす。溶き卵は塩少々（分量外）を混ぜておく。粉チーズでも。（ピカタ度増すわ）
2 フライパンにサラダ油を弱〜中火で熱し、鶏肉を溶き卵にくぐらせて並べ、こんがりしたら裏返し、両面焼く。
3 器にあればベビーリーフとプチトマトを添えて盛り、あわせたAをかける。

「名もなきおかず」より
あかねんちのインスタで見たおいしそうなやつ

蒸し鶏とカリカリじゃがいもをのせたサラダ

レンジでチンした鶏肉を生野菜にのっけて、上にカリカリに揚げたじゃがいもをどさっ。
家にある材料でお店のような仕上がりに！　名づけてあかねんチキン。（絶対に忘れてな…）

材料（2人分）

鶏もも肉（むね肉でも）……1枚（300g）
塩、こしょう……各少々
酒……大さじ1
サニーレタス……2枚
きゅうり……1/2本
プチトマト……2個
じゃがいも……小さめ1個
A 白すりごま、マヨネーズ、牛乳（豆乳、水でも）……各大さじ1
砂糖、しょうゆ……各小さじ1
チューブのおろししょうが……1cm

作り方

1 鶏肉はフォークで20か所ほど穴をあけ、塩、こしょうをふって耐熱容器に入れる。酒をかけ、ふんわりとラップをかけて電子レンジ（600W）で5分、裏返して1～2分加熱し、そのまま冷ましてそぎ切りにする。レタスはちぎる。きゅうりはピーラーで縦にむくように切る。トマトは1/4に切る。
2 じゃがいもは皮をむいて千切りにし、水に5分ほどさらしてペーパータオルで水気をとる。フライパンにサラダ油を多めに熱して入れ、こんがりしたら取り出して油を切り、塩をふる。（もうちょい太めならフライドポテトです）←何その情報
3 器に1、2を盛り、あわせたAをかける。

実際の娘のごはん

夜ごはん

1日目

ブロッコリーとにんじんのごま和え、豚もやし炒め、ポテトサラダ、ワカメと玉ねぎとにんじんの卵スープ

2日目

ツナ大根、鮭とじゃがいもとしめじの炒め物、小松菜ベーコン、大根と玉ねぎと油揚げのお味噌汁

3日目

鮭、野菜と豚肉のスープ
突然どんだけ品数減んねん。

4日目

なすとから揚げのだししょうゆがけ、キャベツと春雨の卵スープ、ゆでただけオクラ、切っただけトマト
戻ったで。

5日目

野菜とか豆腐とか煮たもんと、野菜とかお肉とか煮たもん
また減ったで。

6日目

トースターチャーシュー、お味噌汁
色もなくなったで。

7日目

ズッキーニとベーコンのレンチンうどん
1品になったで。

8日目

納豆、お味噌汁、塩鮭、生野菜
朝か。ほんで塩鮭ちっっっっさ！ 1切れを家族でどんだけシェアすんねん。

9日目

おにぎり、ゆで枝豆、ちぎりキャベツ、洗いトマト、卵焼き、ゆでただけ豆腐と豚バラ（鍋ごとー！）
ほぼ素材。食卓に出すタイプのお鍋ちゃうやろ。

10日目

おにぎり、目玉焼き、お味噌汁、トマト　朝やん。

11日目

肉野菜炒めと高野豆腐とじゃこ海苔ごはん＋カニカマ
何最後。カニカマ1本直置き何。

12日目

目玉焼き、冷凍から揚げ、冷凍枝豆、切っただけトマト、高野豆腐
全然ワンプレートにするラインナップちゃうやろ。

13日目

肉野菜炒めと春巻き（バットごとー！）
春巻きは左のバットからアスパラベーコン、真ん中アスパラベーコン、右アスパラベーコンです（ほな意味深に分けんな）。

14日目

シチューと肉まんとえびシューマイ
どんな組み合わせや。白が過ぎるわ。

第2章

自意識過剰の乱

人にものをあげる時のはなし

大阪から東京に行く、子連れで友達の家に遊びに行く…仕事でもプライベートでも手土産を渡す機会が多いのだが、毎回めちゃくちゃ悩んでしまう。30も過ぎると「ここのコレならとりあえず間違いない」というオシャレな手土産の定番をふたつ3つ持っていそうなものなのに、お店にも疎いし、流行りにも疎い（東京への手土産は551の豚まんばっかり）。そのくせ無難なものじゃなく、ドンピシャで喜ぶものをあげたいと思ってしまうのだ。

「あの人コーヒー好きって言ってたな…あ、でも豆を買ってるって聞いたことあるから、ドリップのは好きじゃないか。やめとこう。じゃあコーヒーに合うケーキ…は日持ちせーへんから、もし今日明日で他に食べるものがあったら腐ってしまうよな。でも乾きものよりはやわらかいもののほうが子どもも喜ぶやろうし…フィナンシェにしよかな。いやでも最近走りにいってるって言ってたからダイエット中かもしれんし、やっぱり甘いものはやめたほうがいいか…なんか運動で使えそうなもの探そうか。いやでもそれこそこだわりが…」って**どこまで考えんねん重いわ**。

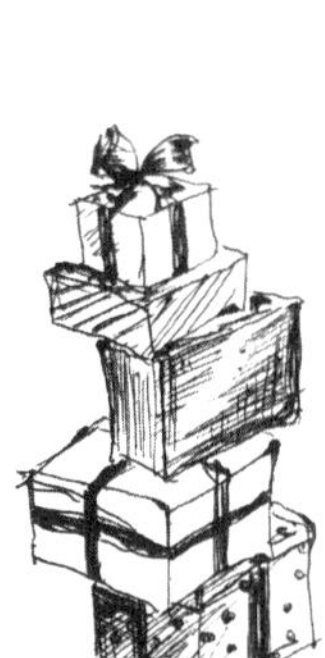

手土産ならまだマシだが、プレゼントとなると悩みは数倍にも膨れ上がる。数年前、お世話になっている出版社の編集長に昇進祝いのプレゼントを選んでいた。年上で、しかも出版社の編集長。自分よりずっと流行りに詳しいしおいしいものにも詳しい。中途半端なものはあげられない。手持ちの情報は、ジムに通っている、犬を飼っている、そして最近糖質を制限しているらしいということだった。ということは、食べ物や甘いものではないほうがいい。そしていつも明らかにオシャレだから身に着けるものはやめておこう。犬関係のものはどうか。梅田のショッピングモールに入っているペットショップに行ってみる。高級な餌、可愛らしい服、便利なグッズ…色々魅力的な商品があるが、私が犬を飼っていないので、何が本当に嬉しいのかわからない。このビーフの缶詰、やたらおいしそうやから私が犬やったら嬉しいけど、ワンちゃんの好みが当然あるだろう。ビーフより骨派かもしれない。というか大事な家族である犬のものには並々ならぬこだわりがあるだろうし、ここはアンタッチャブルな領域…となると仕事関係か。「梅田　文房具　お店」…検索。

調べて出てきた雑貨店に足を運ぶと、レザーの手帳カバーやらシュッとした時計やらシュッとした事務用品がところせましと並んでいた。自分のためには絶対に買わないが、もらうと嬉しいものばかり。だが、ひとつ手に取ると途端に色あせてしまうのだ。パキッとした原色のノートもペンも、お店に何色も並んでいると魅力的なのに、1色選んで手に取るとどこか寂しい。じゃあ全色大人買いする？ってノートばっかりそんなに絶対いらんやんどんだけノート好きやねん。そもそもパソコン使ってるのにノート自体いらんやん。じゃあちょっといいボールペン…はすでに持ってはるやろし、1本だけ渡すならある程度値段がいってないと恰好つかんけどそんなん気ぃ遣われるわ。付箋やメモ帳…いや若い女の子にはいいかもしれんけど、年上の男性のプレゼントにはもの足りへんやろ。じゃあノートに、ペンに、付箋とセットで…ってこれ小学校のお誕生日会やないか！　あ、本好きそうやしブックカバー…え6000円⁉⁉カバーやで⁉…もう何がいいのかわからなくなってきた。スマホには「男性　ギフト　オススメ」「男性　プレゼント　もらって嬉しい」「男性　40代　ブランド」「梅田　ギフト　ルクア」と検索履歴が何段も連なる。

頭痛を覚えるほど目と指先を酷使して調べた結果、ルクアイーレの上のほうの階に、プレゼントに最適なもんばっかり集めてまっせーといわんばかりのお店を発見。スポーツウェアやTシャツが洒落たボックスや袋に入り、ギフト用として並んでいるという、まさに求めていた場所だ。興奮した。このお店のものなら何をあげても正解な気がする。ウロウロ店内を物色していると、ある空き缶に目が留まった。お洒落なロゴが入ったコーラや炭酸ジュースのような形の空き缶がふたつ並んで黒のギフトボックスに入っており、中にはボクサーパンツが入っているらしい。手に取ると店員さんが近づいてきた。

「これプレゼントにすごく人気です。ほんとに気持ち良くて、一度履くと快適さにびっくりされるみたいで。汗をかいてもサラッとしているので運動をされる方に特にオススメです」

運動をされる方、まさに！

「しかも生地が伸びるのでサイズもフリーなんです。見た目も可愛いですよね」

確かに茶目っ気もあるが安っぽくなく、値段も安すぎず高すぎずちょうどいいライン。何よりそんなに気持ちいいなんて。Tシャツはサイズがわからなかったけど、これはワンサイズ。もう最高のプレゼントじゃござらんかい。

あまりにお店をまわりすぎて頭がおかしくなっていたのかもしれない。待ち合わせ場所に向かっている電車の中でハッと気づいた。

「ていうか**パンツやないか！！！**」

「パンツ最終チョイスしてもーてるやないか！！！」

仕事関係の目上の男性に下着をプレゼントするやつがどこにいるだろうか。なんて言って渡すつもりやねん。「これ、つまらないものですが…」ってパンツ渡すやつ見たことないわ。つまらないパンツって何。「**お尻に合うかわかりませんが…**」いやお口みたいに言うけどセクハラやないか。「ほんと履き心地がいいらしくて…」いや一瞬でも履いてるとこ想像したんかと思われたら恥ずかしすぎる。ここはあえて中身に気づかなかったフリして「え！　ただの空き缶かと思ったら！」とか。いやアンタただの空き缶あげる気やったんかい。

渡さないという選択肢も考えたが、これまで色々なものを頂き、ごはんもご馳走になる手前、手ぶらで行くのは無礼な気がして申し訳ない。**無礼を取るか変態を取るか**、究極の2択である。「一応買ったんですけど」と見せるだけ見せて持って帰ろうか…って無礼な変態やないか！　両方の称号得てもーてるやないか！

結局「あの…ほんとすみませんコレ…間違えたんです！　めっちゃしょうもないもので…いや、物自体は良いものらしいんです。ただパッケージに惹かれて深い意味は全然ないんです!!　あの…パンツなんですけど…すみません!!」と弁解しまくって渡したが、いまだに思い出すといたたまれなくなるプレゼントである。

551

551の蓬莱の略。関西に展開している中華料理の飲食店、販売店。豚まんが有名だが、匂いがすごいため新幹線内では食べてはいけないのが暗黙のルール。ちなみにスーパーに置いてある豚まんの「蓬莱」と「551蓬莱」は別ものです。

ルクア（LUCUA）

大阪駅北側のノースゲートビルディングにあるファッションビル。2015年、隣にルクアイーレ（LUCUA1100）がオープンした。

缶入りパンツの写真（お尻に合うかわかりませんが）

つまらないものですが

「これ、つまらないものですが…」

相手を立てた謙遜の言葉だが、最近ではあまり良くないという風潮に変わっている。つまらないものあげるんかい、あるいは、つまらないものならいらないわ、という話らしい。いややどんだけそのまま受けとんねん。それ言い出したら「お邪魔します」も「邪魔するならこんとって〜」「トイレ貸して」も「返してや〜」やないか。大阪のおばちゃんの返しやないか。

でも確かに「つまらないものですが…」と言われるより「めちゃめちゃおいしいから食べて食べて！」「あなたに最高に似合うと思って！」と言われたほうがもらうほうも嬉しくなるだろうとは思う。でもその勇気が私にはない。実際、めちゃくちゃ悩み倒して、好みを考慮し自信を持って買ったくせに、口から出るのは「めっちゃしょうもないねんけどな…」だ。相手の「これ欲しかったやつ！」とか「すっごい可愛い〜」など好意的な反応をみてから初めて「良かった！　そうやねん！　これ

めっちゃ良いやんな⁉」と前のめりになれる面倒なやつである。

イベントに行った時の話だ。こだまさんの2冊目のエッセイ本『ここは、おしまいの地』と、爪切男さんの『死にたい夜にかぎって』の刊行記念に、大阪の道頓堀のライブハウスでトークイベントとサイン会があった。抽選だったが、こだまさんと一度対談をさせて頂いたりツイッターでやりとりしていた関係で特別に招待して頂けた。司会の金原みわさんのファンである幼なじみのはまざきまいを誘い、ライブハウスに向かう途中に気がついた。お土産……！

浮かれてすっかり忘れていた。無料で招待して頂いたのに手ぶらでいくなんて失礼かもしれない。いや、失礼じゃないのかもしれない。サイン会行ったことないから全然わからん。渡すタイミングなんてあるん？　でも感謝の気持ちは伝えたい。とりあえず、なんでもいいから買っていこう。

ライブハウス近くのビルをウロウロ探し、いい感じのお土産を探したが、そもそも何がいい感じかがわからない。好みも知らなければ人数すらもわからない。こだまさん、爪さん、金原さんで計3人…いや声をかけてくださった編集者さんにも渡すべきではないか。でもその4人で分け合うとかある？　そんな時間ある？　分けるならライブハウスの方のぶんもいるんでは。最近、好みがわからない人のプレゼントには、ちょっと高級なおだしやごま油などの調味料、箱がオシャレなレトルトカレーなどを選んでいる。まさにそのお店があったのだが、数人で分けてもらうのが難しい。箱詰めを開封して**「私オリーブオイル」「ほな僕ドレッシング」**みたいなやりとり面倒くさすぎるやろ。あ！　高級な食パン…食パン1斤をその場でちぎってみんなで頂きまーす…って、ないわそんな状況。ジャムにケーキ、パンにお菓子……いちいち悩まず「おいしそうだったんで！」と渡したら向こうも分けるなり誰かひとりが持って帰るなりなんなりとするやろうに、わかりもしない状況をあれこれ想像して勝手に躊躇してしまう。

買えないままに時間が過ぎる。焦りに焦り、「もう…いいわ！」と外に出ようとして、まいに「待って、なんでもいいからとりあえず買ったほうがよくない!?（笑）」と止められた。ほんまや、なんで0か100やねん。とりあえず手ぶらは失礼って話で始まったのに、なんで完璧なお土産がないから諦めてんねん。

血眼でお店を探しまわり、ドーナツのお店を見つけた。豆乳ドーナツ！　おいしそうやし、ちょっと高級感もあるし、分けやすいし最適ではないか。慌てて列に並んだ。開始時刻が迫る。「えっと、このプレーンふたつと、抹茶がひとつ…いやふたつと、このチョコレート…3つに、このナッツは…ひとつ。」なんの不揃いやねん。誰が何人おるかもわからんのに、なんでこの人は抹茶、この人はチョコと意図的に割り当てているかのように色んな種類をバラバラな数注文してんねん。

なんとか良いお土産を買えたので、ホッとしてイベントにいった。イベントは本当に楽しく、ライブハウスが何度も笑いに包まれ、あっという間に時間が過ぎた。お土産を渡すタイミングはイベントの最後、本にサインをもらう時だ。焦って買ってしまったけれど、「これおいしそうだったんで、みなさんでぜひどうぞ」と笑顔で渡そう。頭の中で練習するも、目の前に大好きな作家さん。ずらりと並んだ行列…緊張してきた。さっきからたくさんのお土産をもらっているし、日持ちのしないドーナツを渡しても困るんじゃないか…え、どうしよう。なんでこれにしたんやろ。あかん。緊張してきた。どうしよ。持って帰る？　いやでも招待してもらって手ぶらは失礼やって！　何回やんねんこのくだり！

自分の番がまわってきた。サインを書いてもらい、少し話す。

「実はお土産持ってきたんですけど、なんかしょうもないもんで…あの……**捨ててください！**」

最悪や。つまらないものですがどころの騒ぎじゃない。こだまさんにも、豆乳ドーナツのお店の方にも、豆乳ドーナツの原材料にさえ申し訳ないわ。

そして先日、自身のサイン会があった。東京の会場に、私の高校時代からの大好きな友達、ちひろがまさかのサプライズで来てくれた。

「あ、ゆりこれ……あのほんまもうコレ、色々迷って……いっぱいプレゼントもらうやろうし、いらんよなと思ってんけど………**ゴミ！！！**」

上がいた。「ゴミ!!」と手渡された袋の中は、肩を温めるリラックスグッズや蒸気でホットアイマスクなどめちゃくちゃ嬉しいものがいっぱい詰まっていた。どれだけ考えて買ってくれたんだろうと思うと少し泣きそうになった。

こだまさん

映画化、ドラマ化、漫画化もされたエッセイ本『夫のちんぽが入らない』（扶桑社刊）や、『ここは、おしまいの地』の著者。身内にも内緒で本を書いているため、顔出しはしておらず、イベントにはいつも仮面をかぶって出られている。

爪切男（つめきりまん）さん

ドラマ化された小説『死にたい夜にかぎって』（扶桑社刊）の著者。こだまさんは「爪さん」と呼んでいる。小説も実物もめちゃめちゃおもしろい方です。

金原みわさん

珍スポットトラベラーとして、日本全国の珍スポットを訪れている。著書に『さいはて紀行』（シカク出版刊）『日本昭和珍スポット大全』（辰巳出版刊）など。

蒸気でホットアイマスク

花王が発売している「めぐリズム」シリーズのひとつ。じんわり温かくなるアイマスク。めっちゃ気持ちいいです。

おしゃべりな人見知り

初対面の人と会うと、何を話していいかわからず、うつむいて黙り込んでしまう。飲み会では少し離れた席を陣取り、無言でみんなを見守ってしまう。

「人見知り」といえば一般的にこんなイメージだが、私はほぼ反対の行動に出てしまう。**むしろしゃべってしまうのだ**。挙動不審でぺこぺこしながら

「わーこんにちは初めまして!!　こんな汗だくでごめんなさい!　いやーさっき急いで走ってきてしまって!!　ははは!　いやいやちょっと服が全然なくてこんな恰好ですみませんほんとに。全身ユニクロなんですよもう…これ上下合わせて1900円で…」

と、聞かれてもないのに初対面の相手に服の値段までひけらかしてしまったりする。

間が怖い。沈黙が怖い。この場がつまらないと思われるのが怖い。

特に相手が年下の場合や、もの静かな人になると、よりいっそう「私がこの場を和ませねばならない」という使命感にかられ、「あ、何飲む？　ほんま遠慮なくいいや！　ビールいける？　カクテルとかもあるでなんでもいいや！　気ぃ使ったあかんで!!　お兄さーんビールふたつお願いしまーす！　いやーちょっと狭くてごめんな。でかいお尻でごめんやで！」と突然大阪のおばちゃんが泉のようにあふれ出して止まらない。店員さんのことお兄さんとか呼んだことないやろ！焦るほどにお酒も進み、愚痴や自虐を風呂敷広げてベラベラしゃべり、笑顔で別れた途端

……しゃべりすぎた……！

と後悔の波に襲われる（そしてどっと疲れている）。その日の会話を回想して要所要所に不安になり、シャワーに打たれながら「なんであんなことまで話してしまったんや」だの、布団に入って「今さらLINEで弁解したら余計うっとうしいよな」だの眠れぬ夜を過ごすこと数知れず。この後悔シャワー、反省枕、人生で何度繰り返しているだろうか。

こんなふうなので、基本的におしゃべりな人、気さくで社交的な人だと思われる。自分でも、人見知りは過去のことなのだと思い始めていたが、そこはハリボテの社交性、わかる人にはわかるようで。私がベラベラとしゃべっている間、無言でニコニコしながらジーッと見られ

「人見知りでしょう（笑）」

と言われることが時々ある。いやいや、この人はさっきから私の渾身のトークをなんにも聞いてなくて冷静に私が人見知りか否か分析してたんかい恥ずかしすぎるやろ。

そう思った根拠を問うと、たいてい答えは「さっきから1回も目を見てないから（笑）」と。

いやはや

……

ばれてしまいましたな（秘密を隠し持った紳士か）↑秘密を隠し持った紳士かって何。

本当に失礼な話だが、人の目を見るのが苦手だ。目を見られる、目が合うのが苦手なのかもしれない。目は口ほどにものを言うというように、不安や焦りが見透かされているようで怖いのだ。一応「目を見ないのは失礼」という認識はあるので、できるだけ見よう、もしくはマナーの本などに書いてある「目の少し下を見ればいい」を実践しようと試みるが、これは低すぎか、高すぎか、その私と同じ位置にある大きめのホクロを見ていると思われたら失礼じゃないか、ホクロは見ない、ホクロは見てない、ホクロは見てへんで…と考えすぎてホクロ、左頬、ホクロ、目の下、ホクロ、鼻、ホクロ…など**ホクロ経由で高速にハタハタ目が泳ぐ**という一番失礼なパターンに陥る。

目線でいえば動物や子どももどちらかというと苦手で。どちらも本当に良い人を見抜く目を持ってる雰囲気あるじゃないですか。アニメの殺人犯なんかはふだんニコニコ笑って気さくやけど犬にはめちゃめちゃ吠えられたりするから、私みたいな**丸顔の柔和なタイプの人間が全力で吠えられたら**絶対「コイツなんか裏あるんちゃうか」と思われるやん。そうなったらどうしようと勝手にビビり、挙動不審で近づくから警戒して吠えられる。子どもも同じく、純粋な瞳に私の邪念が見透かされているようでアワアワしてしまうし、全力の屈託ない笑顔で向かってこられたら、何か私が期待に添わないことをしでかしてその笑顔が曇りませんようにと内心ドキドキしてしまう。

近頃は、人見知りは甘えだという人も多い。「人見知りなんで」と宣言するのは自分からコミュニケーションをとる努力を怠っているとか、相手に気を遣ってくださいと伝えているようなものだ、と。そもそも人見知りの人は「人見知りです」などと言えない説、人はみな人見知り説もある。確かに誰しも初対面の人と話すのは大なり小なり緊張する。そこで自分を人見知りだと思うかどうか、周囲の人に自己申告するかどうかだ。といっても実際ほんまにまったくしゃべれなくなってしまう人もおるし、仮に甘えやとして、甘えてもええやん…と私は思うけど(それに無言の相手に対して「嫌われてるんかな」とか心配をせんでもすむから、言ってくれたほうがいい場合もあるやん)、もしかしたら自分で思い込み、歩みを止めているだけなのかもしれない。

とかいうて気さくに徹しても「おしゃべり後悔野郎」止まりなんですけどね。黙る勇気をください。

それでもここ数年、後悔シャワー、反省枕はかなり減った。「自分が思ってるほど他人は自分のことを気にしていない」、これを事あるごとに自分に言い聞かせるようになったからだ。私が寝る前に他人のことをずっと考えてないのと同じように、私のことなど、そこまで気にしていないのだ。

歳を重ねるにつれ自意識過剰砲は少しずつおさえられ、図太くなり、生きるのが楽になった（世界はそれをおばちゃんと呼ぶんだぜ）。

それに私は、自分が思っている以上に人が好きなのだろう。斜に構えていたが、たぶんそうだ。新たに知り合いを増やそうとか、輪を広げたいとは全然思わないが、「話が合う」「居心地がいい」と感じた人との貴重な出会いは大事にしたい。学生時代からの友達はいわずもがな、もとは仕事上の付き合いだった人や、上辺だけの付き合いだと思っていたいわゆる「ママ友」が、なくてはならない大事な存在になっていたりする。ネット上の人物、ブログの読者さんでも、知り合えて良かったと心から思える人がいて、そんな人に囲まれて今がある。おしゃべりな人見知りが、ただのおしゃべりな人好きになる日も遠くないかもしれない。

世界はそれを愛と呼ぶんだぜ
ロックバンド、サンボマスターの５枚目のシングル。

気が利かない人

私のことである。いい大人なのに、情けないほどに気が利かない。気遣いに関しての話は1冊目のエッセイ『クリームシチュウはごはんに合うか否か（以下略）』でも熱弁したが、本物の気遣いとは相手が心から居心地良くいられる空間を作ることだ。料理をサッと取り分けたり、おしぼりを交換するのも素敵な気遣いだが、場合によっては「誰か取り分けて～」と頼んだり、ビールはセルフで！と公言したり、あえて何もしないことのほうが気遣いになる。ただ私に関しては意図的に気楽な雰囲気を醸し出しているのではなく、やろうと思ってもできないのだ。なんせ周りが見えていない。視力は両目裸眼で1・5だが視野がとにかく狭いため、から揚げが運ばれてきたら**から揚げしか目に入らない**。1・5の水晶体で鮮明にから揚げをとらえ、脂のツヤ、黒こしょうまじりの衣のカリカリ具合を「おいしそ」「ジューシーそ」と眺めている間にテーブルの端で誰かがビールを注いだり、空のお皿を下げたり、鼻をすする子にティッシュをサッと渡したり、話題に入れない子にさりげなく話しかけたりしている。凝視しているから揚げに添えられたレモンですら「搾っていい？」と誰かが聞いてくれる。**搾らんといてください**（どの口が言うねん）。みんなでお鍋を囲んでも、誰かがお肉を入れてくれ、誰かが火加減を調節し、誰かが薬味をまわし、気づけば取り分けられている。こんなんで私よう料理の仕事しとんなと思わずにいられない。

思い返せば学生時代からそうだった。バスケの試合の設営、運動会の片づけなど、せーのでみんなが自分の仕事を見つける中、いつも一歩出遅れる。見渡せば砂をならすトンボもない、白線も消され、ボールの片づけも十分、人が足りている。かといって何もしないでいると「サボるな」と怒られる（いつも思うけど、もうやることなかったら何もせんでよくない？）。…結局サッカーゴールを運んでいる団体に紛れ、私が手を放しても全然重さに影響がないぐらいの貢献度でヒョコヒョコついていく。ザ・でくの棒。宮沢賢治の望む姿だ（もっと色々条件あるわ。1日玄米4合食べるとか）←もっと大事な部分あるわ。

社会人になっても同じ。飲み会で一番下っ端の私が社長の隣の席に任命された時も、始終社長に手酌をさせてしまった。毎回「次こそは…」と社長のコップを見張るものの、早めに入れたらうっとうしいかもとか、ぬるくなるのも悪いなとか、話してる最中にビール注ぐの失礼かもとか色々考えていたらことごとくタイミングを逃した。いやもう3回目ぐらいでフライングしてでも入れろや!!という話だが、どんくさいってこういうことなんですわ。ちょっとから揚げモグモグしてたら社長が手酌。あと2㎝減ったら入れようと思い、同期としゃべれば社長が手酌。炒飯食べたら社長が手酌。後ろを向いたら社長が手酌。玄関開けたら社長が手酌。社長が社長が社長が手酌。社長が（社長が）社長が（社長が）社、社、社、社、社長が手酌（フゥ〜！　※フロア熱狂）。

社長はめちゃくちゃ良い人なので、謝る私に対してニコニコし「手酌が自分のタイミングで飲めるから一番おいしいんです」と言ってくれた。それが気遣いなのか本心なのかわからんから余計に（気遣いや）、一番おいしい手酌を奪ってまで私が不本意なタイミングで注いでええんか…と手を出せないでいたら見かねた女の先輩がいつの間にか注いでくださる始末。まあ、社長含めこの世の偉い人は、こんなこと微塵も気にしてないやろうけども。

そして最近思う。逆の立場に立った場合、気が利かない人と飲むほうがラクである、と。けっして過去の自分を擁護しているわけではないが、私がそうなのだ。気を遣われる側、おもてなしをされる側に立つと、素直に嬉しいこともあるが、若干さみしく感じることもある。たとえば1対1でめちゃくちゃ楽しく話している最中にビールを注がれた時。私は我を忘れて爆笑していたのに、相手は私の話を聞きつつも頭のどこかで私にビールを注ぐタイミングを気にしてたんかと。ひとしきりしゃべって笑いあったあとに「歯にずっと海苔はさまってんで」って言われた時みたいな切なさがあるわ（お前はずっと歯ぁ見てたんか）。

まあ、こういうのも年を重ねると気にしなくなっていくのかもしれないですけどね。明らかに私のほうが年上なのに「気ぃ遣わんでいいから!!」と同じ目線に立つほうが余計に恐縮させるやろうし、至れり尽くせりでええわ〜ぐらいのスタンスのほうが相手も気がラクだろう。気遣いは奥深い。偉そうにしている上司なども、一周まわってその立場を受け入れているだけなのかもしれない。

宮沢賢治「雨ニモマケズ」

雨ニモマケズ　風ニモマケズ…（中略）…ミンナニデクノボートヨバレ、ホメラレモセズ、クニモサレズ、サウイフモノニ、ワタシハナリタイ…だそうです（この「中略」の部分が一番大事や）。

玄関開けたらサトウのごはん

サトウ食品が発売しているレトルトご飯のＣＭのフレーズ。昔は「玄関開けたら2分でごはん」でした。

から揚げのこぼれ話

仲の良いライターさんの、小学1年生のお子様のテスト回答。

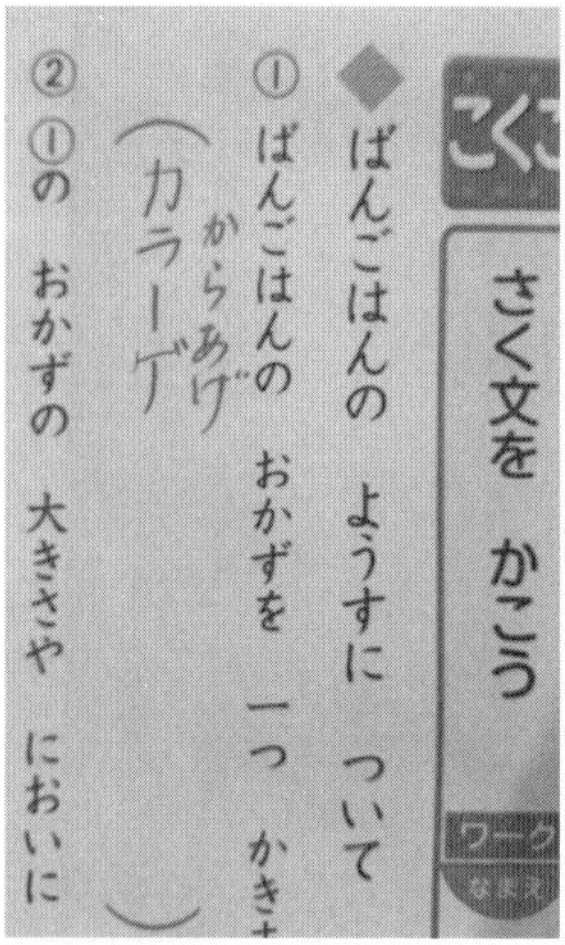

好きな食べ物　「カラーゲ」

おひとりさまビュッフェ

初めて東京のホテルにひとりで泊まることになった。出版したレシピ本が第5回レシピ本大賞に入賞し、夕方から授賞式があったからだ。出版社さんが用意してくれたホテルは本当に素敵で快適で、なんと朝食つきだった。

ひとりでホテルの朝食、しかもバイキング形式である。優雅な光景に胸が高鳴ると同時に、自分の品のなさが不安になった。挙動不審にキョロキョロしたり、スマホをいじるのは恥ずかしい。かといって一心不乱に料理と向き合うのも意地汚い。「別に死ぬほど朝食を食べたいわけではなくてね」みたいな余裕のある雰囲気はほしい。とりあえず背筋を伸ばすこと、お皿にモリモリにしないこと。窓の外の景色を眺めながら、ノー猫背ノーモリモリ。

とか考えてたらなんだかんだで8時過ぎ。朝食は9時まで。ギリギリやん。間に合う？　しめのカレーまでいける？　デシャップでヒソヒソ「あのスクランブルエッグのお皿そろそろ下げてくれへん？」「B1～A2もうクローズしていい？」「いや、A1まだおるで」「はよ帰れよ」「シッ……お客様に聞こえるわよ」てやりとり行われる時間やん。慌てて会場に行き、朝食チケットを渡す。

案内された席はお店の真ん中だった。目のやり場——！……動揺を悟られぬよう意識的にゆっくりと歩いて席に座り、荷物を置き、さっそく料理を取りにいく。

海外からの観光客も多いからだろうか、朝食は和、洋、中揃っていた。和食ゾーンは焼き鮭に出汁巻き卵、ひじきやきんぴらなど小鉢が並び、味つけ海苔に温泉卵に梅干しにとご飯のお供がずらり。洋食ゾーンはバゲットなど焼き立てパンが並び、スクランブルエッグ、ウインナー、カリカリベーコンの〝バイキング三銃士〟が四角い銀のふたの中で出番を待っている。シリアルやフルーツ、サラダに飲茶にカレーと盛りだくさんのラインナップ。トング片手に小躍りしたい嬉しさだ。しかし私ももう30を過ぎ、バイキングで必要以上に欲張ることはない。ノーモリモリ。あくまでも控えめにだ。三銃士は取ろう。バイキングで彼らを避けるなど不可能だ。そして焼き立てパン。食パンはもったいない、ここはクロワッサンだ。サクサクのクロワッサンにコーヒー。今日はこれで決まり。え、フレンチトーストあるん？　フレンチトーストは盲点やわ。ホテルのフレンチトーストなんて次いつ食べられるかわからんやん。クロワッサンとフレンチトースト、今日はこれで決まり。いやでも和食も捨てがたいわ。出汁巻き卵に、焼き鮭に、お味噌汁。え、とろろがあるやん！

とろろ大好きとろろ。ふだんなかなか食べられへん温泉卵ととろろ両方いったろ。そこを味つけ海苔で巻き、ダメ押しの明太子。今日はこれで決まり。あ、から揚げ…。

モリモリである。この期に及んで朝からから揚げ取る自分よ。しかもでっかいの2個な。どんだけから揚げ好きやねん。なんなら昨日の祝賀会でも食べたからな。ほんでスクランブルエッグに出汁巻き卵に温泉卵に明太子て**プリン体の亡者か**。だいたい、どこ見て食べたらええねん。景色を眺めようにも窓までの距離遠すぎるやろ。1点を見つめて食べるのも変じゃない？　取り憑かれてるみたいじゃゃない？　いやいや、誰もお前のことなんて見てないわ自意識過剰の極みか！　自然体自然体！　とりあえず食べよう。手を合わせてください！　いた、だき、ます！

ご飯にとろろ、温泉卵をのせる。明太子をほぐしてのせ、味つけ海苔で巻く。とろとろのご飯にピリリとした明太子が華を添え、それらをまとめるパリッパリの海苔のなんとも

「失礼いたします。コーヒーか紅茶をお持ちしましょうか」

どのタイミングやねん。とろろご飯に味つけ海苔バリバリいわしてる、お皿にはクロワッサン

とフレンチトーストと焼き鮭が待ってるってだいぶ恥ずかしいやん。「コーヒーお願いします」

気を取り直して食事再開。明太子の次はカリカリベーコンの塩分をおかずにとろろご飯を食べ進める。ふわりと燻製が香るベーコンの油にあっさりしたとろろが混ざり、そこに大きなから揚げをひと口。そしてフレンチトーストをはさみ、から揚げに戻る。甘い、しょっぱいの反復横跳び。はしたないが、ひとりだからいいのだ。またフレンチトースト、そしてから揚げをひと口

「失礼いたします。コーヒーでございます」

から揚げの時はやめて。せめてフレンチトーストの時に来て。

コーヒーとともに洋食セットも食べ終え大満足したものの、心残りはそう、カレーだ。ホテルのカレーは食べて帰りたい。でもさっきから「いつお皿下げよう」みたいな視線チラチラ感じるし、席を立ってる間にテーブル綺麗に片づけられてたら**どんな顔して立ち食いしたらいいん**。いやでも、カレー…品…カレー…品…カレーを取るか品を取るか…

よばれよ。私カレーよばれよ。

とにかくササッと食べてパッと帰ろうと急いでカレーのお鍋に向かい、大きくて重い銀色のふたを開ける。深い茶色の海。お玉ですくうと、もったりと、いかにもコクのありそうなルウ。ホロホロにほどけたビーフの繊維質はこのカレーがいかに長く煮込まれたかを現している。ご飯を軽く盛り、ルウをとろりとかける。鼻を抜けるスパイスの香り。焦る気持ちをおさえてゆっくりふたを閉め、席にササササ向かっている途中で気がついた。スプーンないわ。

お箸が置いてあるゾーンにいくも、見つからない。お皿のゾーンにもない。どこー…

誰にも見られたくないのにカレー片手に右往左往ウロウロしている私。から揚げを2個とった女がカレーでしめようとしているよ。結局2～3周うろついて見つけたのだが、ホテルの朝食はまだハードルが高かったようだ。ただカレーは絶品だったので、最後の選択は称賛したい。

はみだしレシピ

ホテル風
おいしいフレンチトースト

材料(1人分)と作り方

①深さのある耐熱皿に耳を好みで落とした食パン(5枚切り)1枚を入れ、[卵1個、牛乳100ml、砂糖大さじ1]を混ぜ合わせてかけ、フォークで全体に穴をあける。ラップなしでレンジで50秒、裏返して50秒チン。

☆レンジを使うことで短時間で卵液が中まで染みます！　時間があれば室温で15分ほど浸しても。

②砂糖大さじ1をフライパンにふり、バターかマーガリンを入れて弱〜中火にかけ、①を入れる。こんがり焼けたら裏返し、バターと砂糖少量を足し、ふたをして弱〜中火でこんがりするまで焼く。ふたを取り、表面が少しカリッとしたら完成。

☆ふだんは牛乳を120mlに増やし、卵1個で6枚切りのパン2枚を浸してます。もったいないんで。もちろん耳もそのまま。耳がおいしくない？

社交性のある人

「いやー彼とは3年ぶりに、偶然飲み屋でばったり会って。話してみたらお互いフリーで働いてるってわかって、なんかちょっとおもしろいことしよって話になって…」

いわゆるベンチャー企業と呼ばれる会社の社長や、東京にいった友達などにこういう話を聞くことがある。たまたま会った人と盛り上がってイベントを立ち上げたり、サークルや会社を立ち上げたり。なんという社交性、フットワークの軽さだと尊敬する。私も仕事がら名刺交換をする機会が多く、その時に「なんかまた一緒におもしろいことしようよ」とか「今うちでおすすめの商品があって。なんかコラボしておもしろいことしたいね」などと言われることがある。が、この言葉に、すごく構えてしまう。

なんというか

おもしろいことを別にしたくないっていう（最低か）。

いや、おもしろいことはしたい。そらしたいわ。おもしろいことは。でもおもしろいことって何。私の思うおもしろいことは、ひとりないし気の知れた友達と部屋にこもってひたすらファミコンするとか、仲良い友達と飲むとかで、知らない人とビジネスを一緒にする時点でそれはとても気を使うことやん。おもしろいかおもしろくないかで天秤にかけたらおもしろくないにガシャ――ン傾いて天秤壊れるわ。イベントなんかした日には絶対いっぱい人呼ぶやん。ほんですべてが終わったら打ち上げ行ってウェーイみたいな感じになるやん。「ではみんなひと言今日の感想をいって解散としましょう」とか言われたら**マイク持つ手震えるわ**（まだ始まってすらないのに打ち上げのしめまで想像してるってどんだけやる気満々やねん）。

でもここで「ちょっとおもしろいことはいいですわ」なんて口が裂けても言えないし、言う必要もないんです。ただの社交辞令、むしろ優しさから言ってくださったことに対して、この場の和やかな雰囲気をぶち壊してまで拒否する必要はまったくない。ただ、「やりましょやりましょ！」と前のめりに言った場合、たまに本気で具体的な話に進むから焦るんです。一流の方は仕事が早い。

よく聞くじゃないですか。大物芸能人に対して「社交辞令だと思ったらほんとに後日電話がかかってきて感激しました」みたいな(よく聞かんわ)。日本人にありがちな口だけ番長、「行けたら行くわ」の曖昧番長と違って、言ったことはちゃんとやる。その有言実行力こそが成功への道、信頼への道なわけです。そういうことがわかってるから余計にまごまごしてしまう。「ちょっと今度みんなでバーベキューするからおいでよ」とかですら、どうか社交辞令でありますようにと願ってしまう。いや、誘ってくださったのはすごく嬉しいし、ありがたい。でもホラ、バーベキューて。バーベキューって。なんなん(バーベキューや)。みんなって。誰なん。いっとくけど**友達の友達はみな友達の友達のままや**で。そんな知らない人たちの中で金串にえびとピーマンと牛肉刺して、とうもろこしの繊維歯にはさまって、家から浸けてきたパイナップルジュース入りの特製ソースのスペアリブ豪快にかじってホタテのおいしい汁がたれないように熱々の殻持ち上げて。アルミホイルにカマンベールチーズのせて中央くりぬいて即席チーズフォンデュにしたところに炭火で焼いたサックリとしたバゲットつけて「パンなんぼでもいけるわ」言うて、中盤でマシュマロに棒刺して焼いて溶ける寸前で口に含もうとしてる写真撮って。金網の下から「そろそろいけるんちゃう」とアルミホイルに包んだじゃがいも出てきてバターのっけて溶かしたしめに鉄板で焼きそば焼いて「もう食べられへんと思ったけど全然いける〜」とか言うて、最後は「じゃあ今日の感想みんなひと言ずつ言って解散しましょう」とか言われたら**トング持つ手震えるわ**（めちゃめちゃ楽しんどるやないか）。

おもしろいことはしたくないけど、その場の空気は壊したくない……この狭間で、「したいですねー」とか「ありがとうございますー」とかニヤニヤへこへこ曖昧に濁してその場を去るという最低野郎。そのたびに、ああ、ダメ人間やなあ…と自己嫌悪に陥る。何がそんなに嫌なのか。なぜ心からワクワクしないのだろうか。新しい仕事をする時、知らない人と会う時に心から楽しみだと思えたら、人生はどれだけ変わるのだろうか。

これを克服するには、私の恥ずかしいほど過剰な自意識を叩きつぶすことが重要だと思う。良いように見られたい、失敗したくない、嫌われたくない…人からの目を過剰に気にして生きているからいちいち悩むのだ。やる前からなんでもマイナスに考えず、なんでもありがたく受け入れたらいい。今さらどう見られたってええがな。相手に嫌われたって死ぬわけじゃない。だいいち嫌われたとしても確認しようがないやん。そもそもみんな自分のことしか考えてないって。自分が思ってるほど周りは自分を気にしてない。っていう話書いたん誰やねん。いけるわ。全然いけるわ。今ならなんでも受け入れられるわ。だんだん楽しくなってきた！　私いけるわ!!

と自己暗示を必死にかけてる時点で全然楽しめてないし、来月のレシピブログさんの表彰式でたくさんの知らない人と会うのが、喜ばしくありがたい反面本当に憂鬱です。賞状持つ手震えるわ。

はみだしレシピ

バーベキューでおすすめの簡単な料理

アクアパッツァ

アルミホイルに魚の切り身(サワラ、鯛、鱈など)をのせて塩、こしょうをかけ、プチトマト、薄切りのにんにく、砂出ししたアサリ、あとは好きにパプリカやら玉ねぎ、しめじなどを入れ、酒か白ワインとオリーブオイルをバーッとかけ、包んで10分くらい蒸し焼きに。味が薄ければ塩、こしょうを。残ったスープにバゲットを浸して食べても。

アヒージョ

アルミの調理用の深皿(ホームセンターや100均でも売ってる銀色の分厚い器)にオリーブオイルをドボドボ入れ、にんにくのみじん切りを2片分以上、そこに好みのきのこ(マッシュルームは特におすすめ。マッシュルームのみでもおいしい)、あればえびやらブロッコリーやらを入れて火にかけるだけ。バゲットを横で焼き、油に浸してどうぞ。

焼いたら盛り上がりそうなもの

◎アボカド(半分に切って両面網でこんがりと。しょうゆとワサビ持参で)
◎さつまいも(水でびしょびしょにした新聞紙で包んで、さらにアルミホイルに包んで炭の端っこでじっくり。バター持参で)
◎塩サバ、ホッケや干物、ブリかまなど。炭火で焼いたら絶対おいしい

さっきからバーベキューマスターのように紹介してるけど、全然行く機会ないで。

授賞式のはなし前編　〜着て行く服がない〜

2018年に発売した『どこにでもある素材で　誰でもできるレシピを1冊にまとめた「作る気になる」本』が、第6回料理レシピ本大賞に入賞した。その授賞式の時の話だ。

その時期は撮影が重なっており、授賞式のことを考える余裕がないままバタバタと馬車馬のように働いていたのだが、いよいよ今週に迫りハッ…！と気づいた。

授賞式って…何着ていくもんなん？

慌てて「料理本大賞　授賞式」で画像検索をかけて確認すると、みなドレスを着ているようだった。ただ、結婚式ほどのドレスではない…！　これぞまさしく、「ちょっとしたパーティにおすすめですよ」のやつやないか！　雑誌の謳い文句や店員さんの言葉に対して「**何そのパーティ誰がどこで開いてんねん**」と思ってたけど、まさにこれやないか！　その立ち位置の服ないねん！

ラフな服装 or 結婚式のドレス、その中間の服は持ち合わせてませんねん！

ホテルでの食事や入園式など、ちょいと上品な場に着ていくワンピース、スーツ程度は一応持ってるけど、写真を見ると**入園式以上、結婚式未満**に当たる服装。まさに一番困るやつだ。いうても結婚式のドレスでいけば確実に失礼はない。失礼はないが、みな比較的ラフよりの服装だった場合「あの山本って人めっちゃ張り切ってるやん」「大賞でもないのにな」とか思われたら恥ずかしい。ここはもうスーツを着ていこうか。そう思い、手持ちのスーツを引っ張り出して着てみたものの、いまいちパーティっぽくない。そら営業時代に毎日着用していたスーツやしパーティっぽいわけないねんけど、仕事の帰りに立ち寄りました感がすごい。しかし当日まで仕事が詰まっており、新しい服を買いに行く日もない…。こんな時は…

「楽天　あす楽　ドレス　オシャレ」で検索（検索のかけ方がすでにオシャレからかけ離れてる）。

目ぇおかしなるぐらい色んな商品クリックして、やっと気に入ったの見つけたと思ったら欲しい色だけ売り切れやったりサイズがなかったりしてキィィィ――――なって、探して、見つけて、失って、また探して。目の疲れ、頭痛、肩こり…ドレスにどんだけ身体むしばまれんねん思いながら血眼で探したけどコレというのが見つからず、結局は手持ちの服でどうにかすることに(今の時間ほんま無駄無駄無駄無駄無駄無駄無駄無駄――――!やわ)。

ワンピース、スーツ、ニット、スカート…どれも全然ときめかん、**こんまり先生なら瞬殺で捨てるような服**しかなかったのだが、つい先日買った(私の中では)高価なジャケットが目についた。見た目はラフだが、よくドレスコードで「ジャケットをご着用ください」といわれるぐらいやから「パーティにジャケットかい」みたいにはならんやろう。このジャケット着てるモデルさん素敵やったし、もうこれでいこうと。時代はジャケットやろと。ジャケットさえはおればあとはなんでもええわと安心して仕事に戻り、授賞式前日にまた「あとはなんでもええわ」の部分に迷いまくって(正味全然なんでもよくないからな)。

クローゼットぶわぁあさって着て脱いで着て脱いで着て脱いで部屋中に服散りばめて、結局何がいいかわからんくなり、だんだん思考停止してどうでもよくなって「明日思いつくやろ」と信じられない姿勢で眠りについた。そして当日の朝、案の定ギャーなって

……もう……**結婚式!!!!**

と、一周まわって最終兵器の結婚式のドレスに振り切った。ほんま今までのくだりなんやってん。
しかしひらめいたのだ。そのドレスは、無地のシンプルなもの。ふだんはここに透け透けボレロを合わせているが、あのジャケットをはおるパターンもありなんでは…!!

これが噂のカジュアルダウンや!!

といざはおってみたら微妙――に長さが合わなくて。ジャケットがオーバーサイズやからもっと短いスカート、もしくはロングスカートじゃないとバランス悪いな思たけど、もしかしたら私が知らんだけで今はそういう長さのバランスも流行ってるかもしれん(突然どんだけポジティブや)。
もう時間はない。カバンにドレスとジャケットをバンバン詰め、ネックレスと腕輪もちっさい袋に入れてギュウギュウ詰め、約2年ぶりのヒール靴もスーパーの袋に入れて詰め(大阪から履いていくなんて殺人行為やわ)、スニーカーを履き、さっそうと東京に向かって出発した。

料理レシピ本大賞

「書籍としての指標を示す」「魅力をアピールし、価値を広く浸透させる」「書店店頭を活性化する」といった目的のため、2014年に創設された賞。正式名称は「料理レシピ本大賞 in Japan」。キャッチコピーは、**食は本能の言葉！文字は心の叫び**。

レシピブログアワード

料理ブログのサイト「レシピブログ」が誕生10周年を記念して、2015年に創設したアワード（アワードて何）。2019年以降フーディストアワードと呼び名が変わり、ブログ、ツイッター、インスタグラムで活躍する人の活動を称え、表彰している（ありがたいことに2019年、2020年連続総合グランプリを頂き、殿堂入りしました）。

あす楽

今日注文したら明日には届くという信じられない楽天のサービス。私のようにいつもギリギリの人間には本当にありがたいけど、これも人の手で届けられていると思うと、甘えてはいけないなと思いますね…。

探して、見つけて、失って、また探して

安室奈美恵さんのシングル「CAN YOU CELEBRATE?」の歌詞。これと「情けないようでたくましくもある」（globeのFACEの歌詞）、使い勝手よすぎてブログに多用してまうわ。

無駄無駄無駄無駄無駄無駄無駄無駄——！

荒木飛呂彦さんの漫画『ジョジョの奇妙な冒険』の登場人物が発する掛け声。連続でパンチしながら叫ぶなど。

こんまり先生

片づけコンサルタントの近藤麻理恵さん。著書の『人生がときめく片づけの魔法』はミリオンセラーとなり、アメリカの雑誌TIMEの「世界で最も影響力のある100人」にも選ばれた。ひとつひとつの物に触れ、ときめくかときめかないかで判断し、捨てる物、持つ物を決めるのが特徴。この本を読むと片づけへのやる気がめちゃめちゃ上がります！（でも捨てられないんですよね）

授賞式のはなし後編〜ファスナーとカードキー〜

東京のホテルに到着。めちゃめちゃ綺麗でベッドも大きく無料ドリンクなどのサービスも充実、朝食バイキングまでついている。何これ天国？　こんな贅沢させてもらっていいんですか？　嬉しさに震え、まずはいったんベッドにダイブ。大の字で天井を見つめて幸せを10秒ほど噛みしめたのち、現実に戻ってスーパーの袋からヒール靴を出し、ドレスに着替えはじめた。

が、身体が固いせいで、後ろのチャックが閉められない。下から限界まで上に上げ、今度は上から手をまわす、この受け渡しがギリギリで。一応上からチャックはなんとかつまめる、でも余裕がゼロやし両端の布を押さえず無理やりビィーン引っ張った場合チャックが壊れる可能性大、そうなったらもうおしまい…**ジ・エンドだ**。何度かチャレンジするものの、もう腕プルプル。MUT5。（マジで腕つる5秒前）あかん……どうしよ……。

フロント9番に電話しよかな…（モンスター宿泊者か）

その後も鏡越しにそーろと上げてみたり、背中こんな曲げて腕こんなんして必死に戦ってみたけど(もう顔こんなん)、諦めて会場で編集の合川さんか池田さんに上げてもらうことに。しかし私にはジャケットがある!!(透け透けボレロじゃなくてよかったー)と、チャック半開きでパッカーなってるドレスの上からシャッとはおり、腕をまくり、会場である東京ドームホテルに向かった。

ホテルから出た瞬間。

暑い………!

気温35度。灼熱の暑さ。現在着用中のジャケットはSpick & Spanの秋冬の新作、まさかの裏地つきだ(ようこれ着ていこう思たな)。東京ドームホテルは目と鼻の先だが、ふだん履かないヒールに灼熱ジャケットの私にはとてつもなく遠い。裏地が汗で腕に張りつく。暑い。暑すぎる。熱中症なるでコレ。もうジャケット脱ぎ捨てよ。

あかん! 背中半開きや。

袖を限界までまくり、滝汗をかきながら会場に向かった。

会場で編集の合川さんにこっそり耳打ちし、会場の外でチャックを上まであげてもらい、授賞式に。授賞の挨拶は相変わらずグダグダだったし、緊張で誰と名刺交換をしたかも全然覚えていない。でも料理家のリュウジさんやみきママさんと初めてお会いできたり、祝賀会で憧れの小説家・宮下奈都さんと夜中までお話することができたりと、本当に夢のような時間だった。

あまりに非現実的なことばかりが続き、お酒の酔いも手伝ってフワフワしたままホテルに戻ったのが深夜1時過ぎ。もう足が、小指と薬指が限界で。ふくらはぎもプルプルしだして非常に危険な状態だ。一刻も早く靴を脱ぎ捨てようとサカサカと歩き、12階にたどり着いた。

……あれ?……部屋どこやっけ……

やばい全然覚えてない。

カードキーを舐めまわすように見るも、どこにも部屋番号が書いていない。部屋を出た時もエレベーターの位置がわからず行ったり来たりしたため、大まかな場所さえ忘れてしまった。深夜なのでフロントに聞くわけにもいかない。仕方なくこのカードキーを、このズラリと並ぶ**部屋のドアひとつひとつに息を殺してソーッとかざしてまわる**ことに。これ見られたら完全に怪しまれるやろ。不審者の行動やん。防犯カメラついてたら捕まりそう（※一応、カギは差すタイプじゃなくかざすタイプなので、開かない限り中の方に音はゼロ）。

1部屋目…（シーン）
2部屋目…（シーン）
3部屋目…（シーン）

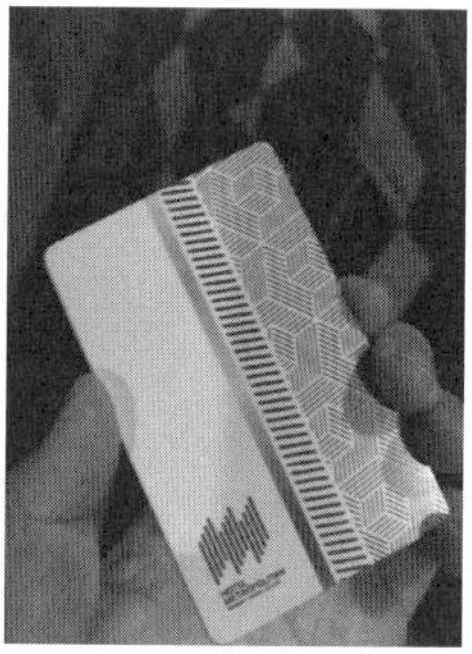

15部屋目くらいだろうか。「……カシャッ…」とランプが赤から緑に変わり。そーっと開けて無

事自室だった時は本当にホッとした。ど田舎のセキュリティの甘いホテルみたいに、同じキーで他の部屋も開いたらどうしようかとビクビクしたわ。知らん人と一夜をともにせなあかんとこやった（なんで出ていかへんねん）。

そして案の定、靴を脱いだらストッキングに血がにじみまくりやったわ。

MK5

マジで切れる5秒前の略。チョベリグ、チョベリバなど1990年代の若者、ギャル用語のひとつ。

宮下奈都さん

作家、小説家。福井県出身。『羊と鋼の森』では直木賞候補に選ばれ、本屋大賞を受賞。短編エッセイ集『とりあえず海ガメのスープを仕込もう。』で料理レシピ本大賞を受賞。私のエッセイ本の編集の小林さんとは高校の同級生で、2冊目のエッセイ『スターバックスで普通のコーヒーを頼む人を尊敬する件』の帯の文言を書いてくださいました。宮下さんの小説は開いて5秒で引き込まれる。大好きな作家さんです。

リュウジさん

料理研究家。株式会社バズレシピ代表取締役社長。YouTubeではお酒を飲みながら料理を紹介する最高のお兄さん。お菓子のじゃがりこを使ったじゃがアリゴの生みの親。リュウジさんが紹介すると商品が欠品するほど影響力がすごい。

みきママさん

藤原美樹さん。料理研究家。3児の母でもあるかたわら、節約料理や離乳食、外食の再現レシピなどアイデアたっぷりの様々な料理を開発している。いつも明るくてパワフル、愚痴や弱音もいわないし、忙しくても子どもたちに全力で向き合っていて本当に尊敬します。

ずっとあなたが好きだった

最近、Huluで『ずっとあなたが好きだった』を夫と観ている。1992年のドラマで私は当時観ていなかったのだが、①冬彦さんがマザコン②佐野史郎さんの演技が狂気的③最終的に木馬に乗っている…という知識のみあった。どんなドラマやと思っていたら、とにかく主役の賀来千香子さんがめちゃめちゃ可愛いのだ。特にずっと好きだった高校時代のラグビー部の友達（布施博さん）とのやりとりのシーンの笑顔が本当に可愛い。ニヤニヤしていたら夫が

「…なんかちょっとだけゆりに似てるなあ」と。

いやいや、それはちょっと恐れ多いわ。確かにちょっとだけ丸顔寄りではあるけど。

「本気にはしてないで」という感じで軽く流していたら、「いやもう、笑顔がゆりにしか見えんくなっ

てきた」と言い出した。「なんでやねん(笑)」と流しつつまた続きを観ていると、夫が「今の表情、めっちゃゆりやわ」と言い、「ちょっと戻していい？ この角度。この猫背の感じ」とわざわざ巻き戻して止めてんけど

布施博さんのほうやったからな。

ずっとあなたが好きだった

1992年7月から9月までTBS系列の「金曜ドラマ」枠で放送されていたドラマ。佐野史郎さんがマザコンの「冬彦さん」を怪演し、話題に。最終回の視聴率は34.1%を記録した。

ブログ「含み笑いのカフェごはん『syunkon』」のコメント欄より

勘違いシリーズ1

『クラスの男子が、英語の教科書の音読で、**Susie**(スージー、結構序盤から出てきてる人物)を「**すしえ**」と読んだ話を思い出しました！　カリフォルニアロール握ったろか！　byスージー』

すしえ――！

『**筋肉痛**を**筋肉2**と思ってました。この痛みがさらに悪化すると3になるんかと』

筋肉10で死亡。

『小学生の女の子が家具のニトリCMの「お値段以上、ニトリ♪」を「**おねだり美女、みどり♪**」と歌っていました！』

聴こえますけどね。

『久保田利伸の「La・La・La・LOVESONG」「まわれまわーれメリーゴーランド**もうけして止まらないように**」の部分、「**儲けして止まらないように**」と聞こえていて、ラブソングなのに急に商売の話するの？と思ってました』

例えどんなに儲けてもメリーゴーランドだけは止めないように。by久保田利伸

『中村あゆみさんの「翼の折れたエンジェル」。2番の最初が「**チャイニーズ・ダイスをふって生きてく二人の夢を**」なんですが、ずっと「**チャイニーズ・ライスを食ってビフテキ、二人の夢を**」って歌ってました』

チャイニーズライスを食い、さらにビフテキまで。

『BEGINの「島んちゅぬ宝」という曲の「**それが島んちゅぬ宝**」を「**それが島の長老だから**」だと思い、島の長老についての曲だと思い込んでました…』

♪教科書に書いてあることだけじゃわからない
大切なことがきっとそこにあるはずさ
それが　島の長老だから

どういう意味やねん。(アカン何回読んでもわろてまう。それが島の長老だから。1曲に長老の紹介何回出てくんねん)

『甲子園のサイレンを、結構な年齢になるまで女の人の声だと思っていました。「一番、○○くん」とアナウンスしてる女の人が冷静に「**アー～～～ァァ～～**」って言ってると思い込んで、密かに激しい恐怖を感じてました』

喉つぶれるわ。

『私の恥ずかしい勘違いは、同僚が車のナンバーの話をしていたらしく、**「ナンバーが堺になる」**って言ったのを聞き間違えて、エエエェェ(´д`)ェェエエエ **難波が堺になる**って？　マジで～っ!?って居酒屋で叫んでしまったことです…』

堺勢力拡大しすぎやろ。

『モーニング娘。の「抱いてHOLD ON ME」という歌で「キスして腕をまわして」というフレーズがあったと思うんですけど、中1ぐらいの時**「腕をまわして」の部分を準備運動的な意味でブンブンとまわす様子**を想像してまして』

キスのあとの唐突な動き。

『松田聖子の「雨のリゾート」という歌で「♪あなたの車の中でカー・ステレオ黙って聞いた♪」を、「あなたの車の中で**カステラを黙って切った♪**」と思い込んでました』

いやしいわ。

『マッチの「ギンギラギンにさりげなく」の最後のほうで「ついて来い、どこまでも…Hold onおまえをー」のところを「ついてこい、どこまでも…**とうとうおまえをー**」だと思ってました』

めっちゃ気になるところで歌詞を終える（そいつが俺のやり方）。

『私はほぼラジオのみの生活なのですが、イベントの出演者が何組か発表されて、最後に「and more」っていわれるじゃないですか。毎回呼ばれるからすごいグループだなぁって思ってました』

ゴランノスポンサーさん並にスケジュール詰まってそうですね。

『飛び出せ青春。「君も～今日から～は～**ボンク～ラの仲間**」だと、ずっと思ってました』

シンプルにひどい。

『廃品回収屋さんが住宅街をまわってたんですけど…「古新聞 古雑誌などございましたら くくらなくても結構です」ってマイクでいうてたの「**ふくらましても結構です**」やと思ってました』

邪魔やからやめて。

『うちの母が昔X JAPANの「Forever Love」のサビのところを**「♪oh サマータイム oh サマーディ」**と歌っていてTUBEの歌かと思ったことがあります』

あんなに切なく泣き叫ぶような歌い方で。

『中森明菜さんの「サンドベージュ」ご存知ですか？　破いた写真は宙に舞い踊り…を**破いた写真は12枚どりで…**だと思ってました！笑』

ほな1枚ぐらい全然ええがな。

『母は安室奈美恵さんの「CAN YOU CELEBRATE?」を聞いて英語がなかなか覚えられず、サビのところを「**カニサバフレーク♪**」と歌っていました。』

聴こえるけど——！

『「蛍の光」の歌詞、「あけてぞ今朝は別れ行く」を「あけて ぞけさ はわかれゆく」と意味づけ、「なんてかわいそうな「**ぞけさ**」と」』

ぞけさ。名前としてありえへん。

『トラックのCMで「はーしれはしーれーいすゞのトラックー♪」を、「はーしれはしーれー**ひとつー残らずー♪**」とずっと思っていて、「ひとつ残らず荷物を配送せーよ」みたいな意味なんやろうなと解釈してました(^▽^;)』

配送せーよて。なんだーよ。

『オレンジレンジ「以心伝心」という歌で「♪僕らはいつも以心伝心♪」を「**僕らはいつも死んでいる**」というお先真っ暗な歌だと勘違い』

どんだけ明るく歌うんねん。ほんで**いつも死んでいる**って何。

息子が反抗期の時に、トンカツ屋で「俺、へれーろ」って。ヘレーロカツの事でした。

へれーろて。なんだーよ。

『高校の時の友達で、ヴァスコダガマを授業で習った際、先生が「ヴァスコ＝ダ＝ガマ」って黒板に書いたもんだから「**ヴァスコニダニガマ**」だと思ってた愛すべきアホの子がいました笑』

ぞけさ——！！！（ダニガマや）

『バイト求人誌の**制服貸与**をずっと**制服カスヨ**と思っていました。何かいきなり話しかけ口調やなぁーと』

いいよいいよ！　制服ぐらい貸すヨ！

『学生のころ、「浪漫飛行」の「トランク一つだけで 浪漫飛行へ In The Sky」のところを、「**浪漫飛行へ いいんですかい!?**」だと思っていました！　えっトランクひとつだけでいいの？　マジで？　みたいなノリかと笑』

突然江戸っ子。てやんでぃ。トランクひとつでいいんですかぃ⁉

「つまらないものですが」より
捨ててください！

豆乳さつまいもドーナツ

材料3つのふわふわドーナツ。大好き。豆乳の味はしないので苦手でもいけます。
ホットケーキミックスを卵不使用のものにすれば卵アレルギーの方でも食べられます。

材料（ひと口サイズ20〜25個分）

さつまいも … 皮をむいて150g（大1/2本ぐらい）
豆乳（調整、無調整どちらでも）……… 150ml
ホットケーキミックス ………………… 200g
揚げ油、好みで砂糖 ………………… 各適量

作り方

1 さつまいもは皮をむいて1cm厚さの輪切りまたは半月切りにして耐熱容器に入れ、水をひたひた（頭が少し出るぐらい）まで注ぎ、ふんわりとラップをかけて電子レンジ（600w）で5〜6分加熱する。湯を切ってつぶし、冷ます。（冷まさないと揚げた時パンクします）

2 ボウルに1と豆乳を入れて混ぜ、ホットケーキミックスを加えてさっくり混ぜる。

3 フライパンに揚げ油を170度ぐらい（菜箸入れたらシュワシュワなるぐらい。わかるか）に熱して2を濡らした手で丸めて落とす。弱〜中火でこんがり揚げ、油を切り、好みで砂糖をまぶす。

ドーナツは揚げ焼きにすると油を全部吸って油っぽくなるので、もったいないけどたっぷりの油でやるのがオススメ（衣が落ちるなどもなく汚れないのでそのあと他の揚げ物もできます）。私はめっちゃ小さい深めのフライパンでやってる。

「おひとり様ビュッフェ」より　恥をしのんで取りに行った1品

お肉やわらか！ ホテルのカレー

撮影時に「これはホテルの味」と言ってもらえた自信作。(どこの)
牛肉を2時間煮るというレシピ本を投げ捨てそうなレシピですが、
スプーンで切れるお肉のやわらかさは感動するので、時間があればぜひ。

材料(3〜4人分)

牛塊肉(カレー用の角切りのモモ肉でも、
すね肉、牛すじでも) ……………………300g
玉ねぎ……………………………………………
　1個。2個入れても。(すごい差やでそれ)
にんにく …………… 1個(チューブなら2cm)
赤ワイン(小さい100円のパックでも)……50ml
塩、こしょう ………………………… 各適量
サラダ油……………………………… 小さじ2
水……………………………………… 300ml
カレールウ ………………………………………
　1/2箱。個人的オススメはジャワの中辛
A ケチャップ、ウスターソース……各大さじ1
　バターまたはマーガリン(ホテルやのにええんか)
　……………………………………………10g
　あればインスタントコーヒーの粉 … 小さじ1
温かいご飯、好みで刻みパセリ ……… 各適量

作り方

1 牛肉は大きめのひと口大に切り、塩、こしょう各少々をふる。鍋にサラダ油を熱して牛肉を入れ、全面こんがり焼いたら赤ワインを加える。中火でシュワー！といわせてアルコールをとばし、水をかぶるぐらい(分量外)注いでふたをし、2時間ほどアクを取りながら煮る(スプーンで切れるやわらかさまで。まだ固ければやわらかくなるまで煮続けて)。玉ねぎは薄切りに、にんにくはみじん切りにする。

2 フライパンにサラダ油とにんにくを入れて火にかけ、玉ねぎを入れて中火で炒める。こんがりしたら塩少々をふり、理想はあめ色、面倒ならきつね色まで炒め、1に加え、分量の水を入れる。煮立ったら火を止めてルウを加えて溶かし、再び弱火にかけとろみが出るまで煮、**A**で味を調える。

3 器にご飯を盛って2をかけ、好みでパセリを散らす。

「社交性のある人」より　パンなんぼでもいける

フライパンで！カマンベールフォンデュ

おもてなしにもバーベキューにも使える簡単チーズフォンデュ。スキレットを使いましたが普通のフライパンでも全然いけるし、食卓に出せるようなフライパンがなければチーズだけトースターで焼いてお皿に盛っても。（トースターなかったらアルミホイルはずしてレンジでちょっとチンでも。もう溶けさえすればなんでもいける）

材料（作りやすい量）

カマンベールチーズ……1個
ブロッコリー……1/4個(50g)
じゃがいも……1個(100g)
れんこん……1/2節
ウインナー……4本
バゲット……好きな量
鶏もも肉……1/2枚
A 塩、こしょう、にんにくのすりおろし(チューブ)……各少々
サラダ油……適量

作り方

1 カマンベールチーズは上部の端を5mmほど残してぐるりと1周浅く切り込みを入れる。アルミホイルで底と側面を包む。

2 ブロッコリーは小房に分け、洗って水気がついたまま耐熱容器に入れ、電子レンジ(600W)で1分加熱する。じゃがいもは洗って水気がついたままラップに包み、電子レンジ(600w)で3〜4分加熱し、皮をむいてひと口大に切る。れんこんは皮をむいて5mm幅の半月切りに、ウインナーは斜め3等分に切る。鶏肉は3cm角に切って**A**をもみ込む。

3 フライパンにサラダ油を熱してれんこん、ウインナー、鶏肉を入れ、両面こんがりしたら真ん中に1をおき、ウインナーを取り出してふたをし、弱火に4分ほどかける。チーズが溶けたらふたをはずし、ブロッコリーとじゃがいも、ウインナーを入れ、食べやすく切ったバゲットを添える。

バゲットを
チーズにからめたあと、
はちみつと黒こしょうを
かけて食べるとまた
おいしいです！

「授賞式のはなし前編」より
ちょっとしたパーティに

サーモンとポテトのタルタル

すごく手が込んでそうですが、市販のすでに切ってパックに入っているサーモンを使って
火も使わず作れる、むしろ簡単なレシピ。セルクルがなくてもオーブン用シートでOK。
焼肉のたれをまるでバルサミコ酢かのようにお皿にたらしてください。

材料（2人分）

サーモン（刺身用）…… 8枚
じゃがいも …… 1個（100g）
玉ねぎ …… 1/8個
A 砂糖 …… ひとつまみ
塩 …… 少々
しょうゆ、オリーブオイル …… 各小さじ1
B マヨネーズ …… 大さじ1
塩、こしょう …… 各少々
にんにくのチューブ …… 1cm
焼肉のタレ、オリーブオイル、あればきゅうり、ベビーリーフ、レモン、粗びき黒こしょう …… 各適量

作り方

1 サーモンは1cm角に切る。じゃがいもは洗って水気がついたままラップに包み、電子レンジ（600W）で4分加熱し、皮をむいてつぶす。玉ねぎはごく細かいみじん切りにして水にさらす。
2 水気をきった玉ねぎの半量とサーモンを**A**で和え、残りの玉ねぎをじゃがいもに混ぜて**B**で和える。
3 オーブン用シートを4cm幅に折って直径8cmほどの輪にしてホチキスで留め、お皿にのせ、**2**を重ねて詰め、シートを上からはずす。オリーブオイルと焼肉のタレをたらし、あればみじん切りのきゅうりを散らし、ベビーリーフ、レモンを添え、黒こしょうをふる。

「授賞式のはなし後編」より
ヒール靴にやられた小指色のなすで（いややわ）

なす入りジャーマンポテト

仕上げにだししょうゆをかけるちょっと和風のジャーマンポテト（和風のジャーマン。わけわからん）。オリーブオイルとにんにく、仕上げのバターの風味がおいしいです！だししょうゆさえかければなんでもおいしいんですけどね。

材料（2人分）

じゃがいも …… 2個（200g）
なす …… 2本
ブロックベーコン …… 80g
にんにく …… 1かけ
オリーブオイルまたはサラダ油、だししょうゆまたはめんつゆ、あれば刻みパセリ …… 各適量
塩、こしょう …… 各少々
バターまたはマーガリン …… 10g

作り方

1 じゃがいもは洗って水気がついたままラップに包み、電子レンジ（600w）で4～5分加熱し、皮をむいて1cm厚さの輪切りにする。なすは乱切りに、ベーコンは1cm幅の棒状に切る。にんにくは薄切りにする。（まな板にペーパータオルを折って敷いた上で切ると匂いがうつらないのでオススメ）
2 フライパンにオリーブオイルとにんにくを熱して弱火にかけ、こんがりしたらにんにくを取り出す。続いてじゃがいも、なす、ベーコンを入れて塩、こしょうをふり、こんがりしたら裏返す。（なすが信じられへんぐらい油を吸うんで、足りんくなったらどんどん足して。それが嫌ならなすだけ先にレンジで加熱してから炒めて）←もう遅いわ。どのタイミングでいうねん
3 バターをからめて器に盛り、1のにんにくを散らす。だししょうゆ少々をまわしかけ、あればパセリをふる。

揚げ焼きは
めっちゃはねるんで、ペーパータオルを1枚ファサッと上にかぶせると油はねが少なくてすみます。フライパンからはみ出たら引火するので注意！　確実にフライパンの中に収めて。

「気が利かない人」より
もうコレしか目に入らない

ジューシーから揚げ

から揚げは色んなレシピを紹介してますが、一番よく作るのがこのレシピ。
にんにくとしょうが、チューブじゃなくて生ならおいしさ8倍増しです。
（そんなに増すならもうそれで書けよ）

材料（2人分）

鶏もも肉……1枚
A 顆粒鶏ガラスープの素……大さじ1/2
　しょうゆ、酒……各大さじ1
　にんにく、しょうがのすりおろし（チューブ）……各1cm
　こしょう……小さじ1/2（好みで調節）
片栗粉、揚げ油……各適量
好みでレタス……適量

作り方

1 鶏肉は大きめのひと口大に切ってフォークで数か所穴をあけてポリ袋に入れ、Aをもみこんで30分以上おく。汁気をきり、バットなどで片栗粉をしっかりまぶす。
2 フライパンに揚げ油を1cmほど入れて中火にかけ、1を入れる。衣が固まるまでは触らず、こんがりしたら弱〜中火にし、裏返して5〜6分揚げ焼きにし、油をよく切る。お皿に盛り好みでレタスを添える。

誰にも
言わんとい
てな

実際の私の朝昼ごはん

パンの端っこの１枚と換算されへん部分、アボカドマヨネーズしょうゆワッサリ刻み海苔ワッサリ。

ご飯と小松菜の炒めもん
1束300gを一人で食し、糖質脂質生活をトントンに。

納豆卵ちぎり大葉しらすウインナー丼
納豆卵ご飯は週3〜4で食べてます。卵は目玉焼きにすることも。

フォカッチャとラタトゥイユ、手羽元添え
何添えてんねん。

納豆卵かけご飯
（昨日の残りの鮭添え）

ブロッコリーもやしキャベツ舞茸豚こまスープ
食欲そそらなさすぎるわ。

ダブルウインナー丼

レンチンスパゲティにキユーピーのたらこソース
〜耐熱容器のままで〜

実際の私のおやつ

八つ橋とウインナー
甘い⇒しょっぱいの無限ループ。コーヒーを添えて。

しそわかめご飯
おやつは食事と食事の間の捕食と考えています。(乳幼児期か)

福井県大野市のいもきんつば
これ大好き。

こてっちゃんとご飯(お弁当の残り)
おやつにホルモンてマキシマムザホルモンでも食べへんで。

ホットケーキ(娘の朝食残り)、焼き鳥の肝(前日の残り)
どんなんや。

下半身どこいってん。

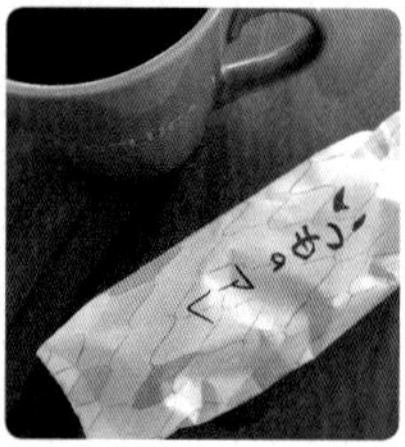

初対面ですごい距離詰めてきたで。

スーパーのさつまいもの天ぷら(前日の残り)
天ぷらをスイートポテトの立ち位置で扱うな。

第3章

毎日がエブリデイ

薄々気づいていたこと

ずっと気づかないふりをして、自分の気持ちにフタをしてきました。
どうしても認めたくなくて。
言ったところでどうしようもないし、どうするつもりもないし
口に出してしまったらこの幸せが壊れてしまいそうな気がするというか。
でも、本当はずっと前から確信していたんです。
確信していながら
必死で色んな言い訳を探して気持ちを押し殺してきたんですが
もう限界です。
ちゃんと伝えます。

新しく買った洗濯機で乾燥させた洗濯物が、全部臭いんです。

ほんまこれ、どういうことやねん。

引っ越しの際、散々縦型かドラム式か迷ったのだ。でも家電量販店の人が圧倒的にドラム式推しで話を進めてきたため、ええいと奮発して購入した。ブログのコメント欄では

『ドラム式最高！　なくては生活できません！』

という方と

『ドラム式にして後悔した。早く壊れろとすら思う』

という方がいたが、もう買ってしまったのもあるし、私はきっと前者だろうと。

実際、乾燥の機能を使ったら、ゴワゴワどころか、干した時よりフワッフワになるのだ。それがあったかくて気持ちよくて。また娘は保育園で、ほぼ毎日制服をドロドロに汚して帰ってくるため（制服のまま全員泥遊びしてるんでほんまに文字通りドロドロで帰ってくる）、毎日洗濯し、朝には乾いていないといけない。乾燥機能がなかったらどうしていたのだろうと思うぐらい、毎日ガンガンまわして、非常に重宝している。

ただ、**冷めたらちょっと変なにおいすんな**、とは思っていた。でもこれはたまたま夫がめっちゃ汗かいた靴下を一緒に洗ったからやろうとか、たまたま布巾が臭かったんやろうとか、たまたまシャツが臭かったんやろう、とにかくたまたま臭いんやろう、そんな気にするほどでもないか、誰も何も言ってないし、耐えられないほどのにおいではないし、気のせい気のせい…そう言い聞かせ、あまりに臭いタオルは「もう長いこと使ってるからなあー」と雑巾行きにしていたのだが…

ちょっと雑巾行きが多すぎるんですよね。

それでもまあ、今だけかなとか、妊婦やからにおいが気になるんやろう、鼻の内側ににおい成分がついてるんやろう…もはや**我が鼻サイドにまで責任を負わせていた**のだが、昨日、タオルに顔を押し当てた瞬間

くっさ!!!!!　もう嫌やこのセンタッキー!!!

と叫んでしまった。

節子、これは勘違いやない。洗濯機側の問題や。

なんというのか、ほんまに完全に無臭のものだけを少量洗った場合はいいのだが、ほんの少しでも臭いもの（靴下など）が混じっていると、すべての洗濯物が、それ臭に染まるのだ。タオルにいたっては「**すべての悪臭を私が吸い込ませて頂きました**」と胸を張らんばかりに臭い。なんなん。

私の使い方の問題か。ちゃんと説明書通り、毎回フィルターにたまったホコリをブラシでとって、ドア周辺とゴムにたまったホコリもふきとっているのにだ。え、これ毎回せなあかんの？って最初だいぶびっくりしたけど購入してしまった以上、従っている。柔軟剤も入れすぎないようにしている。下洗いはさすがにしてないけど、そんなんせなあかん洗濯機なんてもう洗濯機の意味ないじゃないですか。

そういうものとして諦めて付き合っていくしかないんでしょうか。それともやはりWHS（我が鼻サイド）の問題なのでしょうか。

ご清聴ありがとうございました。

その後の話

この問題、ブログに書いたら350件を超えるコメントがありました。共感とアドバイスの嵐。においの種類の表現も人それぞれ。雨に濡れた犬のにおい、鶏小屋のにおい、空豆を炊いたようなにおい、牛乳拭いた雑巾をそのまま半乾きで机の中に押し込んでたみたいなにおいetc…（臭すぎるわ）そして断トツに多かった対策が「**粉末ワイドハイターを使ってみて！**」というもの。実際それを使うようになり、においはうそのように消えました。粉末ワイドハイターって何者なん一体…！

あとは
◎液体じゃなくて粉の洗剤に変えてみて！
◎使っていない時はドアを開けておいて！
◎洗濯が終わったらドラム内の中身をすぐに取り出して！

というのが多く、その他
◎こまめに洗濯層や排水周りを掃除する
◎自動設定ではなく、水量を増やして洗濯する（すすぎの回数も増やす）
◎１回に洗濯する衣類の量を減らす
◎柔軟剤と洗剤の量を規定よりかなり減らす
◎液体の洗濯洗剤には粉の漂白剤を、粉の洗濯洗剤には液体の漂白剤という組み合わせで使う。（科学的な理由で効果があるそうです）
◎初めから乾燥までするコースではなく、先に洗濯のみのコースで洗濯し、脱水をある程度してから、一度とりだし、パンパンしてから乾燥
◎洗濯の工程が終わってから、一度開けて、香りのシート的なものを入れてから乾燥
◎週に1回、何も入れずに乾燥機を30分まわす
◎お湯（40℃ぐらい）に粉洗剤を溶かしてつけ置きしたあとに洗濯する
◎塩素系ではなく、酸素系の粉末を使う
◎重曹を使う
◎タオルだけまとめて洗う
◎メーカーに問い合わせる
◎諦めてコインランドリーに行く
◎諦めてにおいとともに生きる

など、もし現在お困りの方がいらっしゃいましたら参考にしてください。

なんやこれ

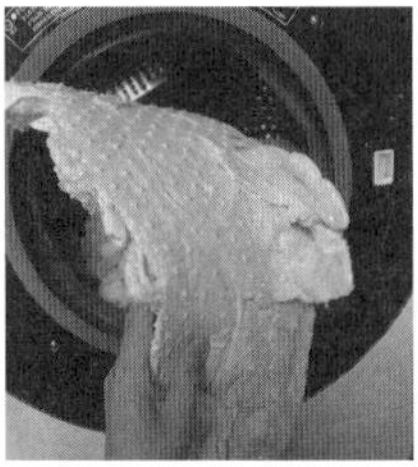

におい問題は解決したけど、ごくたまに、タオルがすべてゴワゴワのガサガサになってドラムの側面にペッターン張りついて仕上がることがあるんですけど。これは何。

ちょっとこれなんなん

あの、これなんですけどね。（下の写真右参照）

プレイハウスというのか、子どもが中に入って遊ぶおもちゃの家。組み立てもいらないし、友達が遊びにきた時に出してあげても喜ばれるし、本当に重宝している。ただこれ、どう頑張っても右の袋に入らないっていう。（下の写真左参照）

一応、手順の説明が袋にイラストで示されているのだ。

イラストだけを見ると、家がポンッと平面になり、パタンと四

角に畳まれ、くるんと円になってスポンと収まる…となっているのだが、いやいや、**一向にこの真ん中のパタンから先に進まれへん**。なんならイラストは真四角やけど現実は屋根がモッコリ出てる。屋根が出てる。モッコリとね。

　このプレイハウス、もともと母が買って実家に置いてくれていたもので。袋に戻すべく姉とふたりで約2年間も格闘していたが、どう頑張ってもここから先に進めなかったらしい。「**この袋に入るらしいねん。でも絶対無理やから**」と宣告されて手渡された。その場で「んなアホな」と思い、何回も試したもののほんまに無理で、諦めてこのままの形で車に積んで持って帰ってきた。部屋の壁に立てかけ、ふと思い出しては挑戦してみるのだが、この斜めを持ってねじってクルンのところで絶対に**バイ――――ン**なるんです。反作用がすごい。

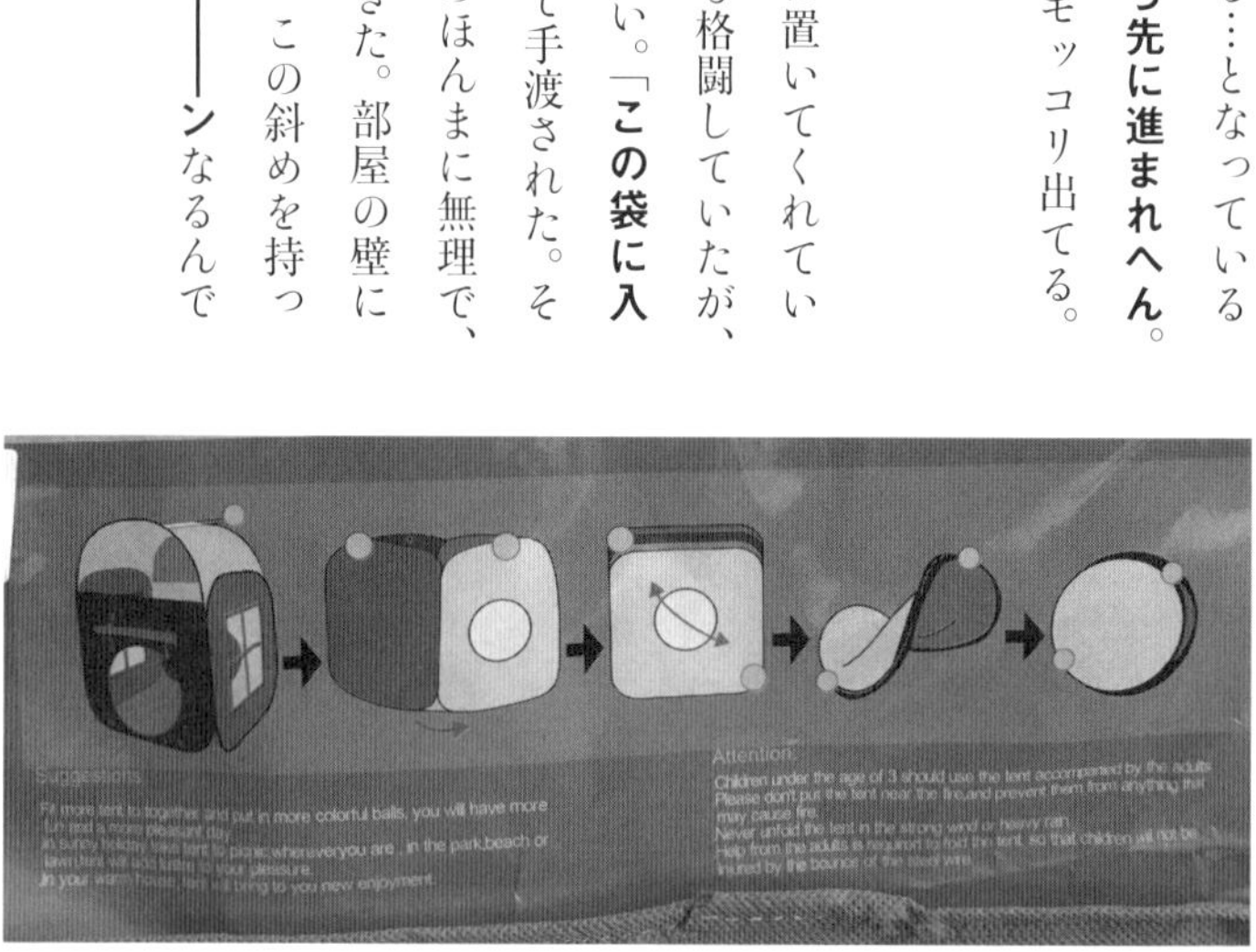

こういうタイプのものは他にも持っているし、要領はわかっているのだ。たとえばアウトドアで使うテントなんかもまさに同じで、斜め両端を持って8の字にブリーン曲げて力技でねじ伏せたら信じられないぐらい小さい丸に収まって袋に収まるシステムなのだが

コイツだけは……！！

一瞬は丸くなるのだ。ものすごい力技で、このワイヤーかなんかしらんけどもう折れて壊れる、なんなら壊してしまったんちゃうかと不安になるぐらいグイグイ押し込んでねじ伏せたら一瞬はこの形になるのだが、そのまま袋に近づけると……**いや全然収まらへんやないか――い！**っていう大きさやねん。ひとまわり、いや、ふたまわりぐらいでっかい。

そして押さえてた手が少しでも離れた瞬間、押し込んだ屋根が**ぶりんっ!!**と飛び出したり、何やら変な部位が**ビギ――――ン**飛び出したり。**もう両手両ももすべてを用いて抱き込むようにこいつと格闘し、太ももでワイヤーをはさみ込み、バッサバサバッサバサバサバサバサバサ――**

――戦って

フッ……と力をゆるめたら**バァ――――――――――――ン**(もとの形)

こなくそー!!ともう一度グリ―――ン手を交差させ、8の字にして丸め込んでも

袋に近づけようとした瞬間**バァ――――――――――――ン**(もとの形)

………もう………

わぁぁぁぁぁぁぁぁ――――――――――――!!!(心で発狂しながらまた8の字にしてブリーン丸めて丸い形におさえ込む)

はぁ…はぁ…このまま…袋に………

…**バァ――――――――――ン**(もとの形)

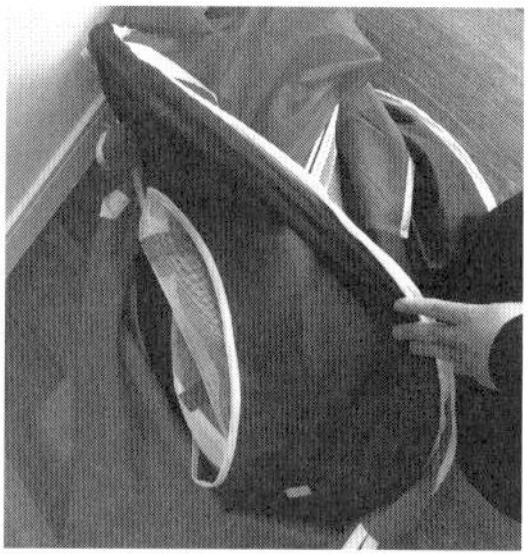

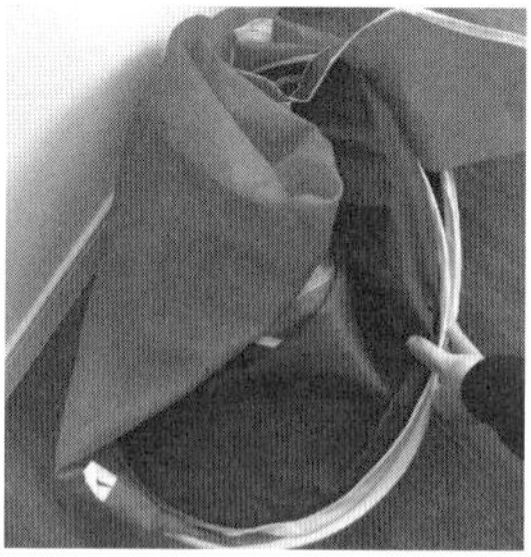

そして丸型を近づけたところで袋よりふたまわり大きいですからね。さっきも言いましたけど。ギュッとやったら入りそうとかもない。遠目からでもわかるわ。全然違うもん。

いやこれ、どうしたらええの。
え、ほんまにもともとここにおったん？

違う家の子？

膨らんだとしか思えない。もしくは袋が縮んだか。
ほんで下の説明英語やから、何書いてるかさっぱりわからん。

もしかして日本語に訳したら「**上記のイラストのように丸い形になると思われるかもしれませんが、実は一度開けると二度とも**

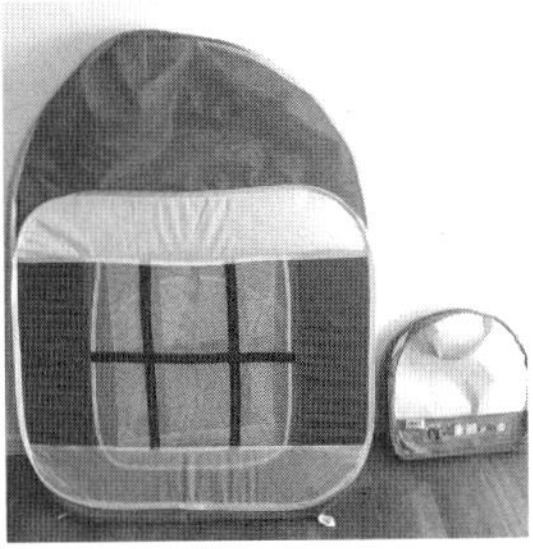

とには戻らない形になっておりますのでご注意ください」って書いてあるんちゃうん。

ということで、今日もまだ壁に寄りかかっております。

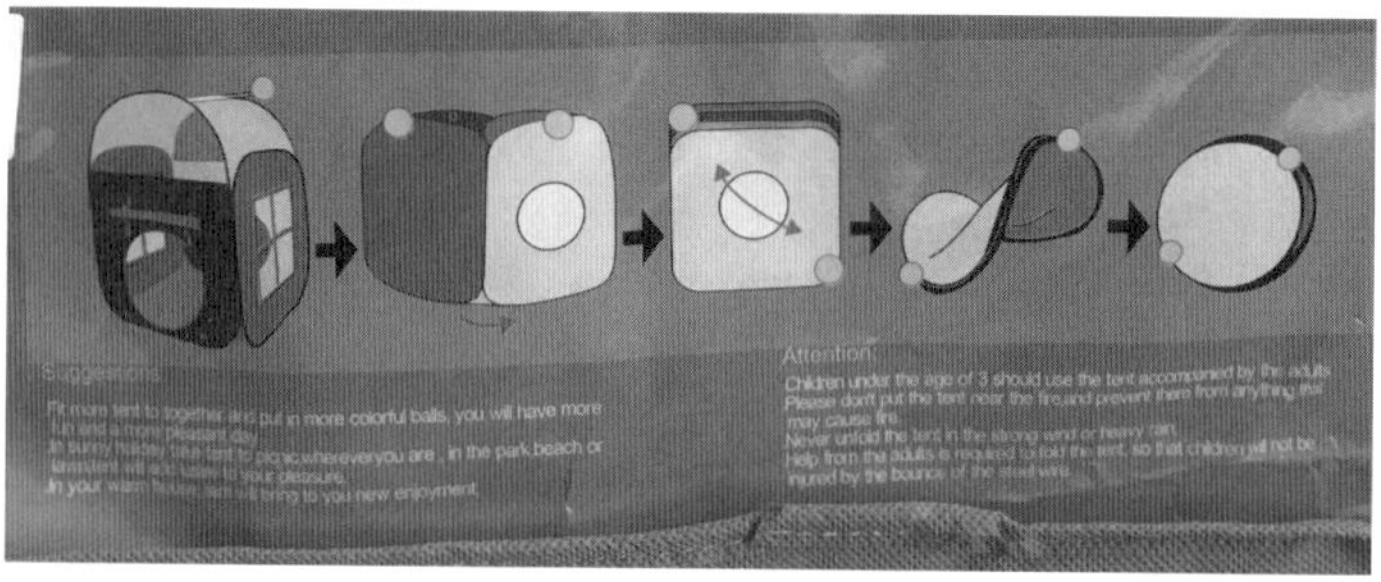

合言葉は888

先ほどのプレイハウスについて、ブログでたくさんコメントを頂いた。

『ふたつ折りしたらその後は3つの丸をひとつにするイメージなんです。右と左の輪っかを真ん中に』

『対角線の角を持って8の字に畳む時、**8の字どころか888**の字をイメージして、これでもかってぐらいグリングリン曲げて、あとは流れに身を委ねるとうまくいきます』

もう表現力が天才で、完全にコンパクトにまとまりましたわ(※私の頭の中のプレイハウス)。

『8の字にひねってパッタンじゃなくて、8の字にひねってパタンパタンパッタンです!』

まさに888!!

『5年程たった頃でしょうか、素直に袋に帰るようになりました。今ではなんの抵抗もなく袋に帰ります。時間との勝負、根気戦です。育てるように、君はここへ帰る場所があるよと』

まさかの長期戦！

『アレです、寝技。プロレスラーとか、柔道家、さもありなん風に。若干あごを突き出して。寝技に持ち込んでくださいませ』

あご関係ないやろ。

そして最も多かったのが『**YouTubeで動画があります**』というもの。その発想はなかった！貼ってくださったURLから飛んでみると、まさにまったく同じプレイハウスの畳み方動画があるじゃありませんか。なんて便利な時代！と、いざ視聴……。

なんということでしょう。あんなに頑固だった彼が、いとも簡単にクルンと真ん丸にされ、ストンと収まっているじゃありませんか。ただ…**あのイラスト全然違うやないか！**とはなったけどな。屋根ぶりーんはみ出た状態からもう丸に向かってたわ。あのイラストどういうつもりで描いたん。4から5までが粗すぎるやろ。

ということで、さっそくやってみることに。まずパタンと畳んで寝かせ、対角線上に三角に折る。そして………あれ？………できない……‼

え、なんで？なんで？と、もう一度動画を再生。（…おお〜……簡単！）レッツトライ！………できない……‼　なんでなんで…（アワアワ）
なんなら動画観て頂くとわかるのだが、最後のほう**プレイハウス側から丸まりにきてる**んですよ。もう協力体制。動画撮るからって賄賂渡されてるんちゃうんかと思うぐらい従順。

その後何度もやってみると、突然、今まで曲がらなかった方向にグルン！！！　そしてまたグルンっ！！　と丸まりまして。おお――――！！！！　これはまさに８８８！！！

ババ――――――ン!!（下の写真右参照）

惜しすぎるやろ。

この突起物をこっち側に倒せばいいと思うやん？　絶対無理やからな。バキャァ！なるから。

その後、探偵ナイトスクープも視野に入れつつ試していたら、突然**プレイハウス側が丸まりにきて**。（キタ――――!!）よし！　良い子だ！（ヨシヨシ！ヨシヨシ！８８８！ヨシヨシ!!）

ハウスはあれよあれよという間に小さい丸になり袋に収まった。え、逆になんでできたん。

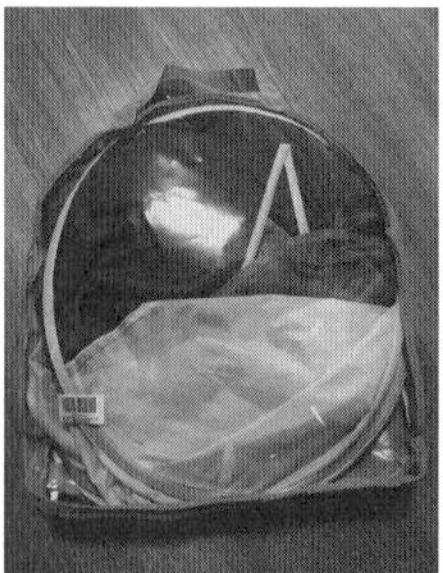

もう二度とできないと思うんでしばらく出さないでおこう。
最後に印象的なコメントを添えて終わります。

『我が家のハウスも4年間畳めず壁に寄りかかっておりました。ヘビーに使い過ぎて破れるわ汚れるわ。つい先日決心して清掃センターに捨てに行きました。軽自動車の後部座席占領する形で。センターのおじさんが処理場にポーイ投げ入れた瞬間、バィィィーン……。彼は空中で見事にもとのハウスの形になり大量のゴミの中へ落ちて行きました……最期に見た有志とでもいいましょうか…不思議とスローモーションに見え、さながら特攻隊のような勇ましい最後でした』

なんということでしょう
テレビ番組の「大改造!!劇的ビフォーアフター」の中で毎回のように流れるナレーション。ビフォーとアフターじゃ、日当たりや照明まで全然違う。

探偵ナイトスクープ
朝日放送テレビの制作で1988年から放送されているバラエティ番組。視聴者から寄せられた依頼を探偵局員が解決する。初代局長は上岡龍太郎さん。二代目は西田敏行さん、現在はダウンタウンの松本人志さん。「爆発卵」の回は何度観ても笑ってしまうし、「レイテ島からのハガキ」やら「23年間会話のない夫婦」みたいな涙なしでは観られない回、「高速指パッチン」とか非公式でギネス記録をたたき出してしまう回、全国放送ではできなさそうなギリギリの内容をやっちゃうところもすごく好きです。

洗濯、それはめんどくさい

何度も書いているかもしれないが、料理以外の家事がすべて苦手、そして嫌いだ。掃除も嫌いだし、アイロンがけは嫌いとかいうレベルを超えてもういっさいしてないから家事にすら入れてない。1冊目のエッセイ本でアイロンがけが苦手な話を書いたが、新婚で頑張っていた頃が懐かしい。Yシャツはクリーニングに出すという贅沢を覚えてしまった。あまりに上達せず、アイロンを見るのも嫌になり、このままでは夫の影のあだ名が「シワシワ」になりそうな気がしたのだ。ちなみに給食着は手アイロン(かからんわ。折り紙で使う用語や)。

なかでも特に嫌いなのが洗濯である。しかも洗濯は逃れられない。料理なら食べに行ったり買ってきたり、なんぼでも代案はあるし、掃除を数日しなくても汚いだけで支障はない(汚いのが支障や)。洗濯は1日2日サボれば下の娘の保育園のシャツがなくなるし、3日サボればバスタオルがなくなるし、それ以上サボれば着るもん拭くもんゼロになる。毎日せなあかん、というのが憂鬱に拍車をかける。なんとか楽しみを見出そうと柔軟剤をいいものに変えてみても、洗剤を片手でピュッて気持ちよく出すタイプのにしてみても、タオルがふんわりいい香りに仕上がろうが、シャツが真っ白に洗い上がろうが特に喜びはない。それなのにここ10年近く続けてるなんて、誰もほめてくれないけどものすごいことやと思いませんか。

洗濯機入れてスイッチ押すだけやん、と母によく言われる。昔の人にいったら殴られそうなほど楽なのだろうが、それでもちょこちょこ面倒な部分があるやろ。まず1枚1枚一応確認せなあかんこと。確認せずに入れたら娘の靴下は8割がた裏返ってて干す時に戻すと中から泥が出てきたりポケットに石やらティッシュやら入ってたりするし、何回言っても下の娘のパンツとズボンはだいたい一体化してるし、私のパンツとズボンもたいがい一体化してるしな(33にもなって4歳児と同じ脱ぎ方してるわ)。またそのあとネットに分ける作業も地味に面倒。時々「もうええわ!」と全部一緒にバーン入れて「神様……!」とまわすけど、いざ仕上がるとズボンにブラジャーの金具が引っかかり、さらにストッキングでグルグルに拘束され芸術作品みたいに登場したりする。『作品名:**現代における若者の虚無感およびズボンブラジャーストッキング**』(後半がすべてやろ)。

といっても洗うのはまだマシで。干す、そして畳むという作業よ。嫌過ぎて数年前から「畳む」

に関しては、週末、夫がまとめてやるというスタイルにスッと移行させたわ。共働きでも家事のたいていは職場が自宅というだけで私がやってるんで、畳むのはやってくれ。夫は器用で、何をやっても私の数倍早いし数倍綺麗なんです。もう掃除も洗い物も全部やってくれたらいいのに。

ただ週末しか畳まないため、週の後半には下着や娘の服はもう洗濯物の山から探し出して着ることになる。夫としては、そんな耐えられへんから根負けして私が畳みだすと思ってたやろうし、大抵の奥さんはそうなるやろけど、私は全然平気(胸張って言うことか)。自分で畳むくらいなら山探しに精を出すほうを選ぶわ。よって水曜日以降は「パンツー」「シャツー」と言いながらお風呂上りに裸でガサガサ山を漁り、娘に靴下がないと訴えられると「**あの山のどこかにあるわ**」と冒険家のような指示を出している。ベランダから取り入れる時点で、ある程度毎日必要なものには目星をつけ、探しやすいように分類して洗濯カゴに放り込む工夫も覚えたわ(そんな工夫するならもう畳めや)。

となればあと面倒な作業は「干す」だけだ。それがこの冬、突然めちゃくちゃ嫌になった。

3人目を妊娠中でつわりがあったのも大きいが、1枚1枚広げて、ハンガーにかけて、棒に吊るす…この行為がとんでもなく面倒に思えたのだ。何この作業、絶対現代人がやる行為ちゃうやろ。多くのものが電子化され、国民に番号がふられ、ユニクロのレジに店員さんはいない。**なんで1枚1枚広げてハンガーにかけて棒に吊るさなあかんねん。**

そしてあることを思いついた。ふだん雨でどうしても外に干せない時や、緊急で乾いた服が必要な時は洗濯機で乾燥までかけている。それなら別に、晴れの日も雨ってことにしたらええやないか。

ここで「晴れの日も乾燥機にかけたらええやん」ではなく「晴れの日も雨ってことにしたらええやん」というのが意味不明なのだが(雨ちゃうからな)、めちゃくちゃ天気がいいのに外に干さずに乾燥機を使うのはどうしても気がひけるのだ。ただ連日雨ならずっと乾燥機にかけても何も思わない。やってることは同じなのに、人の感情は複雑なものだ。そして実際私は、2020年の冬の間じゅう大阪は雨ということにしたのである。どんなにいい天気でも「**ところにより湿気が多いでしょう**」と心の蓬莱さんが言い訳し、毎日乾燥機で乾かした。糸くずフィルターと乾燥フィルターのお掃除マークの点滅も5回中4回は無視してグワングワンまわし続けた。結果、とても楽になったのだ。なんで今までそうしなかったのだろう。せっかく乾燥機能がついてんねんから使えばええやないか。罪悪感さえ拭えれば、何の問題もない。このまま一生まわし続けよう。

ただ…子どもの成長がやたら早くなった。先日買ったばかりのズボンがもう短い。上の子がついこの間着ていた服なのに、4歳下の妹ですらきつそうだ。夫もやたら太ったようで、トレーナーがパツパツである。原因は明らかだが、しばらく気づかないふりをしていよう。

蓬莱さん

兵庫県出身の気象予報士・防災士。『かんさい情報ネットten.』『情報ライブミヤネ屋』『ウェークアッププラス』(すべて読売テレビ)などに出演している。

この靴下、夫のなんですけど、全部微妙〜に違う柄や長さなんです。ペア探しがほんまに面倒でブログに愚痴ったら、コメントで「全部同じ柄のものを買えばいい」という解決法を教わり、目から鱗でした。3足1000円の靴下、なぜか全部違うの買わな損やと思ってたけど、揃えてしまったらほんまにラク。しかも穴あいたらその一足だけ捨てたらいいっていう。

その後の話

3人目が産まれてからタオルや下着、靴下だけは毎回乾燥機、それ以外は干すというスタイルに変更した。あのまま続けてたら子どもの服、一瞬で着られへんくなるところやったわ。

クラッチバッグとの付き合い方

クラッチバッグってあるじゃないですか。昔セカンドバッグともいうてたやつ。(写真右、『プチプラおしゃれ図鑑(KADOKAWA刊)』より)

憧れてはいたのだが、こんなちっこいカバン、荷物が絶対収まらないし、子どもといる時に持つなど不可能なので諦めていた。しかし数か月前、オシャレな店員さんに「これ可愛いですよね」とすすめられ、ついに買ってしまったのだ。柿色の(柿色て言い方おばあちゃんか)。私は服も帽子も靴も地味色、無地の服が多いため、差し色にしようと。

そして先日、仕事の打ち合わせで、ほぼ荷物を持たずにひとりで出かける機会があったので持っていったのだが、これが**予想以上に邪魔**で。何をするにももたつくのだ。財布ひとつ取り出すのももたつくし、財布のチャック開けたくても片手はカバン持ってふさがってるわけで。カバンを脇にはさみながら財布開けて、中身を出して、チャック閉めて、脇のカバンに戻し…キィ――――なる。片手が常にふさがってるストレスが半端ない。またこれ、ずっと持ってると重いのだ。こんなちっさくてなんも入らんカバンのくせに「手ぇしんどっ‼」ってなるんで、すぐ脇に抱えてしまい、ただの集金の人と化す。

服を買いにいっても鏡で合わせてみることさえできないし、一度開いたTシャツを畳むこともできない。とにかく両手をフリーにしよう思たらずっと脇!（毛細血管がいっぱい詰まってるとこ脇!）そしてこれ、御手洗いにいった時に最大の盲点を発揮してくるのだ。

……………**置き場所がない**……………‼

え、どうしてるんみんな。2個前に並んでたオシャレなあの方は今個室内でどうしてはるん。フックにものすごいバランス取ってはさんでみたり、紙袋につっこんでみたり、片手に持ったまなんやかんや頑張るしかない。どうしようもなかったら「ハイここは綺麗なことな」って自分で決めた場所にファッ…と浮かせて置くしかない。

そのあと手を洗って、ハンカチ取り出して、手を拭いて、ハンカチ中入れて…ってもうこれ、**股にはさんでよろしい？** そういう持ち方はアリ？　ほんまゴムで手に縛りつけたくなるわ。

でもせっかく買ったんで、めげずに持っていくようにしている。まず置き場所がなくなったときのために紙袋を常に持参。「荷物多いならクラッチバッグ持つなよ」って思われそうやから、**外出先で買い物したんです**っていう設定で（誰に話すんその設定）。

いつも最寄りの駅まで自転車で行くのだが、駐輪場で150円出す時に必ずもたついて電車1本逃すため、150円だけポケットに直に入れ、小銭ジャラジャラいわせながら自転車をこぐようになった（もはやオシャレからどんどん離れてく）。

そして最近、家から電車に乗るまでの人にあまり見られない区間や、お店で服が見たい時、トイレなどはこうしている。

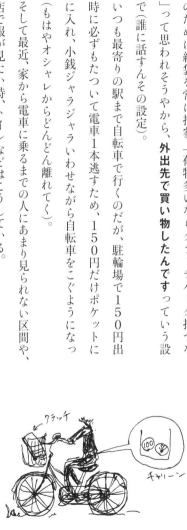

毛細血管がいっぱい詰まってるとこ脇！

吉本新喜劇の座員、リーダーを務める吉田裕（よしだゆたか）さん、すっちーさんとの定番ギャグ「乳首すんのかいせんのかい（乳首ドリル）」の台詞。実際には毛細血管がいっぱい詰まってるのは脳や肝臓で、脇は詰まってるのではなく血管や神経が浅いところを通っているだけらしいです。

もう持ちなさんな。

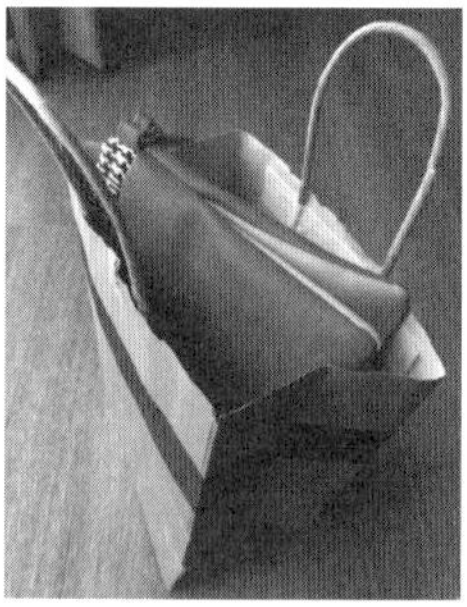

誰にも見せられない戦い

先ほどのクラッチバッグについてブログに書いたところ

『わかりすぎます！　私も出かけて数時間我慢したら**後半は紙袋にイン**してます』

『私の知り合いなんて、邪魔やからいうてバックパック（オシャレぶったけどリュック）にクラッチ入れてましたからね！　それ、でかいポーチやないかって話でした』

『私はファーのクラッチバッグを誕生日プレゼントで友達からもらいましたが最悪な使い勝手です。とにかくまだ暑さも残るこの時期、でも秋を先取りたいばかりに持っていくのですが、汗汗汗汗。持ってる部分だけ、**まるでネコを濡らしたかのように毛が凝縮されます**』

など、共感のコメントが多数寄せられました。

『トイレ、私なら上の服で包み込むようにして（お腹辺りにおいてハンモックみたいに）**下の裾を歯で噛む**かもしれません（伝わります？　荷物多いから歯、抜けそう）』

想像したらめっちゃおもろいです。あご、カタカタカタカタカッタカタカタカッターなるわ。

『トイレの時は、もう**あごの下にはさむ**しかないんやろかって思います。もしくは、肩と耳の間（アイムアパーフェクトヒューマンってやる時の仕草風）』

めっちゃしんどいわ。首折れるわ。

『ちなみにクラッチバッグはあごにはさんでトライします』

ほんまにしてる人おった――――！

『トイレは困った時、口にくわえてなんやかんやしたことがありましたが…**思った以上に歯形がつきます**。唇の力だけでくわえようとすると、唾がつきます（汚ない…ごめんなさい）。鼻息も荒くなるから隣の個室に人がいたら恥ずかしいです』

外ではさっそうと歩き、個室ではバフバフと鼻呼吸。これ素材がファーやったら終わりですね。口まわり毛まみれの妖怪みたいになりそう。

ちなみにクラッチバッグ慣れされてる方からは

『私は脇にはさむ派です。そんで片手でトイレットペーパーの端を持ち、斜め上に勢いよくザッッと動かして切り取る。よく失敗してトイレットペーパーを無駄に出してしまう』

『S字フックと、ヘアゴムを入れておくといいです！　持ち手がわりになるし、バッグのジッパーをギリギリちょこっとだけ開けて、フック引っかけて、荷物置きに引っかけるとええです！』

『トイレの時は最中は膝にのせます。そのあとは両手フル稼働。脇にはさむ→紙→片手で無理やり引きちぎる→拭く。といった具合に。ペーパーホルダーの上にのせれそうならのせます』

もう神業やないか…と読み進めていたら、もうひとつ共通の悩みが。

『ワイドパンツや、スカンツなどをはかれているオサレな方のトイレ事情も知りたい！』

『ガウチョもトイレの時どうするんだろう⁉と思います。床にストンと落ちないのかなぁ。きれいなトイレならいいけど…とか気になります』

ほんまそうなんですよ。

『あんなに楽で着やすいのに、トイレに入った時の迷える子羊感…』

『いざ履いて出掛けてショッピングモールのトイレに入った時にどうやって下につかないように

下ろすかオロオロして漏れそうになるし若干泣きそうになって、それから一度も履いてません』

『膝ではさんでみたけど油断したらファサッと裾が落ちて最悪なことに…（この床は綺麗ってことな）』

ファッション誌もそこについて書いといてほしいわ。パリコレとかでもトイレの個室内のポーズをちゃんととって頂きたい。私も公園で、めっちゃ床ドロドロの屋外のトイレに入った時「オワタwwwwwwwwwwww」ってなって。その時はさすがに諦めましたね（どっちを）。

みんなの「こうしてます」をまとめてみました。

『ガウチョ系は部活リレーで剣道部が走る時みたいにまくし上げて股にはさみながらトイレ行ってます。色気なしっ』

『両手で思いっきりまくり上げて短パン状態にしてから、**裾をつかんだ手のままガウチョをずら**

してお尻をぶりんと出し、突き出しながらそっと着席、まくり上げた裾は足の間にはさんで用を足してます。履く時は逆バージョンで…』

『裾を股にはさみながら空気イスで用を足します』

もうみんな必死。**クラッチ&ガウチョの時なんてもうダブルパンチ**ですからね。（どうも——クラッチ&ガウチョです。よろしくお願いしまーす）たくさんアドバイスも頂いたんですが、安全ピンや輪ゴムを常備して留めたり、ウエストのゴムに裾をはさむといいそうです。

最後、クラッチでもガウチョでもないんですが笑ってしまったコメントで終わります。

『昔汚ったないトイレにガラガラーってするカバン、スーツケース？　あれなんていうのかよくわかんないんですけどタイヤついたカバン持って入らなきゃいけなくて、でかいし掛けるとこなんかないし置くとこもなく、もちろん持ったままも不可能で、**口にくわえてあごガタガタいわせながら用足した**ことあります…首を精いっぱい横に向けて中腰で用を足す様ったらもう。号泣』

パーフェクトヒューマン

『**PERFECT HUMAN**』。お笑いコンビ、オリエンタルラジオが率いる音楽ユニット、RADIO FISHのヒット曲。サビのダンスの「アイムアパーフェクトヒューマン」というところで中田敦彦さんが首を横に90度近く曲げる（そこにクラッチをはさむ）。

スカンツ

パッと見るとスカートに見える、でもパンツのように足を通すところが分かれているボトムの造語。

ガウチョパンツ

ワイドパンツの一種で、裾が広がるゆったりした七分〜九分丈のパンツ。南米地方の牧畜に従事している人たち、「ガウチョ」が着ていたというのが名前の由来。

スカーチョ

スカートに見えるガウチョパンツのこと。スカンツとほぼ同義語で、スカーチョのほうが少し短いものが多い。

クラッチ＆ガウチョ

ともに大阪府茨木市出身の漫才コンビ。所属事務所は吉本興業大阪。ボケ担当の山中健三郎（クラッチ）が、もとはバンド仲間だった南雄太（ガウチョ）を誘い高校卒業後NSCに入学し、2015年に原田峯子と3人でトリオ「ダメージジーンズ」を組んでいたが、原田の脱退をきっかけにふたりでコンビを結成。今のクラッチ＆ガウチョに落ち着いた。2020年M-1グランプリ3回戦敗退（全部うそやで）。

※この最高級にクオリティーの低いイラストはただのイメージです。

手縫いのゼッケン

子どもの頃から裁縫が苦手で、巾着ひとつまともに縫えない。縫えるとしたら雑巾ぐらいだ。ミシン自体持ってないから並縫いだが、雑巾は人に着せるとかないんでなんとか仕上げることはできる。ただ**1時間近くかけて雑巾という掃除グッズを縫うことには疑問を感じる**けどな(この作業の時間ハギレで掃除してるほうがはるかに効率いいやろ)。

今まで通ってきた保育園は、どこもありがたいことに手作りを一度も強要されなかったため、体操服入れでもコップ入れでも迷わず市販品を買っていた(周りもほぼ全員市販やったんで)。ただ、どうしても避けて通れないものがある。体操服につけるゼッケンだ。

去年長女アミの体操服につけた私の手作り手縫いゼッケンが、まぁ――下手くそで。布はゆがんでるし数か月たつと端っこの糸はほつれてベロベロにはがれてきてるしで可哀想な状態になっていた。「あみ」の文字も消えそうな薄さ(そこ裁縫関係ないがな)。もう直で書かせて…名前はおそらく卒園まで「あみ」やから…と思いながら過ごしたため、今年は潔く、アイロンで貼るタイプのゼッケンをネットで購入した。ゼッケン1枚に数百円って、裁縫が得意な方からすればとんでもなくもったいないと思うだろう。私もそこに関しては縫われへんくせにちょっと思う。送料払ってまでペラペラの白い布1枚購入するってセレブかと（セレブはたぶん楽天で買い物自体せーへんやろ。知らんけど）。ただ、時は金なりだ。手を何度も針で突き刺して負傷し、イライラしながら1時間近くかけてボロボロのゼッケンを貼りつけ、1年間見るたびに劣等感に悩まされるくらいなら数百円払ってもいいではないか。針で刺した傷がもし深ければ治療費数百円ではすまんからな。それに文字も印刷してくれるから、完璧な字体、絶対消えない濃さの「あみ」を胸元に掲げて元気に園庭を走りまわれる。いずれ必要になる妹の分も合わせて4枚購入すれば送料も若干浮かばれるだろう。

ただアイロンさえ苦手で。ゆがんで貼ってしまう可能性大なのだ。裁縫と違ってやり直しはきかないため、細心の注意のもと「**君、絶対動いたあかんで…**」とゼッケンに言い聞かせ（待ち針使えや）、アイロンをギューーッとおさえて貼りつけようとした。が、くっつかないのだ。あれ？　これ、濡らさなあかんタイプ？　と水をサササッとかけ、シュンシュンいわせながらアイロンに体重をかけ、ギューッとおさえつけた。

……ペラン………

え、何これ全然くっつかんねんけど。くっつく気配すらない。一部くっついてるとかもない。なんでやろと思い、楽天の商品画面で貼りつけ方を確認しようとしたが、どこにも書いていない。なんでなんで？　と下に下にスクロール……『アイロン圧着タイプのゼッケンはこちら⇓　★★★　』

………え？

てことはこれ

ガチでただのゼッケンやないか――――――――い！

そうかそうか、つまり君はそんなやつなんだな。

……うそやろ――――！！！

まさかただ名前の書かれた白い布を4枚も買ってしまうなんて。というかそんなものが売っているなんて。誰かうそだといって。口先だけだとしてもたまらなく嬉しくなるから（いや真実は変わらんで）。誰用なんこれ。「自分、縫うんで名前だけお願いします！」って人おる？

でも商品レビューも良いんですわこれが。

『チクショ――――!! ただの布じゃねえかよ！！！　★☆☆☆☆』
『くっつかないのですが…不良品でしょうか。★☆☆☆☆』
『みんなだまされないで…ただの布よ…★☆☆☆☆』

などいっさい書かれていない、むしろ☆4・63の高評価商品だ。私みたいに勘違いした者はおらず、みなただ美しくて濃い名前が書いたゼッケンが欲しくて購入しているのだ。そんなばかな。

でも考えてみたら、そもそもゼッケンの布自体持ってなかったし、布を四角く綺麗に切るのってかなり難しいし、去年もそこでつまづいたし、名前が手書きの数倍はっきりと濃いし、これはこれでいい商品なのかもしれない。きっとそうだ。いい買い物だったんだ。家にいながらにして手に入ったし、買ってよかったー（ゼッケンより前に心の傷を縫うのに必死）。

よーし、いいゼッケンは準備完了！

あとは縫うだけね！（もうわけわからん。縫うのが嫌で買ったんちゃうんか）

というわけでしぶしぶ針と糸を持ち出し、慣れない玉結びをし、2回ほど針を指に刺して「Ｏｈ！」「Ｗｏｗ！」「Ｙｅｈ！」なりながらも（3回や）1枚縫い上げたのだが、残り3枚。この先のことも考えて手縫いにし、慣れていくべきか、１００均にあると噂の洗濯してもはがれない両面テープみたいなのを買うべきか迷っている。まさかまだ入園してない妹の分まで買ってしまうとはな…。

そうかそうか、つまり君はそんなやつなんだな

ヘルマン・ヘッセの短編小説『少年の日の思い出』の作中に出てくるエーミールの台詞。主人公の少年が、隣に住むエーミールの蝶の標本を内緒で持ち出して壊してしまい、正直に話してエーミールに謝罪した際、舌打ちとともに返されたのがこの台詞。少年はそれ以来、自分の持っている蝶の標本をすべて指でつぶしてコレクター人生を終わりにする。…世の中には取り返しのつかない過ちもある…って教訓、トラウマなるわ。

口先だけだとしてもたまらなく嬉しくなるから

Mr.Childrenのシングル『Any』の歌詞。「『愛してる』と君が言う 口先だけだとしてもたまらなく嬉しくなるから それもまた僕にとって真実」。この曲大好きです。

こぼれ話

〜ブログのコメントにて〜

ブログにこの話を書いたら、たくさんの方が「100円均一でもゼッケン(しかもアイロン接着タイプ)が売っている」と教えてくださいました。まずは100均を見てから買え、の法則忘れてた…。

そして「**裁縫上手**」という、縫わずして裾上げやらゼッケンつけやらが手軽にできるグッズがあると。
これ。

裁縫がいらないという商品にもかかわらず商品名が『裁縫上手』て。強がりか。
もしかして、みんなこれで貼るつもりであのゼッケン買ってるんかもしれませんね。

まだ起きてない問題

銀行印を失くした。何もそう驚くことはない。私の適当な性格上、これまで銀行印を失くしたことがないことに驚いたほうがいいくらいだ。

などとアメリカンジョークのように書いたが、実際のところ別に困らんねんな。お金はカードさえあればおろせるし、もし道に落としてて誰かに拾われたとしても、ただの「山本」ってハンコでしかないから、それが銀行印かどうかもわからない。もしわかったとしても通帳もカードも手元にあるから悪用されることもない。ただ、いつか何かの機会で必要になった時に困るだけ。失くしたことになんで気づいたかというと、出産を1か月後に控えており、自分にもしものことがあったら通帳と印鑑はここだよ〜んと夫に伝えようと思ったら印鑑が思った場所になかったっていう。持ち出したのは先々週。銀行に持っていって、その後、いつも入れてる引き出しに戻した…つもりだったけど戻してなかったらしい。そのへんの記憶いっさいないわ。あったら失くしてないしな。カバンの中も、机の中も、探したけれど見つからないの状態なんで、ちょっと踊ろうかと思ってる。

ここで夫に「あの赤い印鑑知らん?」と聞くかどうかめちゃくちゃ迷う。もし知ってたら問題は一瞬で解決するけど、知らんかった場合、「知らん」「そっか!わかったありがとう!」ですまへんもん。絶対に「え…失くしたん?」とか聞かれるやろし、銀行印を失くすってどれだけアカンことかをいちいち言い出しかねない。でも、もしかしたら夫が持ってる可能性もあるから一応、「あの赤い印鑑知らん?」とできる限り軽い雰囲気で聞いてみた。

「赤い印鑑って何?」

もうその声の抑揚と雰囲気から「赤い印鑑って何?(何かは知らんけどまさか印鑑を失くしたなんてことないやんな?)」みたいな影の声が聞こえてくるわ……あーこわ。

「あれやん、あの赤いケースに入ってる、銀行に使ってるやつ」

「赤いケースって何?　見たことないねんけど。認印のこと?」

知らんわ。**認印かどうかより赤かどうかのほうが圧倒的に特徴としてわかりやすい**やろ。

「認印かは知らんけど、あの赤いケースに入ってるやつやん」

「知らんけど…赤いケースの印鑑なんて見たことない。俺は黒の巾着に入ってるやつか実印しか使うことないし」

「あ、ほんま？　もしあの赤いやつ、私の銀行印以外でいっさい使ってないんやったら銀行印変更しようと思って」（大した問題じゃない感出すのに必死）

「**…銀行印失くしたん？**」

出た。

「うん。いや！　もうちょっと探してみるけど！　T（夫）の銀行印はそれじゃなかった？」

「その赤いのはわからんけど、俺の銀行印は、あのピンクのカバーに入ってる認印やけど」

いやそれ――――！　それのこと言うとんねん!!　ピンクてあれ朱色に限りなく近いがな。もう赤やんアレ。

「それのことやねんけど」

「それのことなん⁉　赤いケースとか言うからわからんわ！」

いやだいたいわかるやろ。**ピンク〜赤紫まで総括して赤**やろ。美大生か。

「銀行以外に使ってたっけ？」

「たぶん家の契約の時も使った気がする」

「そっか…家の契約…」

「(ため息)…いつも言うてるけど、なんで決まったところに戻さんの？　車のカギといい。いつも使ったん？」

「先々週使ってん。ほんで帰ってきて、いつもの引き出しに入れた…つもりやってんけど…」

「絶対入れたん？」

いや**絶対入れたんやったら確実にそこにある**やろ。入れてないから困ってるんやろ（なんでお前が偉そうやねん）。

「覚えてないねん…」

「なんで覚えてないん」

なんで覚えてないかって質問に答えるの難しくない？　覚えてないのに理由なくない？

「銀行印とかそもそもそんなに持ち出すもんじゃないし、持ち出したら絶対に決まったところに戻さなあかんもんやん」

「うん…」

「銀行印失くすって、大変なことやねんで」

……

せやかて工藤。

確かに銀行印を失くしたけど、今の時点で問題はまだ何も起きてないわけや。お金がおろせなかったわけでも、誰かに悪用されたわけでもない。ただ銀行印が失くなったっていう事実があるだけや。わかるか？　まだ起きてない問題に対して、もし問題が起こったら…っていう想像で不安や怒りの感情を持ち出すのは無駄な行為なんや。失くしたものはしょうがないねんから、これまでの行動を責めるんじゃなく、これからの行動、まずは何をしたらいいかひとつひとつ冷静に対処していけばすむ話や。銀行印が失くなったことより夫婦仲、**この場の雰囲気が悪くなってることのほうが今の時点では問題**やからな。問題を小さいまま終わらせるか、大きな問題に膨れ上がらせるかは、**自分次第やで…!!**

とかいう嫁おったらぶっ飛ばしたいけどな。私がサトラレやったら即離婚されてるわ。

夫はシュンとした（ように見える）私に同情したのか、しばらくして「まあ、また探しときや」と言い、「食べる？」とポテトチップスを持ってきてくれた。まさかこんな小憎たらしいこと呟いてるとも知らずに申し訳ない。そして銀行印は翌日、友達の子どもにあげる服を入れてた紙袋の中で見つかり(なんで)、すべてにおいて事なきを得た。

ほんで今度はナミの子ども医療証が1枚見当たらないっていうな。いや、まだなんも問題は起きてないで…。

カバンの中も、机の中も、探したけれど見つからないのよ
井上陽水さんが1973年にリリースしたシングル『夢の中へ』の歌詞。探しものはなんですか? 見つけにくいものですか? カバンの中も 机の中も探したけれど見つからないのに まだまだ探す気ですか? それより僕と踊りませんか? …斬新な誘い方。

せやかて工藤
『名探偵コナン』の関西弁のキャラクター、服部平次の定番の台詞。と思いきや実際に原作には一度もその台詞は登場してないらしいで。うそやん。

サトラレ
映画化、ドラマ化もされた佐藤マコトさん原作の漫画。あらゆる思考が口に出さなくても周囲に伝播してしまう症状を示す架空の病名をさす。…たまにもしサトラレやったらどうしよ…って怖くなることあるわ…。

ネットショップの失敗談

ネットで買い物、昔は怖くてできなかったが、今では楽天やアマゾンがないと生活できないぐらい日々利用している。服、化粧品、本、おもちゃ、食品……なんでも買う。サバさえも買ってる（なんでサバピックアップしたん。食品の中でサバだけ肉眼で確認せなあかんとかないやろ）。

長女アミを出産した9年前はスマホも持ってなかったため、毎週のようにイオンやら赤ちゃん本舗やらに行ってベビー用品を探し、買い物で1日つぶれ、疲弊して大変だった。今回3人目の長男を出産した時は、入院グッズも産着もおしりふきも抱っこ紐もベビーベットもブランケットもおもちゃも授乳クッションも出産祝いのお返しもすべて楽天。家から一歩も出ずに揃えた。逆に楽天がなかったら身ひとつで赤子を迎え入れていたことになる。24時間、それこそ授乳しながらでも片手で買い物ができ、2〜3日待てば家に届く。なんて便利な時代だろう。そしてこれは自動ではなくすべて人の手や足により実現しているのだ。お店や配送業の方に感謝してもしきれない（娘の七五三も「**七五三　7歳　着物　フルセット　あす楽**」で検索して注文、当日の朝、

YouTubeで「**着つけ　初心者　子ども　簡単**」で検索して事なきを得たからな）。

商品を選ぶ際は購入した人の感想、レビューをめちゃくちゃ参考にしているのだが、たまに

『思ったより小さかったです　★★☆☆☆』

とか

『思ったより大きかったです　★☆☆☆☆』

とか書かれてるのをみるとお店の人が可哀想になるわ。いや、書いてるから！っていう。勝手に思わんといてくれ。ちゃんと確認して買ってくれよ。

絵本さえも『うちの子は全然興味を持ちませんでした。★★☆☆☆』とかあって「わー」ってなるわ（「わー」の中身はご想像におまかせします）。自分が本を出しているから余計に思うのかもしれないが、ひとりの人の何気ない低い評価がその商品、著者、編集者さん、デザイナーさん、出版社さんなどなどに対し、どれだけのダメージを与えるかは計り知れないのだ。もちろん気に入らない場合は正直に書いていい場だし、レビューをどのぐらいの正確さ、どんな温度で書くかも自由だ。でも今の時代、ネットでの買い物はレビューがすべてといっても過言ではないほど重要な役割を担っている。服でも食べ物でもなんでも、見えないけれども向こうには人がいる。軽い気

持ちで★5は全然いいけど、ほんの少しダメだったぐらいで★1をつけるのはやめてあげて…と個人的には思ってしまう。あと『すごく良かったです!!★★★☆☆』とかな(ほな5でええがな)。逆に長文でていねいに、何がどんなふうに良かったかをわかりやすくつづっているレビューを見ると、忙しいのになんて優しい人やろうと思うし、服の着用写真を載せてくれていたり、『163cm、ぽっちゃり体形ですがLサイズでジャストでした』など詳細を記してくださってるとありがたすぎて、この人に良いことが起こりますようにと願いたくなる。たまにひとつの服に対して『身長158cm、やせ型ですがLでちょうどよかったです。LLでも良かったかな…』『170、少しポッチャリですがMで余裕でした』とかあって「どんな服やねん」てなるけどな。

服に関しては試着ができないため、失敗も多い。たとえば去年買ったスプリングコート。届いて段ボールから出した時点で「思ってたんと違う」となり、鏡の前ではおって愕然とした。

……全然似合わん…!

いや、似合う似合わない以前に、何この服。生地がテロテロでブカッとして、レインコートかしらと思うような薄さと密着度のなさ。下の服がすべて丸見えの袖の長さだ。かといって中に半袖を着て前を閉じると、レインコートどころか「ええもん見したろかー」と少女に近づく変態に見える。え、私なんでこれ買ったん？　間違えて届いた？　…注文履歴を確認すると、確実にこれを注文している。というかその商品ページのモデルさんはカッコよく着こなしている。なるほど、**このスタイルでこのインナーでこの袖のたくし上げ具合と角度で微笑めば**確かにオシャレ。しかし少しでもずれると変態だ。なんやこの**オシャレと変態の瀬戸際コート**。もうレビューに書きこんだんねん。……カタカタ…『はおるとちょっと変態のようです。もう1着購入しようかな。★★★★★』（望んでたんかい）。

ネットで買い物をするようになるまで、私は衝動買いなどしたことがなかった。むしろせっかく買い物にいっても、優柔不断で結局買わずに帰ってくることが多かった。何度も足を運び、他店と比べ、家に帰ってもまだ欲しいと思ったら初めて買うぐらいの堅実なタイプ。でも見てよいまの僕を。クズになった僕を。閲覧履歴から「あなたにオススメの商品」と勝手に色々すすめられたり、「この商品を買った人はこんなものに興味を持っています」と似たようなものがポンポン出てきたら、そういえば欲しかったとすら思ってなくてもすぐ手を出してしまうのだ。

そしてある時、やらかしてしまった。しかも服とかではないねん。まさかの

トランポリンやねん。

トランポリンなんて一度も欲しいと思ったことなかったしな。

たまたま何かの拍子にそのページにとんでしまったのだが、体幹を鍛えるのにいいし、数分とべばダイエットになるし、子どももすごく喜びますよ、と。レビューも4．7越え。横幅も1mもなく、足もはずせるから収納にも困りませんよ、と。しかも今回、70%オフの3000円台で、ポイントがたまっていたため実質無料で購入できる。娘がそれで楽しそうに跳ねる姿を想像したら、これ、買ってもええんちゃうか…いや、買うべきやろ！　運命の出会いや！と。

その時に限って「思い立ったが吉日」という買い物には絶対用いてはいけない名言を思い出してしまい、速攻クリック。

届いた段ボールを開け、衝撃が走った。

思ったより大きい……！！！

しまおうと予定していた押入れにも全然入らず。ギリとかちゃう、はみでまくり。

このトランポリン、その後ずいぶん長い間、自分の部屋のクローゼット的なところに立てかけてカーテンで隠していた。ふと消えてないかな、と淡い期待を抱いていたが、いつも間違いなくそこにあった。こういう失敗を重ね、人は買い物上手になっていくのだと信じている。

でも見てよ今の僕を。クズになった僕を。

シンガーソングライター瑛人さんの曲『香水』に出てくる歌詞。歌やMVのコンテンポラリーダンスなどを真似する者多数。一度聴いたら妙に耳に残るのか、5歳の娘さえも「別にきーみをもとめてないけど…」言うてるわ。

こぼれ話

～ブログのコメントにて～

トランポリンを持ってる方からは「すごくいいですよ！」「楽しいですよ！」の声を多数頂きましたが（脚に小指をぶつける人多数）、同じように後悔している方も。


『今は憎き脚ははずされて、すっかり壁の飾りと化しているトランポリンです』

憎き脚（笑）。


『もう我が家は諦めて、寝室に立てかけてあります。子ども達が寝相悪くてよく壁にぶつかるので、壁際に置き、弾む部分で戻ってくるようなシステム組んでます（笑）』

バイーン。


そして、ひとごと極まりない発言の数々。

『トランポリンとの素敵な出会い良かったですね♪』

この♪に他人事感が集約されてるわ。


『ポジティブ思考でいくとトランポリンもしかしたらすごく使えるかもしれないですよ！　体幹を鍛えたり遊んだりする他に、高い所に手が届かない時にぴょーんて飛んで取れちゃった(｡•ω-)みたいな感じで☆』

わあ。すごく使えそう(｡•ω-)←ひとごと極まりない顔文字。


『思い切ってソファーを捨てて、ソファー代わりにするのはいかがですか？　やってしまったどころか、いいお買い物かもしれません!!』

驚愕のデッドスペースの多さ！


『自家製の干ししいたけ作る時に、しいたけ広げとくのに役立ちそうですね』

ほんまやー！　やってみちゃお～！(｡•ω-)

『大丈夫！　ゆりさんトランポリン似合う！トランポリン顔だし！』

そうそう。丸いだけじゃなく鼻に骨ないあたり柔軟性も兼ね備えてるしな。誰がや。誰がザ・スーパートランポリンフェイスウーマンや（そこまで言うてない）。


『トランポリンに幸あぁぁれぇぇ（乾杯風に）』

トランポリン側に立たれましたしね。


『置き場所は、冷蔵庫の上とかどうですか??ちょうど同じ位のサイズかも』

と、思うでしょう？　全然違いますよ。なんせ思ったより大きいですから。

月夜の歌姫

「9月23日、服部緑地の野外音楽堂であるUAのライブ行かへん?」

幼なじみのはまざきまいからLINEがきた。え! あのUAが、まさかの自転車で行ける距離に…!? 平日の夜は娘がいるので出られないが、その日は祝日。夫に家のことを託し、まいの弟と3人で参戦することになった。

ライブなど何年ぶりだろう。年じゅう大小さまざまなライブに足を運び、アーティストを追いかけて単身で渡米、渡欧するまいに対し、私は数えられるほどしか行ったことがない。初めて行ったライブはポルノグラフィティ。中学3年生だった。その次に行ったライブは2004年のFM802のイベントで、アジカン、175R、HY、スガシカオ、ノーバディノーズ、ポルノグラフィティ。どちらもまいに誘ってもらった。ケツメイシはムギに誘ってもらい、くるりはしーちゃんに。くるりは当時毎日聴いていて、聴くだけで泣けるほど好きだったのに、ライブでステージを指さし「ほ

んで、くるりってあの5人？　あの3人？」としーちゃんに聞いてしまったぐらいほんとに何も知らずに日々聴いているのだ(ちなみに当時はふたりだった)。

当然UAも、大好きだが全然知らない。メジャーな曲をひと通り知っていて、『甘い運命』をカラオケで歌うぐらいだ(ただ声量がないため、Fu～～～とかHa～～～みたいな、Ha～Ha～みたいな、ワッフ～みたいなUAのノリと魂から出てるような高音は無言を貫いてる)。

でもライブという空間が大好きなのだ。なんかもう、浄化されるというか、明日も頑張ろうという気になる。みんながこのステージにいる人、今回ならUAのことが大好きで、大勢の人が揃ってUAに夢中になっているというのが無性に嬉しくなるのだ(UAの親か)。しかも今回は屋外という解放感。UAってただでさえ森が似合うのに最高じゃござらんかい。

野外音楽堂は服部緑地公園の中にあるステージで、浅いどんぶり鉢のような形に客席が並んでいる。席数は1700と小さめ。客席の一番上のスペースは芝生になっていて、そこは子どもたちが自由に走りまわったり、シートを敷いて家族でゆったり観覧できる。ステージには半球体の屋根がついているが、客席は完全に大空の下。お酒も売っており、食事しながら聴くのもOK、芝生に寝転ぶもOK、見上げれば大空という、一体感と解放感のいいとこどりの空間だ。開始時刻ギリギリについたので、会場に入るとほぼ満席だった。息を整え汗を拭き、ぐるりと全体を見渡す。

わー…みんなUAや…

いや**誰ひとりとしてUAではない**けどな（なんやねん）。
なんというか、みんなすごいUAっぽいんです。ウーアっぽ！ってなった。

ライブTシャツに首からタオルみたいな恰好ではなく、男性ならダボッとしたシャツにゆるーいズボンみたいな（日本の男性ほぼ全員UAやん）。NANAでいう京介っていったらわかりやすいかも。**スパイスカレーが好きそうな服**。紙風船を半分にしたような帽子かぶって、ヒゲ生やしてる、**絶対家にボンゴある人**とか。女性もタイダイ柄のスカートにでっかい木のアクセサリーにターバンとか、風通し死ぬほど良さそうなタイ旅行で買ったワンピースとか（旅行先まで勝手に決めんな）。すれ違う人みんながカッコよく見える。ファッションにまったく気を遣ってなさそうな人さえも、逆にカッコよく見える。とにかく自分以外の全員がカッコよく見えた。
UAから見て左側に3人並んで座る（なんでUAから見たん。まだおらんのに）。まいが買っておいてくれたビールと柿ピーを受け取り、さっそく乾杯してUAを待つ。もうすでに楽しい。周りも楽しそうにワイワイしている。秋風が身体をなで、ベタベタの汗をさらってくれる。暑くも寒くもない。外で友達とビールを飲んでるだけでも楽しいのに、それがUA待ちって、今この時が楽しさのピークなんじゃないかとすら思える。

が、UAが出てきた瞬間、「先ほどまでのワクワクは序章にしか過ぎなかったのだ」というナレーションが脳内を流れた。

爆音や光の中でジャーンと登場するわけではなく、袖から静かにステージ中央に歩いてきたUAとバックバンドの方々。観客も「キャ――――!!」と総立ちになるなどではなく「ざわ…ざわ…(UAや…)」とカイジ的喧騒と温かい拍手で迎えた。異国情緒あふれる観客の服装とは対照的に、身体のラインがはっきりわかる黒のミニのワンピースに黒のブーツ。艶のある黒髪。なんかもう、めちゃめちゃカッコイイ。

そしてUAは歌った。

静かな、ポロポロとこぼれる単音の前奏とともに始まった『愛を露に』は会場を集中させ、神秘的な空気に変えた。艶のある歌声。幻想的な音楽が徐々に高まり、サビに入った瞬間力強さにザッと鳥肌が立つ。こんなに近く、はっきりと表情まで見える位置で歌っている。ほんまにいるんや。

ライブにくると、私は少し緊張してしまう。どんなにノリの良い音楽がかかっても、腕組みをして端っこでジッとしている人。目をつむって音楽を全身で取り入れ、揺れている人。一番前の席で腕をあげ、人目をはばからずノリノリで踊っている人。感極まって泣いている人。みんな自由で、自然体だ。そんな中、私はさてどうしようと思ってしまうのだ。いや好きなように聴きなはれ！って話やのに、何が一番自然で、どう乗れば一番なじめるのだろうと考えてしまう。音楽に対して本能ではなく、理性でしか動けない自分がすごくしょうもなく感じる。

そしてもし、今横にいるまいが、歌い始めた瞬間に今挙げたような誰かになってしまったらどうしようという不安もある。ライブに関しては知識も経験もまいは桁違いだ。ふたりではしゃぎまくったポルノグラフィティのライブから私は何も更新されていないが、この15年の間にまいはバンドを組み、音響照明の学校に行き、ライブハウスで働き、宝塚歌劇団の裏方の仕事をし、先週まで目当てのバンドを追いかけスペインにいた。音楽の前では私の知らないまいになるのかもしれない。尊敬と寂しさが混じった。まいの邪魔にならないようにしよう。

と思ったらまいが「ごめん、お腹すいたから**サラダ巻きとか持ってきちゃってんけど、食べへん？**

（笑）」と言った。1ミリも心配することはなかった。先ほどの不安を口にすると「いやいや、私も毎回どうしよって思うわ（笑）」と言った。ほんま好きやわ。

1曲目が終わると、UAは空を見上げて「地球を感じる…ほら、まわってる…」と言った。地球を感じると言っても何の違和感もない、むしろ似合う、それがUAだ。「みんな感じない？　ここからじゃないとわからないかな…」みんなで青空を見上げる。

「私がUAやったら『今日はこれとこれとこれをしゃべろう！』って一字一句考えてまうわ。UAは今まさに感じたことをそのまま口に出してるやん。すごいよな」「ほんまそれ。UAは『え、どうしよ何しゃべろう…』とかないんやろな」「緊張とかなくて、ただただステージで歌えるのが気持ちいいんやろな」「私やったら前日からめっちゃ緊張して寝られへんわ」「昨日の段階で『明日1曲目終わったら、MCでまず〝地球を感じる〟って言おう』って絶対考えてなさそうやんな…」

もはや全然違う世界の人に対して「私がUAやったら」と信じられない想像力をぶっこんでくるおばさんふたり。と思ったらUAが「今日は私の北千里高校時代の友達と、アメ村で遊んでた

ときの友達もきてくれてる」みたいなことを言って驚愕した。まって、北千里高校なん⁉

北千里高校は私の学区内で、めちゃくちゃ身近な高校だ。同じマンションのえりちゃんが行っていたし、友達も数人いる。女子バスケ部は北千里高校との試合に負けて引退した。違う世界の人だと思ったUAが突然身近な存在に感じられた。当たり前の話だが、UAもHYDEも椎名林檎も山田太郎も宮崎駿監督もトランプ大統領もみんな学生時代があったのだ。

まいが「吹田出身なのは知ってたけど、北千里高校は知らんかったわ」と言う。え、待って、吹田出身なん⁉　吹田からあんなアーティスト育つ？（まい「京本政樹も吹田やで…」）

UAが「まだ宵の口やな（笑）今の間にビールとかよかったら買いに行って、全然飲みながら聴いて」みたいな、高校の先輩のような親しさで舞台から声をかけてくれる。ミステリアスなUAも魅力的だが、関西弁でフランクにしゃべるUAはことさら魅力的だ。

私の左隣は通路だったが、そこをはさんだ隣の男性が熱狂的なUAファンだった。隙あらば「UA――――！」と叫ぶ。静かになれば「UA最高！」「UA愛してる！」と叫ぶ。UAも「ありがとう！私も愛してんで！」と答え、みんなが笑う。「フゥ～～～！」と男性がいうとUAも「フゥ～～～‼」

「ｔｒｒｒｒｒｒ！」とＵＡが言うと男性も「ｔｒｒｒｒｒｒ！」。最後は「イェーイ」と合致して終わる。すごい…いつもライブに通っている、お約束のふたりの掛け合いなのだろう。イェーイと言った男性は、座りながら横の友達にボソッと告げた。「知らんけど」

いや知らんのかい。どんだけ息ぴったりやねん。

曲が進むにつれ、会場の熱気と一体感が増してゆく。野性的だがセクシーで、独特のけだるさがある唯一無二の歌声がジャズ調の音楽とからみあい、心地良いことこの上ない。サラダ巻きと柿ピーを食べ、足元のスーパーの袋にゴミを捨て、ビールを飲んで体を揺らす。目の前にＵＡがいるのにサラダ巻きを食べているという贅沢。幻想とリアルが折り重なり、フワフワしてくる。楽しいの最上級だ。

「なんか大阪らしい7文字の言葉ない？」ＵＡが問いかけ、「儲かりまっか！」「ぼちぼちでんな！」と客席から声がとぶ。「ぼちぼちでんな」が即興で歌詞に加わり、ＵＡとの距離がさらに縮まる。

明るかった青空は、曲が進むにつれ茜色になり、紺色になり、やがて夜が満ちた。照明が変わる。アルコールと音楽が溶けて混ざり合い、心地良く体全体に染みる。贅沢な、あっという間の時間だった。「またねー」と明るく去るＵＡ。アンコールの拍手が夜の森に響く。ステージは沈黙していた。もう出てこないかもしれない。チラホラ帰るものがあらわれ出した時、ＵＡが出てきた。1曲、2曲…そして流れる『甘い運命』『情熱』。

会場は総立ちだった。みんなが手をあげ、思い思いに身体を揺らし、歌っていた。私もいつの間にか感じるままに手をあげ、歌い、揺れていた。空には月が出ていた。

UA

大阪出身の歌手。「UA」には、スワヒリ語で「花」という意味がある。四児の母でもあり、長男は俳優の村上虹郎さん。

京介

矢沢愛さんが描いた漫画『NANA』の登場人物。主人公「奈々」の親友、淳子の彼氏。ドレッドヘアにヒゲで、スパイスカレーが好きそう。知らんけど。

その日のセットリスト

1 愛を露に
2 きっと言える
3 黄金の緑
4 ブエノスアイレス
5 2008
6 踊る鳥と金の雨
7 悲しみジョニー
8 いとおしくて
9 Auwa
10 閃光
11 Love scene
12 ドチラニシテモ
13 ランデブー
アンコール #1
14 ミルクティー
15 Moor
16 甘い運命
アンコール #2
17 情熱

勘違いシリーズ2

『**♪京都〜♪　大〜原♪♪　三千里〜♪♪**だと思っていて、京都から大原まで三千里なんだ〜ってわけわからず思ってました。そしたら、近鉄電車の広告に「**京都、大原、三千院**」って書いてあって!!』

京都〜大原まで約12000km。

『**誤認逮捕→5人逮捕**』

警察かなりいい仕事。

『私は「**Hold on おまえを〜!!**」の部分は、「**近藤、おまえを〜!!**」だと思ってました。マッチが自分のことを歌詞に入れてるんだと解釈して、なんとなく納得していたんですよねー』

突然自分を客観視。俺がお前でお前が俺で。

『うちの旦那は中島みゆきの「時代」の「♪**まわる〜まわる〜よ時代〜はまわる〜〜♪**」を、「♪**まわる〜まわる〜4時台〜はまわる〜〜♪**」だと思っていたらしく、オールで飲んだら4時頃にはグルグルするからな…』

まわる〜まわる〜5時台〜は止まる〜〜

『松田聖子の「ロックンルージュ」という曲の「**海へ行こうぜって指をならすけれど**」。海へ行こうって誘いながら**指をジャイアンの様にボキボキならしながら行くのを想像していて、**なんでわざわざこんなウキウキテンションで海で乱闘？　喧嘩？しに行くんだろうと疑問に思ってました』

海へ行こうぜ！（バキバキボキボキ）

『木エボンド→ホエボンド（ほえぼんど）と最近まで思ってた』

ホエー！

『尾崎豊さんの「OH MY LITTLE GIRL」のサビ部分を聞き間違えてました。「アーマーリルがー（アマリールがー）」ですが（アマリール→血糖値の薬）。職業病です（　´△｀）』

サビでめっちゃ薬求めるやん。

『昔の彼が「今日ガイチュウさんがさぁ〜」と話していたのを聞いて人様のことを害虫呼ばわりなんてひどい！　お前がクズだよ、とやんわり注意したら外注さんでした。ごめん！』

注意がけっしてやんわりではない。

『レジ袋の結び口に「おむすびください」とプリントされていて、なんの疑問もなく「肉でも野菜でもなく、おむすびを入れてください!!」という袋側のお願いだと思っていました。でもスーパーで、おむすびを買うことがあまりなく、いつも申し訳ないなーと思ってました（袋に）』

ごめんよキュウリで。

『「原田支店長」を「腹出し店長」って思ってました。勤続25年やのにゴメンナサイ』

過去に何があったんやと。

『安室チャンの「Don't wanna cry」の「I'll be there I'll be there I'll be there～」は「浴びて～ぇ浴びて～ぇ浴びて～ぇ」と歌ってました。安室ちゃん色々浴びてそうやし、納得してました』

称賛とかフラッシュとか声援とかね。

私の姉は去年ごろまで(現33歳)「作務衣」を「作務ウェイ」と読むと思っていたらしいです。

すみません、私も実はバイト先でサムウェイや思てました…。

「サーザエさんサザエっさんー♫サザエさーんは愉快だっすなー！」

突然の方言にびっくりだっす。

『アタシはB'zの「long time no see」って歌の「♪ いつだって long time no seeってなもんで～♪」ってフレーズを、「♪ いつだって ローン滞納して～るもんで～♪」って聴き間違って慌てて歌詞カードを見たコトあります』

今すぐ払って。

『飴とムチのこと、雨とムチだと高校くらいまで思ってて、雨の中でムチで打たれるとか本当ツライなーと思ってました(ToT)。雨とムチを使い分けるとかも、ぶたれるくらいなら濡れたほうがいいかなくらいに思ってました』

踏んだり蹴ったり。

『モー娘。の「ザ☆ピース」とゆう曲で「選挙の日って　うちじゃなぜか」を、「選挙の日って　爺ちゃんなぜか」だと思ってました。爺ちゃんが投票行って外食するんだと』

爺ちゃんだけの話やったんや。

『私はウルフルズの「ガッツだぜ！」の歌詞、「ガッツだぜ！　すいも甘いも～」を、「里芋山芋～」だと思ってました…』

芋まで励ます。

『お洋服の「GUジーユー」を「グー」』

知らんかったらそうなりますよね。ヘルメス。イングニ。

『必ず最後に愛は勝つー♪を「必ず最後にI wanna doー」だと思ってた』

タイトル見て。

『キロロの「未来へ」の冒頭の歌詞、「ほ～ら～、橋本をみ～てごらん～。これがあなたの歩む道～」だと思っていました。どんな立派な人生を歩んだんだろう橋本は。歌にまで出してもらえるなんて橋本…。と………』

みんな橋本を見習え。

「クラッチバッグとの付き合い方」より
脇にカバンをはさんでいても作れる簡単さ！

包丁不要！ もやしとニラの豚キムチスープ

びっくりするぐらい簡単にできるおかずです。市販のミックス野菜
(コンビニにもあります)、キムチ、豚こまを炒めてジャッとやるだけ。
もうこれとご飯さえあればってぐらいおいしい。

材料 (2人分)

ミックス野菜(もやし、ニラなどが入ったもの)
…… 1袋(約200g)
キムチ …… 50g
豚こま切れ肉 …… 80g
ごま油 …… 小さじ1
A 水 …… 500ml
　顆粒鶏ガラスープの素 …… 大さじ1
　しょうゆ …… 小さじ1
塩、こしょう …… 各少々
あれば白いりごま …… 適量

作り方

1 フライパンにごま油を熱して野菜を炒め、油がまわったらAを入れ、煮立ったらキムチと豚肉を入れて色が変わるまで煮る。(豚肉を後入れすることで豚こまでもやわらかく仕上がる。豚バラなら最初に炒めて)

2 塩、こしょうで味を調えて器に盛り、あればごまをふる。

しょっぱければ水を、薄ければ鶏ガラを。キムチ次第でむせるほど辛い場合があるんで、そこは好みで量を加減して。

「手縫いのゼッケン」より
これぐらいなら縫える

餅きんちゃく

縫い物苦手な私でも、爪楊枝で2回縫うぐらいはできます。
しかもこれレンジで作れるめっちゃ簡単なレシピ。レンジだと動かさないからお餅がはみでたり、型崩れもしないし、少ない調味料で味がしみるのでオススメです！

材料（2人分・4個分）

油揚げ……2枚
切り餅……2個（1個50g）
A 砂糖、しょうゆ、みりん、酒……各大さじ1
　水……150ml

冷ますことで味がしみます。食べる時にはレンジの温めモードで温め直して。

作り方

1 油揚げはペーパータオルではさんで油をとり、半分に切って菜箸を転がしてそーっと開く（転がすと開きやすくなります）。餅は半分に切り、開いた油揚げに1個ずつ入れて爪楊枝で上を留める。
2 耐熱容器にAと1を入れ（留めた部分を下にし、爪楊枝が液体に浸るようにしてください）、ふんわりとラップをかけて電子レンジ（600W）で5分加熱し、裏返して冷ます。

モロモロすぎたら牛乳か生クリームかゆで汁で伸ばしてください。逆にしゃばしゃばすぎたら混ぜながらごく弱火にかけ、とろみがついたらすぐ火を止めて。

「まだ起きてない問題」より
赤いベーコンを使って（さすがにこれはピンクや）

普通のカルボナーラ

普通のカルボナーラです（普通ってなんですか。あなたの普通と私の普通は違います。普通という言葉で縛らないでください）。本場のカルボナーラは生クリーム使わないらしいんで、日本のあの、ザ・カルボナーラです。

材料（1人分）

ブロックベーコン……40g
にんにく……1かけ
　2人分でも1かけでいいです！　多いんで。
スパゲティの麺……100g
　（束になってなかったら80gくらいが理想）
オリーブ油またはサラダ油……小さじ1
A 卵……1個
　粉チーズ……大さじ1
B 生クリームまたは植物性ホイップ……100ml
　顆粒コンソメスープの素……小さじ1弱
塩、こしょう、粗びき黒こしょう……各少々

作り方

1 ベーコンは1cm幅の棒状に切る。にんにくはみじん切りにする。鍋に湯をわかして塩（分量外）を加え、スパゲティを袋の表示より1分短めにゆではじめる（ゆで汁使います。レンジでゆでる場合はパスタ専用のレンジ容器に入れるか耐熱容器に半分に折って入れ、水を250ml、塩少々を入れ、袋の表示ゆで時間＋2分チン。ちょっとだけ芯が残るぐらい）。**A**は混ぜておく。

2 フライパンにオリーブオイルとにんにくを入れて弱火にかけ、香りがたったらベーコンを炒め、こんがりしたら**B**を入れ、フツフツしたらすぐ火を止める。

3 ゆで上がったスパゲティのゆで汁を大さじ3ほど入れ、麺も入れ、再び弱火にかけ、1分ほどからめる。火を止めて数回大きく混ぜて少し冷まし（熱々すぎると卵を加えた時にモロモロのスクランブルエッグになるんで）、**A**を加えて混ぜる。塩、こしょうで味を調え、余熱でとろみがついたら器に盛り、黒こしょうをふる。

ネットショップの失敗談より
思ったより量が少なかったです★★★★★

ベビーリーフとチーズのサラダ

姉が「これ好き！」と言ってました。何気にめっちゃ栄養があるらしいベビーリーフをメインに食べるサラダ。もちろんレタスでもなんでもおいしいです。

材料（2人分）

ベビーリーフ……2袋(80g)
クリームチーズ……15g(個包装のもの1個)
くるみ……15g
A オリーブオイル……大さじ1
　だししょうゆ……小さじ1(なければしょうゆ小さじ1/2でも)
　塩、こしょう……各少々

作り方

1 クリームチーズは角切りにする。くるみは粗みじんに切る。
2 あわせたAに1を加えて混ぜ、器に盛ったベビーリーフにかける。

味が薄かったら塩とオリーブオイルを適当に足せばOK！　ベビーリーフはすぐヘナヘナになるので食べる直前にかけてください。

ただ食べたものを書き連ねただけの日記
～2017年夏～

毎年お盆と年末年始の2回、夫の祖父の家がある福井県大野市のさらに端っこ、山に囲まれた小さな村に帰省します。そこでただ食べたものを書き連ねただけの暴飲暴食日記です。

2017年8月12日朝、6時半頃起床。

朝ごはんはコンビニで買って車内で食べる予定だったので、パソコンを開き、ブログのコメントを返信。**食パンを焼いてマヨネーズを塗り、アボカドとチーズをのせたものを食す**。車内朝食の予定は!!て話やけど、アボカド、3日後には確実に黒ずむんでね(食パンとチーズは)。そしてセブイレにて、その場のノリで**レジ横のフランクフルトを買って食す**。さらに**ナミが残した鮭おにぎり**も口に入れ(もー)、福井に向かって出発！

車内では口と手を動かすか、お尻の位置を変えるか首を左右にまわすぐらいの動きしかせず、数時間後、サービスエリアで**和牛コロッケ**を食す。コロッケって別腹やんな。

その後眠くて眠くてしばし昼寝し起きたら昼過ぎ。サービスエリアに。あっさりしたおろしそばを食べようと買いに行き、でっかいえび天が2本入った**えび天そばを購入**。アミと歌ったり手遊びしたりして1500㎉消費し(できるか。SASUKEでも無理やわ)、福井に到着。

まずはお墓参りに。お墓の掃除をしていると、1匹のアマガエルがお墓にくっついていて。

「おばあちゃんがアマガエルになって会いにきてくれたんちゃう?」とか感慨深くアミに言ってたら、ふとみるとあっちにもこっちにも10匹以上、そこいらでピョンピョン跳んでることに気づいてギャーてなったわ。**おばあちゃんの多さー!**

そのまま福井の家に帰宅。いとこの男の子と走りまわるアミ、嬉しそうに叫びながら追いかけるナミを見ながらゴロゴロし、**ほぼ呼吸ぐらいしかせず夜ごはん。**

大量の星山のホルモンと焼肉、さらにお寿司ってもう、何これ天国?

まずはプリプリのホルモン。星山のホルモンは臭みゼロでこってりしたタレがたまらない。やわらかいのに脂身が少ない絶妙なバランスの焼肉にうつり、おばさんが**自家製のにんにくで下味をつけたおいしい鶏肉**をモグモグ…さらにおじさんの知り合いがしとめたとかしとめてないとかの**いのしし肉!** しっかりめの塩、こしょうで頂くと、これがまためちゃくちゃおいしくて。

さらに**おばさん特製夏の常備菜。かぼちゃのたいたん、お豆のたいたん、厚揚げのたいたん、なすの煮びたし、きゅうりの浅漬け、なすの浅漬け、ゆでとうもろこし、きゅうりの酢漬け、トマトにレタス、枝豆にゆでたオクラ**。さらに大好きな**ポテトサラダ**がドーン。ちなみにおばさんというのは、夫の亡くなったお母さんの弟さんのお嫁さんです(ややこしいわ)。

すべてのお肉を食べ尽くし、お皿を洗い、シャワーで汗とともに脂とカロリーをきれいに洗い流します。シャ――…(10kcal減)シャ――――…(50kcal減)シャ――――――…(800kcal減)。

子どもが寝たあとはみんなで晩酌タイム。堅ぶつ(塩味のおかき)にチップスター(九州しょうゆ)などを**つまみながらストロングゼロ**を飲み、満腹ほろ酔い状態で幸せに就寝しました。

おはようございます。朝ごはんです。**おばさん特製夏の常備菜。かぼちゃのたいたん、お豆のたいたん…（中略）…オクラにポテトサラダ**が並び、さらに**熱々ご飯、なめこと豆腐のお味噌汁、目玉焼き**、アミが愛して病まない**あらびきグルメイドステーキ**という超豪華朝ごはん。※あらびきグルメイドステーキ…あらびきソーセージに豚バラ肉を巻いた**ジューシー極まりない食べ物**。目玉焼きと合わせると幸せでしかない。

そしてお墓参りに。おばあちゃんがピョンピョン跳んでいました（カエルをおばあちゃんと呼ぶな）。そのあとＶＩＯ（ヴィオ。脱毛と思わせてショッピングモール）に行ってブラブラ買い物をし、夫が買った**ラムネソフトクリーム**でお口をさっぱりとさせてから帰宅したらお昼ごはん。え、半日ほぼ動いてないねんけど。朝ごはんとラムネソフト食べただけの人やん。

お昼は**大量のそうめん**。さらに**昨日の残りの星山のお肉**をまた焼いてくださり（もやし炒めつき）、さらに**おばさん特製夏の常備菜。かぼちゃのたいたん、お豆のたいたん、厚揚げのたいたん、なすの煮びたしたん、きゅうりの浅漬けたん、なすの浅漬けたん、トマトにレタスを盛りつけたん、枝豆とオクラをゆでたん、ポテトサラダン。サラダンダダンダン。ＧＯ！ＧＯ！**

そうめんと焼肉の組み合わせ最高やわ。さっぱりしてこってりしてさっぱりしてこってりしてからのポテサラ。ごちそうさま〜…からのポテサラ（また食べたー）。

ごはんのあと、アミとナミはいとこが持ってきてくれたプールに。１〜２時間見学していると唐突に眠気が襲ってきて、家族全員でお昼寝。ハッ…！と気づくともう16時。

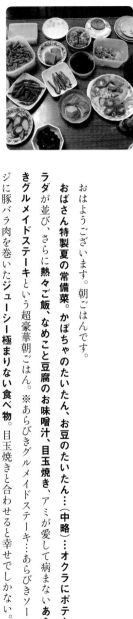

びっくりしたー。そうめんと焼肉食べたの夢やったんや…(現実や)。

夜は花火大会に行く予定だったので、17時に早めの夜ごはん。**スーパーの揚げ物がブワァ入ってるセット**とご飯。そして**かぼちゃのたいたん~(中略)~ポテトサラダ**。揚げ物の衣に染みたソースでピカピカのご飯をいただきます。ぼくは揚げ物が好きなんだな。そして花火大会に。食後のくせに出店で買った**焼きそば**を食べ、**フライドポテト、じゃがビー、ポテトチップス**…って、どんだけじゃがいもやねん。**どんじゃが~**(言わんし流行らんし)。家に戻って残ったお菓子やお酒を飲み、テレビを観て満腹パンパンで就寝。

おはようございます。朝ごはんは**ぴかぴかのご飯になめこと豆腐の味噌汁、目玉焼きにあらびきグルメイドステーキ**、そしていつものこの方がた。**たいたん with P.**(ポテトサラダ)

帰り際みんなでお仏壇に手を合わせ、おばさんに頂いたたくさんの夏野菜を車に積んで大阪に向けて出発。**呼吸と微動で昼ごはん**。ヨーロッパ軒にて、**ソースかつ丼**を食す。私はミックスカツ丼。甘くてスパイシーなソースがからんだ**カツが2枚にえびフライがどーん**。その後は車で爆睡し、サービスエリアにて**おやつにから揚げ**。**もう一生分の揚げ物食べてる**。

家に着いたら18時。おばさんにたくさん頂いたなすとピーマンを大量に入れた**焼き飯**と、買って帰った**ムツ**と、今ある野菜で豪華な夜ごはん。ここまできたらどうでもいいや!と腹いせに**じゃがビーの残り**を食べました。

ご清聴ありがとうございました。

第4章

これはこれでいいんじゃないかというはなし

長女の呪縛

3つ年上の姉がいる。独身で、趣味は飲み歩きと料理、旅行。食の好み、笑いのツボは同じだが、性格は全然違う。

まず姉は**自他ともに認める飽き性**だ。部活もバトミントン、音楽、吹奏楽、テニスとコロコロ変え、一緒に始めたはずの習い事の習字とピアノもいつの間にか辞めていた。私と違い運動神経も良ければ手先も器用なため、何をやらせてもうまくできるが、まさに器用貧乏。ある程度まではできても極める前に辞めてしまう。

趣味も然り。パラパラにはまっていたかと思えばすぐに飽き、トランスにはまってクラブに行きまくっていたかと思えばピタリと行かなくなり。スキューバダイビングの免許を取ったかと思えば着つけ教室に通って師範を取り、野球の阪神にはまって毎週のように甲子園球場に行ったかと思えば乗馬教室にも通っていた(冬になり、馬を洗わなあかんのが寒くて手も荒れるし嫌だと辞めた。最低やないか)。パン作りにはまり、毎日、職人並みにパンを大量生産していた時期や、受

験並みに英語の勉強をしてTOEIC900点超えを叩き出していた時期もあった。

またそのたびにいちいち物を買うのだ。好きになったら形から。服、靴、カバン、100万円近い着物、野球のユニフォームやグッズ、パンをこねるための大理石の台やらカンパーニュの発酵カゴ、英語の教材…とにかく部屋が物だらけ。こんなに買ってしまったからあとには引けない…など全然なく「あれ⁉ 野球は⁉」「あ、もういいねん」ぐらいの、「そんなこともあったなあ」ぐらいの流しようだ。一時期メルカリにもはまり、お金も溜まるし物も減るしで最高の趣味を見つけたと思ったが、梱包や配送、やりとりが面倒だとこちらもすぐ辞めてしまった。

芸能人に対しても私の数倍すぐはまる。一番長く深くはまっていたのはT.M.Revolutionで、「西川さん」と書かれたビデオにはすべての音楽番組やドラマ、バラエティ、1分のCMさえも録画され、オールナイトニッポンはカセットに録音。家や車では日々T.M.R、またはT.M.R-eの音楽が流れ、ライブに行っては号泣。とにかく何もかも、好きになったらとことんだ。

天神祭りのギャル神輿をかついだり、イベントコンパニオンで色んなところに行ったり、コスプレしてパーティに出かけたり、1か月間海の家で住み込みで働いて信じられないほど真っ黒のギャルになって帰ってきたり、ピースボートで世界一周したり… ハチャメチャ自由人。恋愛経験も私の数倍豊富。人生楽しそうやなあとうらやましいし憧れるのだが、どこまでいっても、完全には道をはずさない。結局どこかで親の目を気にしていたり、親に叱られたくないという呪縛から逃れられていないのだ。根が真面目。幼い頃の育てられ方も関係しているのかもしれない。

一般的に長女というのは、次女よりは厳しく育てられることが多い(もちろん例外もあるが)。門限にしてもバイト先にしても、いつからケータイを持つ、髪を染める…何にしろ、ひとり目は何もわからないし期待もあるため、親も制限をかけがちだ。

姉はどこかで、**親に縛られたくないという思いに縛られている**からか、突然びっくりする行動に出る。服装や髪型然り(コギャルはもちろん通り道)、進路やバイト先然り。母としては、見た目も派手で色々心配なぶん、余計に厳しくなる。高校生でも門限は21時、成績がクラスで5位、学年で10位以内でないとバイトは禁止。バイト先も、居酒屋などお酒を扱うところはNG。大学に入っても終電までに帰ってきなさいと言われ、いつも泣きながら抗議していた。

が、結局守るのだ。母親をどうしても振り切れない。泣きながら帰ってきて、泣きながら勉強していた。進学にしろ就職にしろ、彼氏との同棲にしろひとり暮らしにしろ、母は結局、最終的に姉がやりたいようにやらせてきたわけだが、毎回色んな場面で衝突していた。

私はそれを見て育っているので、特に親と衝突することもなかった。小中高バスケ部で土日は部活に励み、何もいわれずとも勝手に勉強し、高校進学、大学進学、就職…と、いわゆるレールに沿った人生を送ってきた。でも、親に縛られている感覚はなく、反発したい気持ちすらなかった。それは、いつでも反発できるし、自由であるという感覚が常にあるからではないかと思う。そして、しれっとひどい成績をとり、さらっと門限をなくし、勝手に居酒屋でバイトしていた。

姉は「私の時はあかんかったのに」と、ことあるごとにブーブー怒っていたが、これまでの信用の蓄積もあるし、母の免疫もあるし、それはもう、しゃーない。全国の姉、兄の宿命、心の叫びだろう。妹からしても、姉って損やな…てちょっと思ってたしな(笑)。でもそのぶん大切に思われ、愛情と期待を受けて育ってきた証拠でもある(それがまた呪縛を生む場合もあるのだが)。

うちは母が「お姉ちゃんなんだから」と全然言わなかったし、泣き虫の姉と、わりとしっかりした妹という図式で、「どっちが姉かわからない」と言われていた。でも姉は、どこかで母がひとりになった時のことを頭に入れていたり、祖母きよこの介護もずっとやっていたり、家族のことや家のことをどこかで考えている。母も何歳になっても、やっぱり姉のことはいつまでも気にかけて可愛がっている。私は結局のところ家のこととか何も考えてなかったり、どこに行くにも人まかせなんで、最近になって、やっぱり姉は姉で、私は妹なんだなとよく思うのだ。

まあ、これは各家庭それぞれ、「うちは真逆です！」という家も当然あるだろうから、長女の呪縛というよりは、うちの姉の呪縛かもしれない。「長男って」とか「末っ子はこうだから」「ひとりっ子だから」とか決めつけるのは好きではないし、あまり真に受けずに読み流して頂けたらありがたい。でも、最近長女の人と話をする機会が多く、「どれだけ自由にしてても、結局どこかできっちりせざるを得ない自分が嫌になる……」と嘆いていたので、ちょっと書いてみました。

長女って大変やんな（と軽く言う次女ナミ）。※後ろはプリキュアを踊り狂う長女アミ。

パラパラ

1980年代後半のバブル期にディスコなどで流行ったダンス。足は2ステップを踏みつつ、手や腕を決まった振りつけで動かす。1994〜1998年が第二次ブーム。姉がやっていたのは第三次ブームの1999〜2001年、SMAP × SMAPで木村拓哉さんが「バッキー木村」として踊っていたあたりです。明治学院大学の学生が、体育の授業で覚えさせられた、腕をシンクロさせない体操を何気なくツバキハウスで踊っていたところ大ウケし、周囲に広まったのが発祥らしいです。

トランス（音楽）

エレクトロニック・ダンス・ミュージックの一種。短い旋律を何度も繰り返し、うねるように奏でられ、恍惚状態（トランス状態）に持っていくような演奏を特徴とする。イントロが長い。

T.M.R-e

1999年3月18日より、T.M.Revolutionの活動を封印し、「the end of genesis T.M.R. evolution turbo type D（ジ・エンド・オブ・ジェネシス・ティー・エム・アール・エボリューション・ターボ・タイプ・ディー、略称：T.M.R-e）」名義でトータルプロデューサーの浅倉大介とともに活動していたユニット。「the end of genesis」が「創世記の終わり」「T.M.R. evolution」が「T.M.R.を進化させる」「turbo」が西川の愛称ター坊、「type D」が浅倉大介のイニシャルを表している。2000年3月に封印解除。姉の影響で私もアルバムの曲もほとんど歌えます。まさかあんなに筋肉ムキムキになって『天才テレビくん』に出演されるとは。

ギャル神輿

正式名称は、「天神祭女性御神輿」だそう。「日本一長い商店街」と呼ばれる天神橋筋商店街で「明るく楽しい街づくり」のために立ち上げたもの。オーディションがあり、何か特技を披露させられる（姉は当時高校でやっていた和太鼓で合格した。途中で胸に巻いていたさらしが落ちたらしいが）。

ピースボート

国際交流を目的として設立された日本の非政府組織、その団体が企画している船舶旅行の名称。世界各地をめぐる「地球一周の船旅」を繰り返し行っている。姉は結婚を考えていた彼氏にふられ、文字通り「どこか遠くへ行きたい……」と乗ったタイプ。真剣に世界のことを知りたいといっていたが、予想通り彼氏を作って帰国した（予想通りすぐに別れた）。食事はおいしくボリューム満点、お酒も好きに飲めるため、帰国後の姉は15kg太っており、新大阪駅に迎えに行った母は最初姉だと気づかなかった。

こぼれ話

姉にこの話を読んでもらったが、やはり「お姉ちゃんだから」と我慢を強いられた思い出はないらしい。ていうか、何も覚えてないらしい。ほんまに姉って幼い頃のことびっくりするほど何にも覚えてないんです。お酒飲み過ぎて記憶なくなったんですかね。

食べたくても食べられない人

ごはんを残そうとするとよく言われる「世界には食べたくても食べられない子もおんねんで！」。私の幼い頃は「アフリカの子は食べたくても食べられへんねんで」など、もはやそれ自体が若干偏見入ってるがなという言いまわしもあったが、誰もが何度も耳にしている言葉だと思う。それを言われて「なんて私は贅沢者なのだろう……ありがたくいただきます！」と残りのごはんを感謝して口に押し込んだことはないし、そんな子はおそらくいないだろう。知らんがな、とまではいかなくても、そこ関係ないがな。食べようが残そうがその子が食べられへん事実は変わらん、それこそダウンタウンの松本さんの名言「**その子らだって腹いっぱいになったら残すわ！**」だ。この言葉を言われるたびに、姉と「じゃあその子にこの残ったごはん送ればいいねんなあ！」「機械でウィーン……ってその子らのところに日本のすべての残りものが届けられるシステム作ればいいねん」など屁理屈を言い、母に怒られていた(母は海外への支援でも震災時の寄付でも、「残りもの」「使わなくなったもの」をあげればいいという失礼な考えにめちゃめちゃ厳しい)。

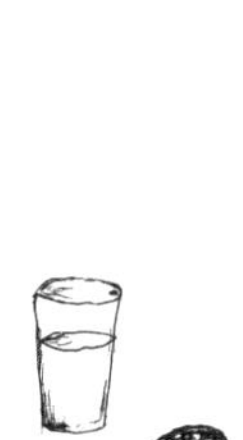

だが、母も本気で筋が通っていると思って使っていたわけではないと思う。今ならわかる。なぜなら、私がまさにこの言葉を娘に対してめちゃめちゃ使ってしまってるからだ。

なんでやねん！と自分でも思う。言ったそばから「全然刺さらんやろな」と思ってるくせについ言ってしまう。なんやろもう、フォーマット。ほぼ無意識に言うてるもん。この言葉で説得する気すらない。「残していい？」と言われたら「もー。世の中には食べられへん子もおんねんからな……」と言いながらお皿を下げるみたいな、もはや**捨て台詞的に使用**したりするわ。どうせ残すことは決定してんねんから嫌な気持ちにさせず「しょうがないわねえ」「次はしっかり食べようね」と、しまじろうのお母さん的穏やかさで過ごしたいといつも思うけど、「ほんまもったいない！　世の中にはなあ……」と語りだす一連の流れ。先日ついに上の娘から「じゃあ、その食べられへん子にこの残りもの送ったらいいやん」と、まさに自分がその言葉そっくりそのまま言いましたわ、という返しをされたので、「そうやんな。お母さんもそう思ってたわ」……と言わずに「残したものをあげればいいっていう考え、それはすごい失礼やねんで」とまさに母に言われていたことを言ってしまった。いやアンタが食べられへん子がおる言うたからや！

でも最近思うのだ。これはこれでいいんじゃないかと。筋は通ってないけど、世の中筋が通ってることばっかりじゃない。「お米残したら目ぇつぶれるで」もちょっとひどい言いまわしやなと思うけど、やっぱりお米を残す時は「あー目ぇつぶれる……ごめんなさい」と罪悪感がわく。食べ物を残す時は、どこか遠い国の食べられない子どものことが一瞬でも頭に浮かぶ。だからといって残さんわけではないけど、その事実を知っていること、その罪悪感が重要なのではないか。また、いつも聞き流している言葉がどこかのタイミングで突然腹に落ちる時がきたりもする。そもそも「世界には食べたくても食べられない子がいるんだから」という言葉を一度も聞いたことないまま大人になるのもそれはそれでなんか怖いやん。いや、いいんかな。でも大人になって「え、何それ初耳〜！」「どういう意味でしょうか」ってなるのもなんか、アレやん。ちょっとびっくりするやん。これに関しては「昔からよく言われる基本的にあまり刺さらん台詞」という立ち位置で共有してたらいいんじゃございませんかい。

というわけで、今日も朝から半分パンを残した娘にブーブー言ったところです。だって世の中には食べたくても食べられない人がおんねんから。

大阪のおばちゃん

「大阪のおばちゃん」というとどんなイメージだろうか。ヒョウ柄、さらにヒョウの顔面プリントつきの服を着ているとか、やたらボディタッチが多いとか、手に輪ゴムをはめてカバンには飴ちゃんなど色々あると思うが、いずれにせよ周りの目を気にしない、我が道をゆくちょっと図々しそうな印象があるのではないか。私もまさにそう思っていたが、最近気づいたのだ。**大阪のおばちゃんは気遣いの塊**であると。

幼なじみのはまざきまいが、まさにこのことを言っていた。弟が彼女を突然実家に連れてきた時の話だ。おじいちゃんおばあちゃん、さらに姉までいる実家に突然連れてこられた彼女が緊張することは想像に難くない。また弟は無口でマイペース。気を遣って彼女に話しかける様子もないし、平気で彼女をおいて席も立つ。彼女はもちろん無言。おじいちゃんも無言。「ここで私まで無言やったら絶対に可哀想やん」。まいは彼女の気持ちを察して勝手に焦り、とにかく気を遣わせてはならぬと必死になった。

「あ、ごはん食べてないやんな？　大したもんないけど食べていき食べていき！　そんな端っこ座らんと！　お酒は？　飲める⁉　ほな飲み飲み〜！　ちょっとこれお母ちゃんが作ってんけど、おいしいから食べて食べて！　ちょっとゆうだい〜（弟）！　はよコップ取ってきてー！　そういえば、あんたら付き合ってどのぐらいなん？　いやほんま、こんな可愛い子連れてきて……」

大阪のおばちゃん誕生の瞬間である（おめでとうございます！　元気な女の子ですよ〜）。

ちなみにまいは人見知りで、誰に対してもオープンに話せるタイプではない。ただ責任感と気遣いのみで、おばちゃんの役割を自ら担ったのだ。

保育園のお母さん友達にゆみちゃんという子がいる。クラスのお母さんの中では若いほうで、とても可愛いのだが、「快傑ゆみちゃんねる」とみんなに揶揄されるほど饒舌で、大阪のおばちゃん色が濃い。保育園のクラスで集まっても「はいこれ食べる人ー！　ハイハイもう遠慮のかたまり残ってんでー！　あんた細いからこれ食べ！　ほら！」とお皿に入れてくれたり、店員さんに「ちょっとお兄さーん！　忙しいとこごめんやで、冷房きついから温度上げてくれへん？　ほんでこのお皿全部下げてって～」などザ・おばちゃん。これがなんともありがたい。上品に「あ、サラダ食べますか？」「私店員さんにちょっと言ってきますね！」とか言われると周りも「いやいや、そんなんせんでいいよ～」「座ってて座ってて」と恐縮するが、「食べな損やで⁉　お皿出しや！」とか言われたら周りも遠慮なく気遣いを受けられる。ホスピタリティの塊である。

考えてみれば飴ちゃんをカバンに潜ませるのも誰かにあげるためだし、輪ゴムだって突然どこかで必要になった場合の、ポーチに絆創膏みたいな気配り女子スタンスではめているのではないか（また私などは、他県の方の期待する大阪のおばちゃんからはずれてはいけないと、若干の責任感から飴ちゃんをカバンに潜ませていたりもする）。自分が良く見られることよりも、相手を喜ばせたい、楽しませたいというサービス精神、気配り精神から、品をあえてなくしているのだ。

ただ、このスタンスを日々繰り返しているといつの間にか板につき、**ガチで品がなくなる**。若かりし頃の恥じらいある姿に戻ろうと思っても戻れない。もとはおばちゃんの仮面をかぶっていたはずなのに、いつしか同化し、**はずしてもおばちゃんのまま**だなんて北島マヤも白目で膝をつくだろう。だが恥じらいのないおばちゃんは強い。どこでも生きていける。私は今まさにこの入口に立っていて、アカン、こんなんじゃアカン……と思いつつも少しずつ生きるのがラクになっているのを感じる。手に輪ゴムをはめだしたらやんわり止めて欲しい。

快傑えみちゃんねる

関西テレビで1995年から2020年まで放送されていたトークバラエティ番組。上沼恵美子さんの冠番組。

北島マヤ

美内すずえさんの漫画『ガラスの仮面』の主人公。ショックを受けた時の絵は、顔に縦線ができ白目になる。

遠慮のかたまり

完全に全国共通の言葉だと思っていたが、まさかの大阪や一部地域の言葉らしい(うそやん!)。お皿にひとつだけ残ったもののことを指す。他の地域では「関東のひとつ残し」「佐賀もんのいっちょ残し」「肥後のいっちょ残し」などとも言うそうです。

関西人の適当な台詞

◎たぶん絶対そうやわ。知らんけど
◎アレやったら言うてな
◎なんかシュッとした人やわ
◎ほんまアホほど食べた
◎死ぬほど可愛い
◎うそやろ?・うそやん!(けっして疑ってはない。「すごい!」的な相槌)
◎また行こな(×もう一度行こうね　○いつか行こうね)
◎そこのどんつきガーッといって、シューッと入ったとこ
◎今外に魚釣りにいってるんちゃう?(注文した料理が遅い時)
◎明日羽生えてくるわ。(から揚げや手羽先食べ過ぎた時)
◎難しいほうの「お」。(「を」の説明)

星野源への葛藤

ちょうど世の中でドラマ『逃げるは恥だが役に立つ』が大流行していた時期のこと。娘が「恋ダンス」が好きで、横で何度も歌番組を観ているうちに、星野源さんをどんどん好きになっている自分に気づいた。いや星野源って、もうどんだけみんな好きやねんってぐらい好きやったりするから、変な反抗心で、私は特になんにも思ってないですよって言い聞かせていたのだが。

私は人生で、特定のアイドルやアーティストにはまりこんだことがない。好きな芸能人やアーティストはもちろんたくさんいるし、何年経ってもずっと好きだったりするが、どこまでも追いかけ、情報を集めるほどはまったことがないのだ。なので、出ているCDは全部買ったり、他県や海外までライブに行ったり、とにかくその人物やバンドを生きがいにしている友達を見ると、ちょっとうらやましかったり、なんかカッコいいな……と思う。そんなファンがいるなんて、相手はめちゃくちゃ嬉しいやろうと。自分やったら嬉しくてお持ち帰りするわ(活動停止処分)。

おそらく私は、完全にはまるのが怖いのだ。だって絶対に手に入らないのに、苦しいだけじゃないかと。徹底的に調べて、貢いで、生活のほとんどをその人色に染めて崇めて。それだけ沼にはまりつつも芸能人というのをわきまえ**一定の距離感を保って楽しむ**のってすごい自制心じゃない？私の場合、底なし沼な気がして、片足つける程度は楽しめても全身はまる前に這い上がってしまう。それとも、自分の意志は関係なく勝手に引きずり込まれるぐらい熱狂的なものにまだ出会えてないだけなのだろうか。

星野源の話に戻るが、もともと私はSAKEROCKの曲が好きで、社会人になってからiPodで繰り返し聴いていたのに、星野源がそのメンバーであることさえも知らなかった。ドラマもコウノドリと真田丸しか観ていない。そういうとCDやエッセイ本、『逃げ恥』なんかをおすすめされるのだが、いやいや、そんなところに手を出したら、本気で好きになってしまわんかと。ええやないかと思われるかもしれんけど、心を揺さぶられるのが面倒くさい時ってありません？今の私の精神状態では大きな感動を抱えきれない。またドラマなど、**好きだったものが終わってしまった時のあの虚無感**。あれを味わうのもしんどい。だったらもう最初っから観ないでおこうと。別れが怖いから最初から俺たち付き合わないでいよう、というアレと近いものがある。

が、たまたま観ていたミュージックステーションで、星野源が『くだらないのなかに』と、『恋』を2曲も歌っているのを観てしまった。え、めっちゃいい曲…うーわ。もうこれ、好きになってしまうんでは……。っていうか、たぶんもう好きやわ。もう自分にうそはつけない。

でもこんなに何も知らない自分なんかより、星野源のことを好きで好きでたまらない人がこの世に何十万人もいるわけで。その人たちはいったいその気持ちをどう処理してんねやろと思い、ふとスマホで「星野源　好きすぎ」まで打ってみた瞬間(下の画像参照)

予測変換ブワァ出てきた――――――!

好きすぎて嫌いとまで。

この数年後、星野源がインスタグラムを開設したのだが、**30代女性における1ヶ月の星野源摂取量目安をはるかにオーバーする更新頻度**だったためフォローを躊躇している。好きすぎて嫌いの意味が、ほんの少しわかる気がする今日この頃である。

逃げるは恥だが役に立つ

原作は海野つなみさんによる漫画。2016年の10月からTBSテレビ系列で放送されたドラマ。主演はガッキーこと新垣結衣さん。相手役は星野源さん。キャッチコピーは「私の就職先は、あなたでした―」。最終回の視聴率は「火曜ドラマ」史上初となる20%超えを達成し、エンディングの星野源さんの曲『恋』に合わせて踊る「恋ダンス」が大流行。じれったくてむずむずするところに胸キュンするという意味の「むずキュン」という言葉や、番組終了後の喪失感を現わす「逃げ恥ロス」という言葉も生まれた。

SAKEROCK

インストゥルメンタルバンド(インストゥルメンタルて何?→器楽曲)(器楽曲て何?→人声をいっさい用いず、楽器のみで演奏された曲)。星野源さんが同じ自由の森学園高等学校出身のメンバーを集めて2000年に結成。2005年に解散。なんか和むんです。マリンバの音とかすごく良い。

夢を追いかけること

もしも自分が、何をやっても絶対に成功すると決まっているとしたら。周りの目やお金のことをいっさい抜きにして、ほんまになんでもしていいとしたら、何をしてみたいだろうか。

高校の友達、あづが30歳を超えてから役者を目指しはじめた。高校時代、あづは音楽部だったのだが、当時の音楽部は大阪で一番人数が多く、毎年甲子園球場で歌ったりアメリカでミュージカルをしたりとハタから見てもやたらすごいクラブだった(顧問の清原先生が、一万人の第九で指揮をしていたような有名な人で)。あづは副部長として青春を歌と演劇に捧げたが、多くの人がそうなように、その道で生きていこうとは考えず、卒業後は大学の文学部に所属。大手メーカーに就職し、営業職としてバリバリ働いていた。

その後転職し、事務員として働きながらも大好きな音楽は続けており、シンガーソングライターAzmiとして時々ライブをやっていた。

ふたりで飲みに行ったのは、ちょうどあづが転職活動をし、内定した時だ。良かったやん、という話だが、頭のどこかでずっと、高校時代アメリカの舞台でミュージカル『ライオンキング』の主役シンバを演じ、スタンディングオベーションをもらったあの感覚がずっと忘れられないらしい。できるなら、役者としてもう一度舞台に立ちたい。でももう30も超えてるし、お金もいるし、周りはどんどん結婚していくし。役者を目指す人は五万といて、成功してる人なんてほんまにひと握りやし、そろそろ落ち着いたら？とか言われるし。若い頃と違って、どんなボロボロの生活でもいい！とまでは思われへん自分に後ろめたさも感じるし。芽が出んかったら、そこから軌道修正できるかもわからんし、それも怖い。「働きながら役者を目指す」という手ももちろんあるけど、就職先は正社員で、いざ就職したら仕事で朝から晩までいっぱいいっぱいになる可能性が高いし、入ったら性格上なかなか辞めないのもわかる。「ゆりはどう思う？」

こういう時、未来が見えたらいいのにと思う。絶対うまくいくと決まっていれば、迷わず走り出せるのに。でも、夢は叶う前に辞めるか、叶うまでやるかの二択しかない。なれないかも…とかなくて、なれるまでやる。**一生追い続けてる限り夢が破れることはない**わけで。だからこそ見切りをつけられないのもあるが、一回、自分が納得するところまでやってみたらいいと思うのだ。あづがもしここで普通に就職したら、あの時役者を目指していたらどうなっていたんだろう…と一生思い続けるだろう。もし役者を目指して挫折したとして、あの時正社員になっていたら良かったと思うだろうか。挫折も経験になるだけのことで、いずれにせよプラスしかない。

それに、どうなれば夢が叶ったことになるかっていうのも定義はない。映画の主役になったらなのか、役者として舞台に出られたらなのか。後者なら、劇団に入団して舞台に立った時点でもう叶っているわけで、目指した時点で半分叶ってるともいえる。まずは舞台に、次は主役に、その次は…とどんどん小さい夢を叶えていって、どこまでいくかはその都度考えればいいんじゃないかと。

もう自分で責任取れる年齢やし、今は縛られるものもない。そもそも選択肢があるだけ贅沢やねんから、やりたいことやったらいいやん。そろそろ落ち着かなあかんって何？　人生一回やで。誰に遠慮してるん。やりたいこと我慢した人生送っても誰も責任とってくれへんで。

みたいなことをベロベロに酔っ払いながらあづとしゃべってたら、**次会った時に就職先を蹴っていた**(うそやん)。いやでも、最初からあづの答えは決まってて。背中を押してほしいと思って私に相談したのがわかっていたんですけどね。

育ってきた環境によって、将来についての考え方は全然違うと思う。いい大学に入って、いい会社に入ってお金をたくさんもらうことが結局のところ一番いい、という価値観の人も一定数いる。私は割となんでもありで生きてきて、母もなんでも応援してくれるタイプだったんで、娘にも「やりたいことをやりなさい、あなたの人生だから」と言ってあげたいと思っている。が、私の子育てに関する理想論はことごとく覆されてるんで、おそらく「世の中そんなに甘くないで」とか、まさによくテレビでみる親子喧嘩に発展するセリフをいったんは吐いてしまうんやろう。

今はその世界しか見えてなくても、いったん就職なり別の道にいってみたら、他に興味が出るかもしれんし、それでもまだやりたいと思えるほどの夢かどうかを確かめる指針になるかもしれん。でもアイドルとかモデルとか年齢制限があるものやったら、それができへんからよりいっそう悩むだろう。

「アイドルなんてひと握りの人しか成功しない」とか「芸人には反対だ」とか言われて、カバンひとつで飛び出して上京して実際に売れた人の話はテレビやネットで見ることはあっても、飛び出した結果、ボロボロになって最終諦めた人の話ってあまり聞くことないじゃないですか。でも絶対にそっちのほうが多いはずで。

その時に路線変更できたらいいけど、他人様に迷惑をかけたり、絶望して最悪の選択をしてしまったら…とか思うと、なかなか手放しに「やってみなはれ」とは言われへんやろうなあ……。

でも目指さなかったより破れたほうが納得できるやろうし、最終的には子どもの人生なのだ。

まわり道して夢にたどり着いた人は、色んな経験があるぶん深みが出るし、逆にその道一本でやってきた人は、若い時から現場でより濃い経験を積める。「これしかしてこなかった」というのも自信になると思う。全部結果論だ。夢に限らず、人生のすべての選択に正解も不正解もない。**自分が選んだ道を正解にするしかない**、正解にすればいいのだ。

そして夢が破れたとか、諦めたっていうのも、**自分の中で大切なものが変わった、優先順位が変わった**だけで。どれだけ強く思っていても、子どもができたらやっぱり自分の好き勝手には行動できないし、責任のある仕事を任されていたり家族があれば簡単には転職もできない。親を安心させたい気持ちもわかる。「後悔しない人生を」というが、これまでの人生の決断全部に後悔がない人なんてそんなにいないし、誰かのために生きる人生もまた、同じくらい幸せなんじゃないかと私は思う。結局は、自分の納得の問題で。

望んでた道と違っても、後悔ばかりでも、流されて生きていても。

笑って過ごせる日があれば、それは素敵な人生のひとつなのだ。

最後に余談。

あづが舞台稽古でダンスが全然踊れず、演出家の人にめちゃめちゃ厳しいことを言われて泣いたという話を聞いて…

しーちゃん 32歳になって人にそこまで怒られるの無理やわ…。

えーちゃん うん、耐えられへん。

さきちゃん ほめて伸ばしてほしいよな。

山本 うん。ずっとほめられたい。

あづ 悔しくて、稽古終わった瞬間にその場でダンスの個人レッスンやってるとこ調べて即習いに行ったわ。

全員　えっら!!

あづ　12月の本番までにどうにかせなあかんから、基礎をいったんとばして、とりあえずその舞台のダンスがひと通りできるように徹底的に教えてもらってる。

ちよりん　そらそうやんな。今から基礎練からじゃ間に合わんもんな。

山本　「うちは基礎ができないと絶対次に進めないシステムなんです」とか言われてもなあ。

しーちゃん　「じゃあ、まずは**ボックスステップから**」

全員　ボックスステップ(笑)

全員　絶対間に合わへん(笑)

山本　ダンスは基礎が大事なんで。

しーちゃん　もう翌週もずっとボックス。

えーちゃん　12月までにボックスだけは完璧に仕上がってる。

しーちゃん　(ボックスを踏む動きをしながら)もっと！　もっと四角く!!

全員　(笑)

山本　四角さ、そんな極められるんや。

えーちゃん　あづ、もう**箱の気持ちになるしかない**な。

全員　箱の気持ち!!（笑）
あづ　箱の気持ち込めるの難しい！
えーちゃん　（ボックスを踏む動きをしながら）もっと箱の気持ちになって!!
しーちゃん　（笑顔でボックスを踏む動き）
山本　あれ…？（ゴシゴシ）**箱が見える………。**
しーちゃん　（笑顔でボックスを踏む動き）
えーちゃん　**背後に…箱が見える……!!**
ちよりん　もう、あづ完璧なボックス踏んでんねやろな。
しーちゃん　（笑顔でボックスを踏む動き）
ちよりん　**あづの背後に箱が見える……!!**
山本　待って……（笑ってしゃべれず）…**背後に箱が見える演技**って何なん。
全員　（笑）
山本　だって…（笑ってしゃべれず）背後って…（笑）…あづは何なん（笑）
全員　（笑ってしゃべれず）
山本　なんで同化してないん……（笑）

さきちゃん　あづが箱に見えるわけじゃないんや（笑）
あづ　私が箱に見えてくれ（笑）
山本　逆にめちゃめちゃ高度な演技……（笑）自分が箱じゃなく、後ろに……（笑ってしゃべれず）
北島マヤでもできへん（笑）
あづ　私はいったい何に見えてるん。
全員　**あづ。**
あづ　全然あかんやん！！！（笑）
ちよ　**あづと、箱。**
全員　（笑ってしゃべれず）
山本　すごい……あづと、箱が見える…………!!
あづ　**私が箱に見えてよ!!**（笑）
しーちゃん　あづはずっとあづとして見えてる。
全員　（爆笑）
みんみん　逆にどんな演技してるん（笑）、すごすぎるやろ。
山本　ほんでその箱役はほんまは何の役なん？

あづ　人魚やねん。

しーちゃん　足ないやん!!　ボックス踏まれへん!!

全員　（笑いすぎてしゃべれず）

清原先生

清原浩斗。合唱指揮者。全日本合唱連盟常務理事、大阪府合唱連盟会長。邦人として初めてウィーンおよびプラハ国立歌劇場で「第九」公演、2000年1月には東西ドイツ統合10周年記念日独合同第九をベルリンフィルホールで開催…って私が思ってるどころじゃないほどすごい先生やったわ。

「サントリー1万人の第九」

ベートーヴェン「第九」演奏をメインとする音楽興行で、1983年から毎年12月の第1日曜日に大阪城ホールで開催。一般からの公募によって1万人規模の合唱団を結成している。

北島マヤ

P.214参照

その後の話

それから2年以上経ち、あづは知り合いをツテに色々な舞台に出演し、今は「なにわニコルソンズ」という、木下半太さん率いる劇団で同じ役者を目指す仲間たちと一緒に舞台に立っている。会うたびにどんどん若返っており、「こんなに楽しいことがこの世にあったなんて」「この歳になってこんなに良い仲間に出会えるなんて」と言う姿はめちゃめちゃまぶしく、うらやましくなる。あづのおかげで、みんな集まって舞台を観に行く楽しみも増え、私もこの歳になって初めて舞台ってこんなにおもしろいんや！と感動している。いつも応援しています。

ふたり目の娘が産まれて

次女のナミが産まれて3か月ちょっと経ったのだが、相変わらず授乳が下手くそだ。惰性で吸われてるような気さえする。「この段階ふまなミルクくれへんねやろ?」みたいな。育児書などで「お母さんのおっぱいを飲んでいる時間が赤ちゃんにとって一番幸せなのです」みたいな文章が微笑をうかべた聖母のような母親と幸せそうな赤ん坊のイラストとともに書いてあったりするが、まったくもってそんなんじゃない。**反る反る**。頭からつま先までピ――――ンなってる。

最初の1分ぐらいはいい感じで吸ってるけど、どんどん反りだし、くわえては泣いて離し、くわえては泣いて離しを繰り返し、こちらも前かがみになって手で牛の乳搾りのごとく己のアレを絞り出してくわえさせたりするのだが(アレて)、最終的に哺乳瓶でミルクに切り替えるまで大泣き。なんなん。こんなガサガサした親子の授乳シーン見たことないねんけど。

この間、友達のちよりんが抱っこしてくれた時もピーンと反ってて。

ちよりん　こんなに体にフィットせーへん赤ちゃんおる？　**もうギターやん。**

それ以来、反る現象を「ギター」と呼んでます（例：出た。またナミがギターや。かきならそ。それでは聞いてください…）。

ただナミに対しては、長女アミの時と違い、泣こうが寝なかろうがほとんどイライラしない。もちろんふたり目の余裕もあるし、この小さい時期が本当にあっという間に終わってしまい、二度と戻ってこないことを一度経験しているからというのもあるのだが、おそらく、多少泣いてもある程度までは放っておいて、自分のペースで色々やっているからだと思う。

子育てに関して、「家事も育児もすべてを完璧にしようなんて思わなくていい。掃除なんてしなくても死なない。ごはんだってお惣菜ばっかりでもいいじゃない。今だけは赤ちゃんのペースに合わせてあげて。お母さんが笑顔でいることが一番大事だから」というアドバイスを聞いたことがないだろうか。それを聞いて「肩の荷がおりました」「救われました」という人は多いと思う。

私もこの言葉で楽になったはずなのだが、なんとなく完全には心が晴れずにいた。

なんやろ、そのアドバイスをくれた方と私と赤ちゃんの3人で暮らしてるんやったら「そういうことなんで」って通じてるからいいねんけど、実際はそうじゃないやん。夫がいるし、友達も来るし、人によってはお義父さんやお義母さんも一緒に住んでるわけで。

いや、たとえそのみんなが「全然いいよ〜ん」って言ってくれたとしても、結局のところ、**自分が嫌やねんな**。むしろ「家事を気のすむまでやっていいよ。ある程度ほっといて泣かせておいても大丈夫。赤ちゃんの人格はそれぐらいではゆがまないから」って言ってくれたほうが楽になるというか（もちろんそんな専門家や育児書が言えるわけないんですけどね。ほんまにこれを聞いて育児放棄して何かあったら大問題なんで）。

私なんてふだんから適当人間で、掃除も見えているところだけ、ごはんもお惣菜冷凍食品全然OK、そもそも家事を完璧にしようなんて微塵も思っていないタイプだ。そんな私でさえも、やっぱり部屋がめっちゃ汚れてたり、毎日お惣菜やったら気になるし、一日のうち、何か達成感があることをしないと自分がダメになったような気がしてしまう。

長女の時は、娘が寝ている間に家事をやり始め、泣きだしたら中断。また寝たからソーッと家事をやりだしたら泣きだし、中断……このままじゃ何もできないと、しばらく泣かせたまま続きをやろうとするが、ワンワン泣いてる中で家事をしたら愛情が不足してサイレントベビーになるんじゃないか、将来犯罪をおかすんじゃないかと不安になり、やっぱり中断して抱っこしに戻って……。

結局、掃除はしてない、料理もできてない、洗濯も何もかも中途半端。かといって子どもと笑顔で遊んでいたわけでもなく、「私は1日何をしていたんや……」と自己嫌悪。「お母さんが笑顔でいるのが一番大事」っていうのも結構プレッシャーになってたわ。笑顔でいられなかった日は、こんな親に育てられたらどうなるんやろう…と落ち込み、**さらに笑顔が消失する負のループ**。

でも今回はまだ、その悪循環にはまっていないのだ。始終バタバタはしているが。

ひとり目の時は何もかも不安で、泣き声もめちゃめちゃ大きく感じ、すべてを受け止めてしまっていたが、ふたり目となると、まず横にもっと体も声も大きいお姉ちゃんがいるから抱っこは軽いし、泣き声なんてちっちゃくて可愛いし、物理的にすべての欲求に応えるのは無理だという諦めもある。泣くたびに中断していた家事も、今は「ハイハーイ」「ちょっと待ってな〜」と返事だけして、自分がある程度納得できるところまでやり終えてから抱っこに戻ってる。

薄情かもしれないが、私がイライラしていないからか娘もご機嫌なことが多く、娘がご機嫌だと心にも余裕が生まれ、結果として子どもに笑顔で接する時間が明らかに前より増えているのだ。

子どもを多少泣かせていられるようになったのには他にも理由がある。産後の病院での話だ。食事中に娘が泣き、あたふたして抱き上げたのだが、たまたまきてくれた掃除のおばさんが優しく「ちょっとぐらい泣かしといたってええねん。赤ちゃんは泣くのが仕事。泣かないと運動にもならんからお腹もすかないし。いっぱい泣かせていっぱいお腹すかせたらおっぱいもちゃんと吸ってくれるわ。ゆっくりごはん食べー。そんな焦らんと」みたいなことを言ってくれて(ほんまに「では…」って長いこと放っておくタイプではないと思ったから言ってくれたのだと思うが)。

そのおかげで「泣かないで…」から「**いっぱいお泣き**」に代わり、泣き声に対するあの心臓のザワつきというか、強迫観念がなくなった。今でもお礼を言いたいぐらいだ(赤ちゃんの泣き声は母親が不快に感じるようにできている、だから世話をしてもらえる、みたいに聞いたことあるから、不快に感じるのは当然のことなんやろうけど)。

イライラする時も当然あるし、何もかもがうまくいかずに親子で泣く日だってある。でも完璧に穏やかに、始終笑顔で過ごしてる人なんておそらくいない。みんな悩んで迷ってイライラもして、誰か助けてと思いながら、家も体も心もぐちゃぐちゃでなんとか日々を過ごしていて。ふと気づけばいつの間にかこの小さな時期が終わっていて、この頃が懐かしく思えるのだろう。

今は毎日バタバタで、そこまで思える余裕はない。でも、この笑顔や、寝顔だけでも可愛いと思えたら。それで十分なんじゃないかと思います。

大丈夫、大丈夫。

サイレントベビー

泣いても構われずに放置されることが続いて、そのうち泣かなくなり、表情も乏しくなり、笑ったり泣いたり感情を外に出さなくなった子ども。将来コミュニケーションに支障が出るなどいわれているが、これは医学用語ではなく俗称で、1998年に発行された書籍『サイレントベビー -「おとなしい子」ほど、未来は危険』(著／小児科医の柳澤慧氏)で名づけられたと考えられている。数時間放置したぐらいでなる話でもないし医学的根拠もなく、最近ではむしろ、それを気にしすぎて母親が気に病むほうが問題だともいわれている。

赤ちゃんが泣きやむ色々

◎ビニール袋の音をカシャカシャ
◎反町隆史さんの『POISON』を聴かせる
◎ムーニーの『ふかふかかの歌』を聴かせる
◎タケモトピアノのCMを聴かせる
◎息を吹きかけたりウチワであおぐ
◎ブランケットなど握れるものを渡す

…とか書いても泣き止まないですよね(わかります)。ただ泣きたいから泣いてる時もあるらしいんで…・。ちなみにうちの子は3人とも、足をギュッとつかんで足裏をモミモミするとよく泣きやんで眠りについてました。ビクッ！となるのがおさえられるからなのか、ツボがあるのか、たまたまなのかは謎です。

イヤイヤ期、離乳食期の葛藤

下の娘、ナミは俗にいう魔の2歳児。ご機嫌な時は笑顔や舌足らずの言葉が可愛くて可愛くてたまらないのだが、ひとたびイヤイヤが始まったらもう、天使のような悪魔。銀狼怪奇ファイル。同じく2歳の子を持つ友達が、1日に何回「イヤ」を言うか数えたら午前中だけでとんでもない数たたき出したからもう諦めたって言ってたけど、「イヤイヤ期」って言葉を最初につけた人に背後から「**ほんまそれですよね**」って肩ポンッてしに行きたいわ(こっわ)。

選択肢を与えればうまくいくと聞くが、服を2着持って「どっちがいい？」と聞いても「イヤ」しか言わんしな。「こっち？」『いや！』「こっち？」『いや！』「こっち？」『イヤ‼』『………。』『イヤ——!!!』……ぬいぐるみを使ったり「よーいドン！」と言ったり、色んな作戦を駆使して楽しげに呼びかけるも一向にいうことをきかず、時間がなくなり最終無理やり脱がせて無理やり着せてギャーギャーなって鼻水ベーンついてワーみたいな(何が)。

お姉ちゃんが使ってるオモチャを「かーしーて！」、貸してあげたら、また次お姉ちゃんが使いだしたオモチャを「かーしーて！」。さっきのオモチャに戻ったらそれ「かーしーて！」………………「ナミ、これはお姉ちゃんが今使ってるから」と言うと「ナミちゃんもそれ使う！」と断固として聞かない。「これは？」「これ楽しそうちゃう？」とか提案しても聞く耳持たずギャーギャーなって鼻水べーンついてワー。途中でオモチャをペイッと投げられ、「投げたあかん！」とか鬼の形相で言おうもんならもうＧＨＢＷ（ギャー鼻水べーンワー）。

ここで「使いたいよね」とまず共感し、「でも、オモチャは投げていいのかな？」「当たったら痛いよね」とか優しく諭せる精神力を養おう思たら私は50年ぐらいかかりそうやし、その頃には子どもも中年やわ。（現実…「投げたアカン言うてるやろ!!」）

グズってる子どもへの声掛けを育児書で読み、「よし、次グズったら、ちゃんと目線の高さまでしゃがんで、両手をつないで、目を見てこう言おう」と思って挑むのだが、いざそうなったらそもそも話せる姿勢にもならんというか。両手つないだらグニャンと脱力して地面に寝転び、エビ反りミィーンで背中で移動して足バタバタ……みたいな。**え、誰の子？**（あんたの子や）

目合わせるどころか**そもそも目ぇ開けてない**からな。声もなんも届いてない。

といっても、上の子のイヤイヤ期に比べると相手も自分も全然マシで(私に「諦める」「流す」という知識が備わったからかもしれんけど)。あの頃、寝る前にはいつも「なんで今日あそこまでキツく言ってしまったんやろ…」と後悔の嵐だった。こんなに毎日怒ってばかりの母親いるんだろうか、自己肯定感がはぐくまれず、将来ゆがんだ性格になって犯罪をおかしたらどうしよう…夜中に「子育て やり直し いつまで」と検索したり、泣きながら寝顔に謝ったりの繰り返し。

これまでの人生、他人に怒ったり声を荒げることなどない、穏やかなほうだと思っていた。まさか自分がこんな小さな子どものやる事に本気でブチ切れてしまうなんて。子育てが嫌になるのは、子どものことが嫌になるんじゃない。**自分のことが嫌になるのだ**。子どもを産んでから、自分が人としてめちゃくちゃ未熟であることを毎日突きつけられるのだ。

他の子と成長を比べるなんて、お菓子で釣るなんて。YouTubeを見せるなんて、おもらしに思わず怒ってしまうなんて。「飴ちゃんあげるから静かにして」「走ったら先生に怒られるで」「お姉ちゃんやねんから貸してあげなさい」……自分は絶対にしない、絶対に言わないと思っていたし、言ってる親を見ると軽蔑していたのに。

それが悪いということを知らないんじゃない、知ってるのに、わかってるのに言ってしまうことがあるんだということを、残念ながら知ってしまった。

離乳食も然り。出したものを食べなかったら「今日はもうおしまい」と下げてしまって、そのあとどんなに泣いても代わりのものを出したりお菓子をあげたりしない。なんてわかっちゃいるけど、あの泣き声をずっと聞いているともう。

こんなにいつまでも、もう泣きすぎてわけわからんなるぐらいのけぞって泣いて泣いて泣いて暴れて、親子ともにフラフラになるぐらいやったら、ボーロ1袋渡してニコニコ機嫌よく過ごしてくれたほうがよくない？っていう思考に変わってしまう。

で、結局あげてしまい、ここまで耐えて泣かせまくったあげく最終あげるんやったら最初っから気分良くあげたらよかったやないかーい‼（泣いたら言うこと聞いてもらえるという思考をまた植えつけてしまったYO‼）と落ち込み、こんなことではいけない！と、翌日は**突然毅然とした**

態度をとりだす（ハイもう母さんは甘やかさないと決めました！みたいな）。

でも友達と一緒にごはん食べたらホイホイお菓子あげてしまって、**もう意志ブレブレ**。周りにどう思われようが「うちはこういうやりかたなんです！」と堂々と胸張って言える人がうらやましいぐらい、何においても自信がなくて、あっちにフラフラ、こっちにフラフラ。**昨日はいいけど今日はアカン、昨日はアカンかったけど今日は特別やで**……いやもう子どもが戸惑うわ！

いうてるまに離乳食も終わってましたわ。もう全部そう。授乳も夜泣きも解決策が見つからないままにその時期が終わるパターン。親より先に、子どもが成長しているんですよね。

あとから必ず懐かしく、戻れるならもう一度だけ見たいと思うであろうグジャグジャの愛らしい泣き顔。「抱っこ！」とせがんで足にからみついてくる姿。裸んぼで逃げていくぷにぷにの背中。「ママきて！」「ママ見て！」「ママがいいー」と日に何度も全力で呼ぶ声。

朝から晩まで振りまわされてる日々を大切に、胸と肩周辺をカピカピにして、できるだけ笑って過ごしていけたらと思います。

帰るで。

銀狼怪奇ファイル

1996年1月から3月に放送されていたドラマ。主演は堂本光一。優しくおとなしい性格の高校生「耕助」と、IQ220をもつ天才「銀狼」(口癖「俺に不可能はない」)のふたつの頭脳があり、危険が迫った時に切り替わる。オープニング曲が近藤真彦の「ミッドナイトシャッフル」。天使のような悪魔の笑顔〜♪

はみだしレシピ

子どもが喜ぶ簡単おやつ
じゃがバターもち

材料(作りやすい量)
じゃがいも…2個(200g)
片栗粉…大さじ2
塩…小さじ1/3
A砂糖、みりん、しょうゆ…各大さじ1と1/2
バターまたはマーガリン…10g

①じゃがいもは洗って水気がついたままラップに包み、電子レンジ(600W)で5分ほどチン(固ければ裏返して1分チン)し、ボチャンとラップごと冷水につけ、粗熱が取れたら皮をむく。つぶして片栗粉、塩を混ぜ、5cmほどの平たい円形に丸める。
②フライパンにサラダ油(分量外)を熱して並べ、こんがりしたら裏返し、ふたをして弱〜中火でじっくり焼く(ふたをして、じっくり中まで火を通すことでモチモチに)。合わせたAをからめ、バターをのせる。

☆さつまいもでもおいしい！　タレなしで塩をふって食べても。

「長女の呪縛」より　姉の好物

フライパンひとつ！　マカロニグラタン

具は鶏ももと玉ねぎだけのザ・シンプルなマカロニグラタンですが、具をバターで炒めて小麦粉をからめ、牛乳を注ぎ、その中でマカロニも一緒に煮てしまうめっちゃ簡単なレシピです！

材料（2人分）

玉ねぎ……1/4個
鶏もも肉……120g
バターまたはマーガリン……20g
小麦粉……大さじ3
A 牛乳……400ml
　水……200ml
　固形コンソメスープの素……1個（顆粒なら小さじ2）
マカロニ（グラタン用。9分ゆでのもの）……80g
塩、こしょう……各少々
ピザ用チーズ……適量

作り方

1 玉ねぎは薄切りにする。鶏肉は2cm角に切る。大きめのフライパンにバターを溶かして玉ねぎを炒め、しんなりしたら鶏肉を入れ、塩、こしょうをふって炒める（鶏肉の中はまだ生でもOKです）。小麦粉を全体にふり入れてからめ、Aを加えてよく混ぜ、煮立ったらマカロニを乾燥のまま加える。時々混ぜながら弱～中火で10分ほど煮る。（途中、焦げつきそうなら水か牛乳を足して。逆にしゃばしゃばなら火を強めて煮詰めればOK）

2 マカロニに火が通ってとろみがついたら塩、こしょうで味を調え、グラタン皿に移す。ピザ用チーズをかけ、オーブントースターで焦げ目がつくまで焼く。（フライパンひとつちゃうやないか）

「大阪のおばちゃん」より
大阪名物を真似てみました

肉吸い

肉吸いは大阪の「千とせ」というお店が発祥。肉うどんのうどん抜きを芸人さんが注文したのが始まりだそうで、代わりに半熟卵が入ってます。だしの味はかなわないんで、けっして再現ではなくただの真似ですが、ほんとにおいしいんでぜひ。しかも最高に簡単。煮るだけ。

材料(2人分)

牛バラ細切れ肉……………… 150g(ここは豚肉で代用じゃなく、だしが出る牛肉が嬉しい)←お前の嬉しさ知らん
青ねぎ……………… 2本
卵……………… 2個
A 水……………… 500ml
　顆粒和風だしの素、砂糖……各小さじ1
　みりん……………… 小さじ2
　しょうゆ(あれば薄口しょうゆ)……………… 大さじ1と1/2
刻みねぎ……………… たっぷり
好みで七味……………… 適量

作り方

1 青ねぎは3cm長さに切る。鍋にAを入れ、煮立ったら牛肉を入れる。アクを取り、青ねぎを加え、卵を落とす。
2 半熟状になったら火を止め、器に盛って刻みねぎを加え、好みで七味をかける。

好みで豆腐を入れてもおいしい。お店では卵かけご飯(通称「小玉」)を一緒に注文する人が多いそうです。ダブル卵。

今回、まさかの
焼いたら全部
くっついたんで、熱いうちに
包丁で切り離すという
荒業に出ました。

「夢を追いかけること」より　あづの後ろに……

ボックスクッキー

ポリ袋の中に手を突っ込んで作る洗い物が楽なレシピ。卵を入れずに作り、粉側に塊のバターを混ぜることで、結構こねたり練ったりしても、ちゃんとサクサクに仕上がります！

材料（4cm角のもの約20枚分）

A 薄力粉……70g
　砂糖……大さじ3（約25g）
B 薄力粉……60g
　砂糖……大さじ3（約25g）
　ココアパウダー……大さじ1
無塩バターまたはケーキ用マーガリン
……80g（40gずつに分けて準備）

作り方

1 Aをポリ袋に入れてふり混ぜ、1cm角くらいに切るか手でちぎったバターを40g加え、手をつっこんで指をこすりあわせてバターの塊をつぶしながら粉となじませ、ひとまとめにする（まとまらない！と思っても絶対にまとまります。バターをよくよく潰して）。別のポリ袋にBを入れ、残りのバターを加えて同じようにする。

2 まな板にラップを敷いて1を取り出し、それぞれ2cm角の棒状に調える（多少練ってしまっても大丈夫なので、包丁をそわせたりして綺麗な四角になるように調えて）。互い違いに重ね、ラップに包んで冷蔵庫で15分ほど休ませる。（この状態で冷凍もできます）

3 オーブンを170度に温める。2を取り出して3〜4mm厚さに切り（ボロッとくずれる硬さならもう少し室温において。逆にやわらかすぎたら冷やして）、オーブン用シートを敷いた天板に並べ（焼くと膨らむので間はあけて）、170度で10分〜15分焼く。

「イヤイヤ期、離乳食期の葛藤」より
離乳食後半、幼児食にも

豆腐のおやき

豆腐に野菜やしらすを混ぜて焼きました。ちょっともちっとしておいしい！　味つけは薄めにし、仕上げにだししょうゆやしょうゆでどうぞ。くずれにくく手づかみでもいけるんで、インドの方にもオススメ（お子様ではないんかい。インドの方はくずれやすかろうが手やろ）。

材料（1〜2人分。小6個分）

木綿豆腐……1/2丁（150g）
★3段重ねで売っているものなら1パック
にんじん……1/4本（30g）
玉ねぎ……1/4個（50g）
A 片栗粉……大さじ3
しらす……大さじ1
塩……ひとつまみ
ごま油またはサラダ油、だししょうゆまたはしょうゆ……各適量
あればサニーレタス……適量

作り方

1 木綿豆腐は水気を軽くきって（水きりまではせず、浸かってる水だけきって）ボウルに入れ、泡だて器でつぶし混ぜる。にんじん、玉ねぎはみじん切りにして耐熱容器に入れ、塩少々（分量外）をふり、ふわっとラップをかけ電子レンジ（600w）で3分加熱する。Aとともに豆腐に混ぜ、6等分に丸める。

2 フライパンにごま油かサラダ油を熱して1を入れ、弱火で両面こんがり焼く。（粉が入っているので弱火で中までじっくり）皿に盛りあればレタスを添える。だししょうゆやしょうゆをかけてどうぞ。

ただ食べたものを書き連ねただけの日記
～2018年から2019年冬～

２０１８年12月30日朝

今日から福井で食べまくるだろうし、朝ごはんは我慢しよう。と思ったくせに前日に**でっかいクロワッサンみたいなパン**を買ってしまい、ハムとチーズとレタスをはさんでムッシャー食べる。さらに娘が**ウインナーパン**を少し残したため、片づけながら**シャッと我が胃に収める**。コーヒーを飲み、お土産で頂いた**東京ミルクチーズ工場のクッキー**をサクサクサクサクッと半無意識につまみ(え、今なんか食べた?)、車に乗って福井に出発。

車内では四角い形の飴が2個入った**キュービィロップ**をなめつつ、消化器官などほぼ**内臓しか動かさないまま**サービスエリアに。カツカレーか…ラーメンか…いや、夜もごちそうやしここはあっさりしたざるそばにしよ。ざるそば…ざるそばどこや……ざる…え、うそ、こんなんあるん?やだー。夢みたーい(**ラーメン&カレーセット**)。

背脂がたっぷり浮いたラーメンをすすってちょっと口の中がくどくなったところでカレーを食べ、味が濃いなと思ってラーメンの汁をすする。どちらに転んでもさっぱりしない箸休めゼロの戦いは、カロリーとカロリーの分子がぶつかりあってゼロになりＷＩＮ(何がや)。

車に戻り、満腹になったら眠気が襲ってきて、昼寝……気づけば外は雪景色。

夕方に福井の大野に到着！　子どもはさっそく雪遊びに。私も小さい雪山を作って軽く穴掘って１２００㎉ほど消費し（希望的観測）気づけばもう夜ごはん。

食卓の中央にはスーパーの**から揚げに春巻きに串カツにチキンにハンバーグにシュウマイに大学芋のセット**。何この**肉おかず制覇パック**。企画の段階で誰か止めに入らんかったん。

さらに嬉しい**おばさん特製冬の常備菜。厚揚げのたいたん**（たいたもの）、**名物上庄里芋のたいたん、こんにゃくのたいたん、水ぶきの炒め煮**（**大好き**）、**しいたけのたいたん、ぜんまいのたいたん、黒豆、かずのこ、自家製キムチ、たくあん、大好きなスパゲッティサラダ**。

上庄里芋、煮てもむっちり硬くて粘りが強くて最高なんです。ビールとともにバクバク食べ、もうパンパンの手前で**福井名物のおろしそば**。おじさんの手打ちでほんとにおいしい。

さらに寝る前に晩酌タイム。ストロングゼロを飲みつつ醤油せんべい、チーズアーモンド、プリングルズなど持ち寄ったお菓子をちょこちょこつまみ、自己嫌悪と満足感の狭間で就寝。

おはようございます。大晦日です（寒い…雪がすごい…）。

朝ごはんは**おばさん特製冬の常備菜。厚揚げのたいたん、名物上庄里芋のたいたん、こんにゃくのたいたん、水ぶきの炒め煮、しいたけのたいたん、ぜんまいのたいたん、黒豆、かずのこ、自家製キムチ、たくあん、スパゲッティサラダ**をつまみながらの**炊き立てご飯**。お米もおいしいしお水もおいしいし、福井名物オーロラ印の「味付たら」をのせたら止まらない。まだ朝やのに。

そして車でＶＩＯに行き軽く買い物し、ほぼ何も動かないまま帰宅。え、もうお昼ごはん⁉

お昼は**おろしそば**です。あっさり…と見せかけて**でっかいえび天どーん**（糖質入りましたー！）。

さらに**おばさん特製冬の常備菜**。**厚揚げの〜（中略）〜スパゲッティサラダ**。さらに**ほうれん草の煮物、昆布巻き、紅白なます**が増え、ほぼ動いてないくせにつまむつまむ。

午後には夫のいとこ一家が到着し、ますます賑やかに。外で雪遊びをする子どもたちのために**お菓子（エブリバーガー）**を開封。おいしい!!（なんでお前も食べてんねん）しばらく眺めていると猛烈に眠くなり、お昼寝。zzzzz…起きたらまさかの夜ごはん。え、今日ほんまに口と消化器官くらいしか動かした記憶ないで。

夜は愛する**星山のホルモンと焼肉**、おばさんお手製**味つけ鶏、ウインナー、いのしし肉**。

にくざんまい（両手を大きく広げる）。

ここに**お寿司**が加わり、**おばさん特製冬の常備菜**、**厚揚げッティサラダ**が加わり、飲み物はビール&ストロングゼロ。もう僕の手には負えないな…（誰この第三者）。

口がタレでこってりしたらお寿司、さっぱりしたらお肉、こってりしたらビール、さっぱりしたらお肉…終わりなき旅（閉ざされたドアの向こうに新しいお肉が待っていて〜）。

紅白歌合戦を観て晩酌タイム。ジャニーズカウントダウンを観てお参りに行き、就寝。

あけましておめでとうございます！

朝ごはんは名物**上庄里芋とでっかいお餅が入ったお雑煮**（おすましタイプ）。かつお節と一味をかけていただきます。日ぃまたぐまでお菓子食べてたのにこのお雑煮のおいしさよ。

そして**おばさん特製冬の常備菜ッティサラダ**。さらにお正月のごちそう。**かまぼこ、鯛の子、甘い卵焼き、棒鱈煮、昆布巻き**などなど。朝から日本酒を頂いてちょこちょこちょこちょこ食べ続け(何この飽きのこなさ)、息だけして昼ごはん。**おろしそばにえび天どーん**(糖質入りましたー!デジャブー!)。

午後は部屋でカルタをするなど、健康で文化的な最低限度の動きのみで夜ごはん。**超豪華お鍋**。白菜、しいたけ、ねぎ、豆腐、かまぼこ、しらたき、えのき、舞茸、油揚げ、牡蠣、鮭、鱈、つみれ、そして大量の豚バラ肉。天国の鍋と呼ばせてください!(お父さんと呼ばせてください!)

大量の大根おろしとポン酢でワッサワッサと食べ、自らも豚バラ肉と化してお風呂に。実写版千と千尋のご両親。お風呂で脂肪を洗い流し、この期に及んで3日連続晩酌ターイム。

キットカットにおせんべい、うまい輪めんたい味、**ポテトチップス、プリングルズ、じゃがビー**…ってどんだけじゃがいもやねん。出ました、せーの! **どんじゃが〜**。

ハイどんじゃが飛び出したところで駆け足用意!

おやすみ! おはよう! 朝は**昨日のお鍋のだしで雑炊!** 最高! 大阪に出発!

息だけしてサービスエリア! **ラーメン&チャーハンセット!**(さらっと何頼んでるん)

夕方に大阪到着! 実家で姉が作った**三段重に収まりきらないおせち! チキンナゲットとポテト!** 「足りないの嫌じゃない?」精神で作ったらしい**焼き飯!**(※**大量**)

食べて飲んで食べて飲んでお腹パンッパンでド――――ン!(体当たり)

ご清聴ありがとうございましたー!(今年もよろしくお願いします)

第5章

おかっぱメモリーズ

ママと呼べなくて

小中学生の頃、自宅以外、特に友達と一緒にいる時に母と会うのがちょっと苦手だった。母は祖母きよことはまったく違うタイプ、控えめで上品。おかしな行動をするなど、一緒にいるのが恥ずかしいなんてことはいっさいない。ただ私の個人的な事情により人前で母を堂々と呼べなかった。その事情とは、母親のことを「ママ」と呼んでいたことだ。

今なら全然当たり前、男の子ですら幼い頃はママ派も多い。「はは」「ちち」「かっか」「母ちゃん」「よしこ」なんでもありの世界。だが、ギリギリ昭和生まれ、それほど都会でもない大阪の地で、母親を「ママ」と呼んでいるのは私だけだった。いや、もしかしたら隠れママがいたかもしれない。当時の私もそう思い、参観日でも誕生日会でも、友達と親がからむ際は**さりげなくママ探知機をビンビンにして仲間を探していた**が、100%「お母さん」。だから当時は、バレたら終わりやと思っていた。ママて。お金持ちのかよわいお嬢様か（ママにどんな幻想を抱いてんねん）。

人にはキャラというのがある。私は基本的に、いわゆる汚れキャラ街道をまっすぐ突っ走ってきた。鼻の穴になんでも詰めたし川があればはまった。トレーナーを頭にかぶってカオナシのような形で顔を出し、教室中をフワフワ舞った。小学校時代は男の子っぽい子に憧れ、いっさいのスカートを拒否。好きな授業は体育で、趣味はバスケと答える。これはとにかく運動神経が悪いというコンプレックスの裏返しだったのだが、なりたい人物像と現実の自分との穴埋めに日々必死だった私にとって「ママ」は致命的だったのである。

母には何度か「お母さんと呼ばせてください（結婚報告の顔合わせか）」という旨を伝えていたが、母はここだけは譲らなかった。お母さんと呼ばれるのはなぜか嫌だそうで、「ママの何が恥ずかしいの」と言われると、「恥ずかしくない」と言うしかない。母もここまで気にしていたとは全然思っていないだろう。

小3のある日の休み時間。クラスの男子が周りの子に「なあ、家でお母さんのことなんて呼んでる？」と聞いていた。え、何その質問。なんでなんで、なんでそんな話すんねん。ええがななんでも。なんやねんアホか。アホちゃうほんま。赤面症を一瞬で発動し、サルのお尻のような顔で聞こえていないふりをした。周りの子は全員「お母さん」と答える。「お母さん」「お母さん」「母さん」「お母さん」………誰か「ママ」と答えてはくれないだろうか。答えたとしてもそこでミートゥーとは言わないかもしれないが、心の平穏は保たれる。

質問の輪が広がり、今にも「山本は？」が飛び出しそうだ。「お母さん」と答えると、もう二度とみんなの前でママとは呼べまい。それに、母の存在を否定するような気がした。「何が恥ずかしいの…」ど正論だ。こんなことを恥ずかしがるほうがどうかしている。ママはママだ。お母さんじゃない。ママとして育ててくれたのだ。

これは、むしろチャンスかもしれない。「ママ」と答えてしまえば、今後参観日や運動会でも堂々と呼べるし、「ママやけどなんかアカンのかい」ぐらいの姿勢こそ真のカッコイイ女子なのではないか。というか本人がそもそもママ呼びで、仲間が欲しくて聞いてるんちゃうん。絶対そうやわ。じゃないと**ただのママ狩り**やん。「山本は？」「ママ」「あ、実は俺もママ！」「よかったー！　ママええよなママ呼びやすいし」ぐらいのノリで案外いけるんちゃうん。

休み時間の気軽な質問にここまで心を乱されているやつがいようか。ママとお母さんの狭間で脳内高速反復横跳びをビュンビュン繰り返していると、「ママはないやろ（笑）」という言葉と笑い声が聞こえた。

「ママって言うやつさすがにおらんよなあ」「おるわけないやん。赤ちゃんかよ」「小3にもなって
ママって言ってたら引くわ」「お前、ママって呼んでるやろー」「は⁉　呼ぶか‼」……

……

「山本は？」

………

「私

ママって呼んでる」

……

って言えたら世界は変わったんやろうけど、そんなこと言えるならとっくにママ呼びしてるっちゅーねん。即答で、**かぶせ気味で「お母さん」言うたわ**。

そこから運動会や発表会など、学校に母が来る日は「おーい」とか「なあなあ」と呼ぶなどママという単語を巧みに避けながら暮らし続け、中学に入学。そこでクラスの派手なギャルの、めちゃめちゃ可愛い女の子が、ナチュラルに「アヤのママはさ～」と言っていて驚愕した。**普通にママって言ってる！！！**　ほんで自分のこと名前で呼んでる!!（いや私も家ではバリバリ「ゆり」やったけどそんなん人前で絶対言われへんわ）

気がつくと、周りの女子にママ派が増えていた。テレビやマンガでもママと呼ぶ描写が増えていた。浜崎あゆみの影響か、自分のことを名前で呼ぶ子も増えていた。時代が追いついてきたのだ。しかし中学に入って呼び方を変えるなどということはないだろうし、みんなもともとママだったのかもしれない。うちの純朴な小学校と違い、もうひとつのアヤたちがいる小学校は大人びてたから、そもそも昔からママでいけたんかもしれんけど(ママでいけるて何。ママに許可いらんで)。だがいくらママ派が増えたところで、何度もいうがキャラというものがある以上、私はママとは呼べなかった。私は「黒豚」「おっさん」があだ名の山本であり、ママからの距離が遠すぎる。結局この呪縛から溶けたのは高校、いや、完全に拭えたのは大学に入ってからだったかもしれない。

「お―――い!! ママ―――――!!! マ――マ―――――!!!」

朝、娘の通う小学校の体育館の横を通った。ちょうど朝礼が終わり、生徒が外に出ていくところ。上の娘がフェンス越しに私に向かって叫んでいる。子どもが生まれたら絶対に「お母さん」と呼ばせるつもりだったのに、娘の希望でいつの間にかママになっていた。微塵も照れのない堂々としたママにこっちが照れてしまう。

でもきっと、この子にもあるのだろう。大人が聞いたら笑ってしまうような、「どうでもええわ!」と一蹴したくなるような、小さくて大きな心のモヤモヤが。

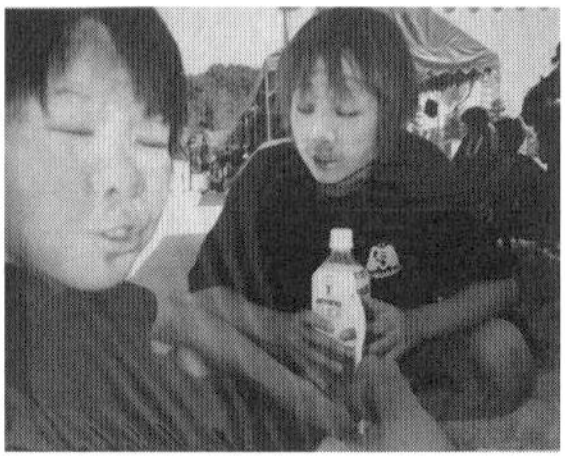

高校の体育祭。顔に白塗りとヒゲを描かれ、そのまま1日走ってました。同じバスケ部のムギとともに。

高校の文化祭、有志で集まってダンスをした時の写真。コレやること、私がいない日に勝手に決まってました。

祖母きよこと激辛カレー

小学生の時、同じマンションに住む4つ年上のエリちゃんが、「いっぱい作ってしまったから、辛いけどよかったら食べて〜」とカレーをおすそ分けしてくれた。

今食べたら全然辛くないのかもしれないが、バーモントカレーの甘口で育った我が家には衝撃の辛さだった。ひと口食べてヒィーと水を飲み、またひと口食べてヒィーと水を飲む。辛いながらもおいしさは伝わり、ヒィヒィいいながら楽しんでいた。

その日の夕方、カレーのお鍋を見ると

……え？……**麺入ってる**……!!

お鍋いっぱいにカレーがからまった大量のスパゲティが入っていたのだ。

完全に祖母きよこの仕業である。問いただすと「辛ぁて食べきれへんかったから……」と。いやいや！　ハチミツ入れたとか牛乳入れたならまだわかるけど、麺入れたところで辛さにそない変化ないやろ！　しかもうどんならまだしもスパゲティて。また、なんで煮込むん。なんで麺ブルンブルンに煮込んでんねん。**むしろ量増えとる**がな。一応味見してみよ……（モグモグ）…辛ぁっっ!!

何の意味もない!!　ほんまに増やしただけや!!

と、まあこれだけならいつものことだ。そう驚くことはない。夜、ピンポーンとチャイムがなり、出るとエリちゃんが空のお椀を持って立っていた。

「ありがとうっておばあちゃんに言っといてー！　あのカレーのスパゲティ。おいしかったわー」

煮込みぶるんぶるんカレースパゲティおすそ分けしてる――――!!

しかも本人に！　作りすぎたからとカレーをくれた本人に、わけわからんアレンジ加えてかさ増やしたカレー持っていくってどういう心理やねん!!

焦って「ごめん！」と謝ったが、優しく気さくなエリちゃんは、「いやぁ、カレーにスパゲティを入れるアイデアがなかったわ。やっぱりおばあちゃんはすごい」と笑って帰ってくれた。

翌日の昼。マンションの中庭に、壁の塗り替えだか床の張り替えだかの工事をしている作業員の方たちがいた。お盆とお椀をたくさん持ったきよこもいる。何してるんやろう……え、待って待ってまさかの

煮込みぶるんぶるんカレースパゲティふるまってる――!!（白目）

見ず知らずのお婆さんに、突然カレーがからまった見たこともない太さのスパゲティ大量に持ってこられるとか！　食べるのも断るのもめちゃくちゃ勇気いるやろ。

今思い出すと笑えるし、時代もあったのだろう（ないわ。平成や）。ただ純粋に「いっぱいあるからどうぞ」の精神でとった行動なのだろうが、ほんまにちょっとほんまに、ちょっとほんまにちょっと、ほんまにびっくりした出来事でした。

例のあの腹痛

※お食事中の方はご遠慮ください。

仲良しの関西の料理ブロガー、かな姐さんとたっきーママさんと3人の仕事の合間に梅田で昼ごはんを食べていた時だ。お腹になんとなく違和感があった。今朝スッキリ出そうと昨日の夜にハーブと乳酸菌のサプリメント的なものを飲んだのだが、朝出ないままにそのまま家を出たのが今きたのだろう。

グルグルグル…あ、あかんかも…まあ、でもまだいけるか…騙し騙し食事を続けていたが、どんどん痛みは増してきた。完全に中で下している。そして、例のあの腹痛になる気配がした。額に冷や汗がジワジワ染み出てくる。「山本、4番いってきます」と告げ(バイトか)、お店を出る。トイレは角を曲がってすぐだ。あと5m…ギュルギュルギュル…あ、やばいほんま無理…できる限り「ただ化粧を直しに行きまーす」くらいの平常心を装って歩くが、どうしても前かがみになる。あと2m…完全にアイツがきている。痛みで息が苦しくなり、耳鳴りがし、フィルターで遮断されたような感覚になる。サーッと目の前が真っ暗になり、足からくずれ落ち冷たい床に倒れた。倒れた衝撃でぶつけた顔の痛みですぐに意識は戻り、近くで驚く掃除のおばさんがぼんやり視界に入る。「あ、大丈夫です」と冷静に告げ、自力で起き上がる。トイレまであと少し…もう周りとかどうでもいい。前かがみでお腹を抱えてフラフラで歩き、ようやくたどり着いた。が、しかし！

……全部個室埋まってる………!!

絶望とともにお腹は限界の音を鳴らし、再び目の前が真っ暗になってトイレの床に倒れた。同時に尾てい骨をゴン！と打って「痛！」と目覚め、開いた個室に不衛生ながらも床を這って入り、結局1時間こもっていた。

これだけ聞くと「え、何!?　なんの病気？」となりそうやけど、いたって健康体だ。脱水症状などとも違う。**幼い頃から、腹痛の際、尋常じゃなく痛くなる**ことがあるのだ。

記憶では小学生の頃からだった。当時は便秘がちだったため、腹痛になってもすぐに出ない。お腹の中ではめちゃくちゃギュルギュル下しているけど出ないという状態。お腹をさすりながら、うそをついてしまったことや掃除をサボったことなどこれまでの悪事を懺悔し、どうか助けてくださいと神に祈りをささげる。徐々に気分が悪くなり、下ではなく上から出てきて、しばらく耐えていると下からも出てきて…をトイレの中で繰り返すうちに、**例のあの腹痛**（ヴォルデモートのようにいうな）の余波がくる。何かに包まれたような、遮断されたような感覚。冷や汗ダラダラで意識朦朧。耳鳴りがし、手足がしびれ、便座に座っていられない。このまま死んでしまうんじゃないかと思うほど痛い。お尻丸出しで四つん這いになり、それも耐えられず寝転がる。ひどい時はそのまま失神。**ヴォル・デ・モート**だ（ジ・エンドみたいに使うな）。

といっても失神は一瞬のことですぐに意識は戻る。あとはひたすら痛みと戦いながら、声を出すこともお腹をさすることさえできない状態で全部出るまで耐えるしかない。そして出しきったあとは猛烈な寒気。さっきまでの暑さの反動で手足がガタガタ震えてくる。ボロボロでベッドに倒れ込む。戦いを終えた兵士のようだ。

中学に上がる頃には、この症状が怖くてとにかく便秘に気をつけていたが、ほぼ毎日授業中に腹痛になってトイレに立っていた。先生にも「またか！　休み時間に行っとけよ」と言われていたが、そんな計画的に出す出さないが操作できたら苦労しない。また困るのが、トイレに行って、すぐに出し切ってスッキリ戻ってくることができない点だ。むしろトイレの中でヴォルとの戦いが起こることが多い。そうなると授業中に戻ってこれなくなる。それを避けるべく、完全に限界、もう確実に出るとなってからトイレを訴えるようにしており、そのせいで授業中は何度も腹痛の波を超える戦いだった。

今思い返すと当時は過敏性腸症候群だったのかもしれない。友達の家に遊びに行って、クーラーがちょっと強かったらアウト。部活の試合のあとの冷えた汗でアウト。

とにかく便秘を恐れ、試合の日などは前日からヨーグルトにごぼうにこんにゃくと繊維質をたくさん摂り、朝イチで水を大量に飲み、30分はトイレにこもる。それでも出ず、諦めて出発した時の絶望感。試合に行く途中の電車の中で、ギュルギュルギュル…(キター)。お腹が完全に壊れ、ヴォルの気配がし、つかむ手すりがヌルヌルになる。そのまま座り込み、快速でなかなか駅に着かず本気で漏らしそうになったこともあるし、公園の汚い公衆便所に1時間こもり続けたこともある。有名なピンクの小粒ももちろん経験済、正露丸も常に持ち歩いていた。

高校の頃から現在まではもう、通学、通勤や待ち合わせ時刻の前には30分〜1時間トイレの時間をとるという生活をするようになり、ひどい便秘や下痢はそこまで起こらなくなった。大学時代はもう、トイレ出んかったら授業休んでたしな。トイレ中心の生活。

それでも色々な条件が重なるとヴォルは現れ、一度習い事の授業中に教室で倒れ、ついに救急車を呼ばれてしまった(その時、先生の指示でクラスメイトに靴を脱がされたのだが、**両足のかかとに大穴があいていた**ため、それ以来その習い事をフェードアウトした)。

もともと痛みには結構慣れているし、それこそ小学生の頃から長年付き合っているヴォル。気の持ちようなり姿勢なり、さすり方なり研究してきたが、いざなったら完敗。病院に行くのも無理なのだ。お腹の痛みで1歩も動けないし、力が入らずスマホも触れない。そして治った頃には解決しているから、いざ診てもらっても異常なし。「胃腸炎ですね」など薬をもらって帰るだけだ。


だが大人になるまで、この痛みは全員共通だと思っていた。いや、漫画やテレビで色んな腹痛シーンをみた時に疑問を感じたことはあったし(トイレトイレ…と走っていって「スッキリ★」みたいな)、誰に話してもここまでひどいのを聞いたことがなかったが、「下痢ってほんま死にたくなるほど痛いやんな」『わかるー」という会話くらいはあったので、大なり小なりみんなこんなものだろうと。ある日突然起これば病気を疑うかもしれないが、物心ついた時からそうだったので、みんな腹痛が強くなればヴォルになるのだろうという感覚でいたのだ。

そうじゃないのかもしれんと思いだしたのが出産で。「陣痛は下痢の100倍痛い」という通説があるが、ずっと「あの腹痛の100倍…もう死ぬやん」と思い、自分には産めないと思っていた。だが経験してみると、確かに陣痛は人格破綻しそうなほど最強に痛かった。お腹と腰が砕け散るか思た。その尋常じゃない痛みでさえも、ヴォルに比べたらマシだったのだ。あの腹痛ってなんやねん！とネットで調べまくっていたら、たどり着いたのだ。

〝迷走神経反射〟…注射や血を見て倒れる人がいるのも同じだが、強い痛みや精神的ショック、ストレスが誘因となって自律神経のバランスがくずれ、失神や目まいなどの症状が起こるというもの。血圧や心拍数が下がり、脳にいく血液循環量を確保できないために起こるらしい。病気ではなく症状で、誰にでも起きることだから、そんなに心配することはないそうだ（ただ、迷走神経反射の際の腹痛はなんであんな尋常じゃない痛みになるんかは謎なんですよね）。

私の場合は強い痛みに加え、パニック発作じゃないけど「今なったらどうしよう」という不安からも誘発されていた気がする。通常の腹痛でも自らヴォルへのスイッチを押していた。

幼い頃からずっとだったので、これについて、私は悩みとすら思っていなかった。でもこのことをブログに書いたら、とんでもなく反響があった。「ずっと病気だと思っていた」「病院に行っても原因不明だった」「同じ症状の人がこんなにいるなんて……！」などなど。いやもう、こうなると水を得た魚のように、これまでの思いがあふれ出して止まらない。色々な人から対処法が集まり、次にヴォルになってもいけるんじゃないかという気がしてきた（で、実際なったら全然無理っていうな。ほんまヴォルは強し）。

そして2020年の7月、まさかのこの件で日本テレビ『ザ！世界仰天ニュース』に出演。タイトルは「人気料理研究家　失神する謎」。放送終了後、ツイッターやインスタでも反響があった。自分の経験が誰かの役に立つなんて思ってもみなかったし、同じ症状の人がいる、それだけで私もこんなに楽になるなんて知らなかった。

今これを読んでくださってる方の中にも、同じ症状で悩んでいる人がいるかもしれないので、今わかる限りの対処法を追記して終わりたい。

ヴォルに限らず、自分だけだと思っていた痛み、悩み、苦しみは、どこかの誰かと同じかもしれない。誰かに話し、共感してもらえるだけで、少し心が軽くなる。ひとりで悩まず、ネット上でもなんでも誰かに相談してみてほしい。どうか少しでも痛み、悩みから解放されますように。

迷走神経反射の対処法

◎頭の高さと足の高さを一緒にする（寝転んでいる限り迷走神経反射は起こらない）
◎手をグーパーする。両手を引っ張り合うなど力を入れる（ただ腹痛がひどいと私は無理）

他、ブログやコメントから得た対処法

◎トイレに踏み台を置く（地に足つけることで踏ん張りやすくなるし楽になる）
◎クッションを持ち込む（抱えたり、もたれかかることで楽になる）
◎ぬるま湯を持ち込んでチビチビ飲む
◎息をフ———ッと深く吐く
◎完全に限界まで痛くなる前、予兆がきた時点で薬を飲む
◎マラソンとかで使うあの携帯酸素を持ち込む
◎冬場なら、お腹を温める（カイロなど）

温めるに関して、迷走神経反射は、お風呂でも起こりやすいそうです（特にお酒＋お風呂は血管の関係で迷走神経反射が起こりやすいらしい。ふだんからお腹を温める意味でのお風呂はもちろん入ったほうがいいけど）。

私はヴォルの気配がしたらすぐ床に横になり、とにかく息をゆっくり深く吐くことに集中してます。落ち着いた隙にマグカップにお湯を入れ、トイレに持ち込み、ゆっくり飲みながら用を足す。トイレ中になったら、汚いの覚悟で扉を開けて床に寝転ぶ（笑）。

※注意　原因がわからない腹痛や、生理痛で迷走神経反射が起こる方は、絶対**病院行ってくださいね！**　それこそ病気が隠されてる場合もあるんで。

まいとお金と食べ物と

とにかくお金の計算ばかりしている子どもだった。小学４年生から始まったお小遣いは、月４００円。５年生５００円、６年生６００円、中１で１０００円。ここに１年に１度のボーナス、お年玉がプラスされ（といっても親戚がほとんどいないので、もらえるのは母と祖母きよこからのみ）、これが一年間の収入のすべてである。貧乏では全然ないが、なんせ足りないのだ。

子どもなんてそんなお金いらんやろと思われそうだが、中学も高校も私服だったため、とにかく服代がかかった。１週間は違う服でいきたい。カバンやリュックもそれなりに流行のものが欲しい。母にももちろん買ってもらえるが、正直全然足りなかった。時代はコギャル黒ギャル汚ギャル、ルーズソックス全盛期。今よりみなこぞって流行を追いかけていたため、服も化粧品も、ついていけずとも完全には置いていかれないよう必死だった。

そして我が家には臨時収入がない。親戚や祖父母から突然お小遣いが…みたいなこともないし、テストで１００点をとろうが、成績がクラスで１番、学年で１番だろうが、それは自分のためにやっ

ていることでしょう?というスタンス。洗い物、風呂掃除、食事やお弁当作り然り。家族の一員としてお手伝いは当たり前であり、お金が結びつくことはない。さらに我が家は家族のそれぞれの誕生日には必ずプレゼントを贈り、クリスマスには全員が全員にプレゼントを贈り合うという微笑ましい決まりがあったため、12月には一気にお金がとぶ。しかも私のお金を突然机の引き出しからスッと抜いていく父もいたわけで(置き手紙「ゆり、5000円借ります。利子つけて返します。パパより」)、何かあった時に余裕がなくてはいけないと、日々お金の計算をし、どう貯めるかを常に考えて過ごしていた。

ただ、よほどお金持ちじゃない限りは周りのみんな同じような経済事情だったし、小5~中3まで登下校をともにしていた幼なじみのはまざきまいが同じような金銭感覚だったので、劣等感は全然なかった。安い服屋の情報があれば交換し、休みの日にはまいと安い服を求めてさまよった。HEP FIVEの大中、クレドソル、宇宙百貨、庄内のサンパティオ……。

今もあるのだろうか、JR吹田の商店街にある八百屋近くの細い道を奥に奥に入っていくと突如現れる「ギャル」というお店。GALではなくカタカナで「ギャル」。さすが店名だけにギャルの服がメインで、信じられないミニスカートやうそみたいなへそ出しルックがジャンジャン売られていたのだが、とにかく安いのだ。スカート198円とか、もはや白菜並のたたき売り。当然ハズレも多く、いやそれどこ着ていくねんみたいな柄のTシャツや**ダメージ受け過ぎのダメージジーンズ**、企画の段階で誰も止めんかったんか疑問しかない柄のシャツなど着こなせない品があふれている。その中から少しでも雑誌に載っているような、またはオシャレな先輩たちが着てるような服に近いものを見つけられるか血眼になって探すのだ。相場は1枚1000円以下。相当気に入れば1900円。3000円を超えたら手が出せない。いかに安くて小マシな服をたくさん買えるか…**質より量の世界**である。もちろん、食べ物も同じだった。

毎日学校帰りに買い食いしている友達もいたが、ふたりともそんな贅沢はできない。どうしても食べたい！という日にのみ立ち寄り、厳選して選ぶ。**今日この店で一番おいしいものが食べたい**（食通か）。ふたりでコンビニに行くとなかなか決められず、数十分店内をぶらぶらしていた。肉まんかピザまんか…ジュースかお菓子かおにぎりか…肉まん食べたいけどジュースも飲みたい。でも「**肉まん食べたあとジュース飲んだらよろしいやん**」みたいなマリーアントワネット的なことはなかなかできない（マリーアントワネットいつそんなこと言うてん）。え、間違えたら死ぬの？ってぐらい悩んで悩んで。優柔不断はこの頃からの筋金入り。そして「これだ」と決めたら、おいしさが2倍にも3倍にもふくらむよう、ひと口ずつ大事に味わい、食べ終わっても余韻に浸るのだ。

小学校時代、「こんなサクサクやったっけ」「10円でここまでのおいしさってやばない?」と言いながら食べた駄菓子屋「なかじま」のうまい棒チーズ味。「この自販機キンキンに冷えてない?」「この甘さと贅沢感、他の紅茶と全然違う!」と言いながら飲んだ大池公園前の自販機の紅茶花伝。

中学時代、「この世で一番おいしい食べ物かもしれん…」「これで380円ってどうなってるん」と言いながら食べたジャンカラの牛肉チャーハン。

高校時代、初めて大晦日にふたりで出かけ、元旦に変わった時、「ご飯めっちゃフワッとしてへん?」「一年の幸せなスタートきったな」と言いながら食べたローソンの鮭イクラおにぎり。

大学時代、お互いバイトで稼いだお金で居酒屋「居心伝」に行き「この薄さ、何枚でもいける」「明太子と餅、最初に合わせた人天才じゃやない?」と言いながら食べた明太餅ピザ。

社会人になり、仕事帰りに「年々魚が好きになってる」「この焦げた感じがたまらん」と言いながら日本酒とともに食べたハマチの藁焼き。

結婚前、初めてふたりで温泉旅行に行き「大人って最高」と言いながら食べた旅館の料理の数々。

先日、東京の仕事帰りにまいと新大阪で待ち合わせをし、フラッと飲みにいった。小さなお店のカウンターに座り、ビール片手にお互いの仕事の話で口から泡ふいてマシンガントーク。

「このフライ梅と大葉入ってるん？」「こっちはチーズやったで」「間違いなさすぎるやろ」「なんぼでもいける」「ポテトサラダ食べた？」「食べた！　めっちゃおいしかった！　ちょっとカレー粉入ってる？」「せやねん！　カレー好きじゃなかったのにこれはおいしい！」「生玉ねぎうちも苦手やってんけどおいしいよなこれ」「お刺身の歯ごたえ！」「なんやこれ」「この添えてる大根までおいしくない？」「えのきポン酢間違いないな」「酸っぱさがたまらん」…………

おいしいものは「おいしい」と口にすることで、よりいっそうおいしくなることを私たちは知っている。いつだって小さい幸せを大袈裟に喜び、スルメのように噛み締めて生きていれば、この先の人生もきっと大丈夫な気がする。

紅茶花伝

日本コカコーラ社が発売している紅茶。ロイヤルミルクティー。公園の前の自動販売機のコレが、いつもめちゃくちゃ冷えてて、無性においしかったんです。

ジャンカラ

ジャンボカラオケ広場の通称。当時、学生は1時間90円(飲み放題つき)だったので、休日の遊びといえば服を買いに行くかカラオケかの二択でした。

居心伝

八剣伝や酔虎伝などを経営するマルシェグループのチェーン居酒屋。今は全品280円らしいです。生まれて初めて友達と行った居酒屋はJR茨木駅近くにあった居心伝でした。

こぼれ話

学生時代のお金のことで記憶にあるのがケータイ代。うちでは自分で出さないといけない決まりだったため、高1の時クラスで私だけ持ってなくて。3学期までお金を貯めて購入し、なんとか払っていける『ツーカーV3』という激安プラン(たぶん月額1785円)に入り、嬉しすぎて学校でみんなの前で「ケータイ買ってん!」と箱ごと持って行った話は今でもいじられます(無料通話もついてなかったんで、よっぽどのことがない限り絶対に電話はしないようにしてました)。

はみだしレシピ

ジャンカラのとは全然違うけど…牛肉チャーハン

2人分で、牛バラか細切れ150gに砂糖大さじ1、しょうゆ大さじ1と1/2をもみこんでおく。フライパンにサラダ油を多めに入れて熱し、溶き卵2個分を入れ、半熟状に炒めて取り出す。ごま油適量を足して長ねぎのみじん切り1/2本分（玉ねぎでも)、チューブにんにく1cmを炒め、色が変わったら牛肉を入れて炒め、色が変わったらご飯茶わん大2杯分を入れ、卵を戻して一緒に炒め合わせる。万能ねぎの小口切り適量、顆粒鶏ガラスープの素、しょうゆ各小さじ2を入れて炒め、塩、こしょう、粗びき黒こしょうで味を調える。

中学時代の英語の覚え方

実家を掃除していたら中学時代の英語のノートが出てきた。

小学生の頃、私はどちらかというと優等生でテストは基本満点だった。でも塾や通信教育など学校以外の勉強はいっさいしていなかったため、中学に入って生まれて初めて英語に出会い、苦戦した。

最初の単語テストは

犬（**dog**）　**皿**（**dish**）　**猫**（**cat**）　**箱**（**box**）　**かばん**（**bag**）　**ペン**（**pen**）　**木**（**tree**）　**自転車**（**bike**）
ケーキ（**cake**）

の9つ。今見たら「ほぼそのままやないか！」と思うが、当時はこの微妙にローマ字と異なる文字の並びがなかなか覚えられなかったのだ。その時の苦労の跡がこちら。まずは**犬**（**dog**）。

『犬はドッグで、「だぢづでど」↓ドッグ　の「d」で、「ど」はローマ字で「do」やからそのままで、「グ」は「Gu」やけど「ドッグ」は３文字やから「dog」』

ぇえ――全然意味がわからん。**３文字やから**って何？（ついでにいうと上のDって書いて「デー」ってふりがな書いてるの何？　大阪のおばちゃん？）※下写真参照

その下、**皿（dish）**はもっと意味不明。

『ディッシュのディは「di」やからそのまま』

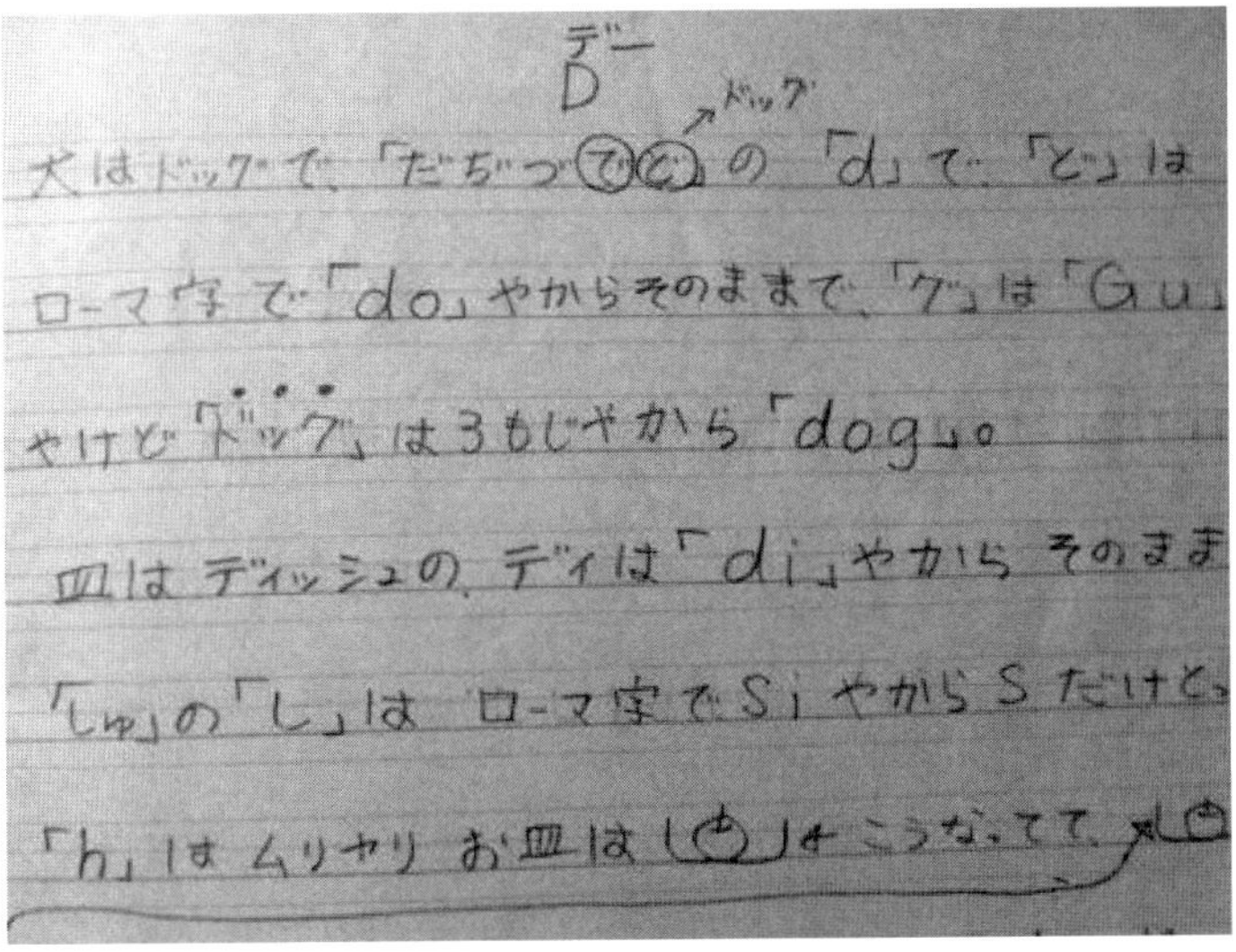
デー
D
ドッグ
犬はドッグで、「だぢづでど」の「d」で、「ど」は
ローマ字で「do」やからそのままで、「グ」は「Gu」
やけど「ドッグ」は3もじやから「dog」。
皿はディッシュの、ディは「di」やからそのまま
「しゅ」の「し」は ローマ字でSi やからSだけと、
「h」はムリヤリ お皿は「」こうなってて

この「do」やからそのままとか「di」やからそのままってなんやねん。

『「しゅ」の「し」はローマ字でSiやからSだけとって』

なんで？

『「h」はムリヤリ』

無理やりなんかい。

そっから「え？ え!?」っていうイラストがあったから載せます（下の写真参照）。

りんごが転がり落ちた――――――！

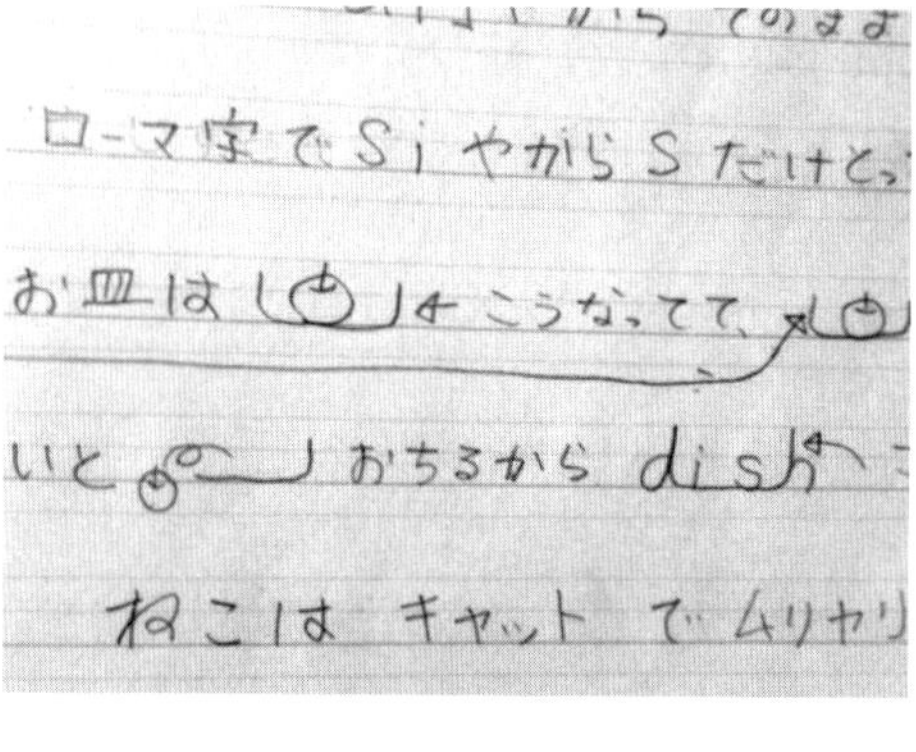
ローマ字でSiやからSだけとっ
お皿は　こうなってて、
いと　おちるから dish
ねこは キャット で ムリヤリ

次は**ねこ（cat）**。

『ねこは　キャット　で　ムリヤリ』

それは無理やりなんかい。ほなもう全部無理やりで通せよ。

次は**箱（box）**。

『はこのさいしょは「ぼっくす」の「ぼ」やから「B」』

うん。

『ばびぶべぼ』の「ぼ」やから』

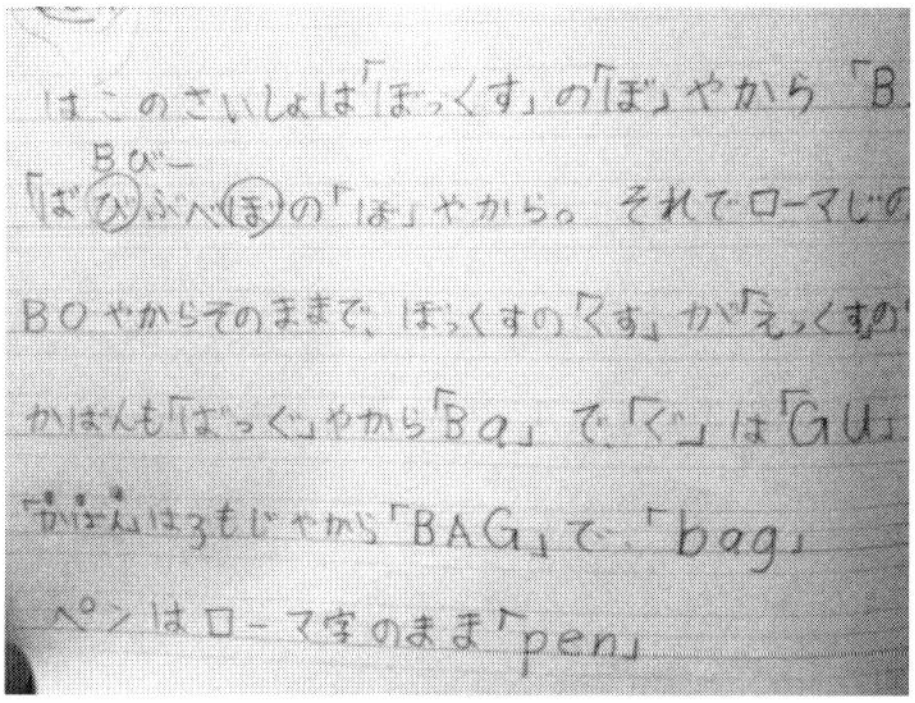
はこのさいしょは「ぼっくす」の「ぼ」やから「B
Bびー
「ばびぶべぼ」の「ぼ」やから。それでローマじの
BOやからそのままで、ぼっくすの「くす」が「えっくすの
かばんも「ばっぐ」やから「Ba」で「ぐ」は「GU」
「かばん」は3もじやから「BAG」で「bag」
ペンはローマ字のまま「pen」

なんでもっかい言い直してん。ぼっくすの「ぼ」やから言うたがな。

『それでローマ字のBOやからそのままで、ぼっくすの「くす」が「えっくす」の「くす」やから「X」』

すごい勝手な解釈。

お次は**かばん（bag）**。

『かばんも「ばっぐ」やから「Ba」で、「ぐ」は「GU」やけど「かばん」は3文字やから「BAG」で、「bag」』

出た得意の「**3文字やから**」理論。ほんで最後「**BAG**」で「**bag**」ってなんやねん。

次は**ペン（pen）**。

『ペンはローマ字のまま「pen」』

終了。

次は一番難しかった**木**(**tree**)。

『木はツリーで、「ツ」は「tu」やからtで、「r」は…』

のあとのイラストがやばいからそこだけピックアップ(下の写真左参照)。

ちっさい木ぃ立ってる――――――!!

次**自転車の「bike」**。

『じてんしゃはバイクで、「ba」やからbで、「い」やから「i」で、「く」

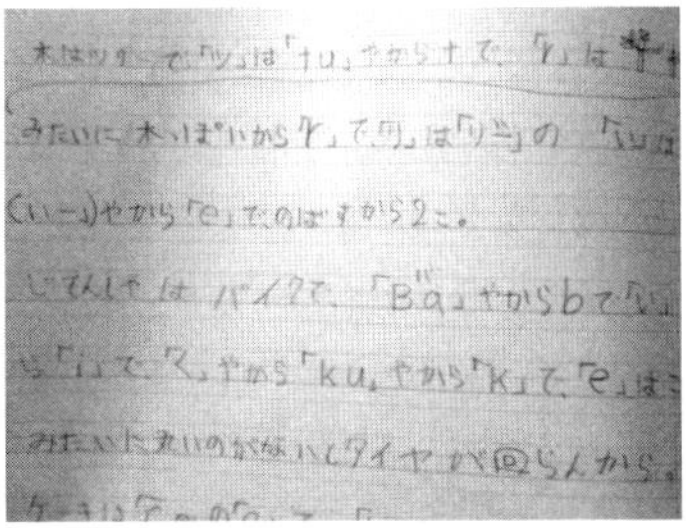

やから「ku」やから「K」で…』

「く」やから「ku」やから「K」ってなんやねん。

『「e」は、これみたいに丸いのがないとタイヤが回らんから』

バイクの機能面から考えた――――!

最後は**ケーキ(cake)**。

『「ケーエィキ」の「エィ」やから「a」で、「キ」やから「k」で、
「きぃ〜」のE(い〜)』

言い方――――!(ケーエィキ〜)

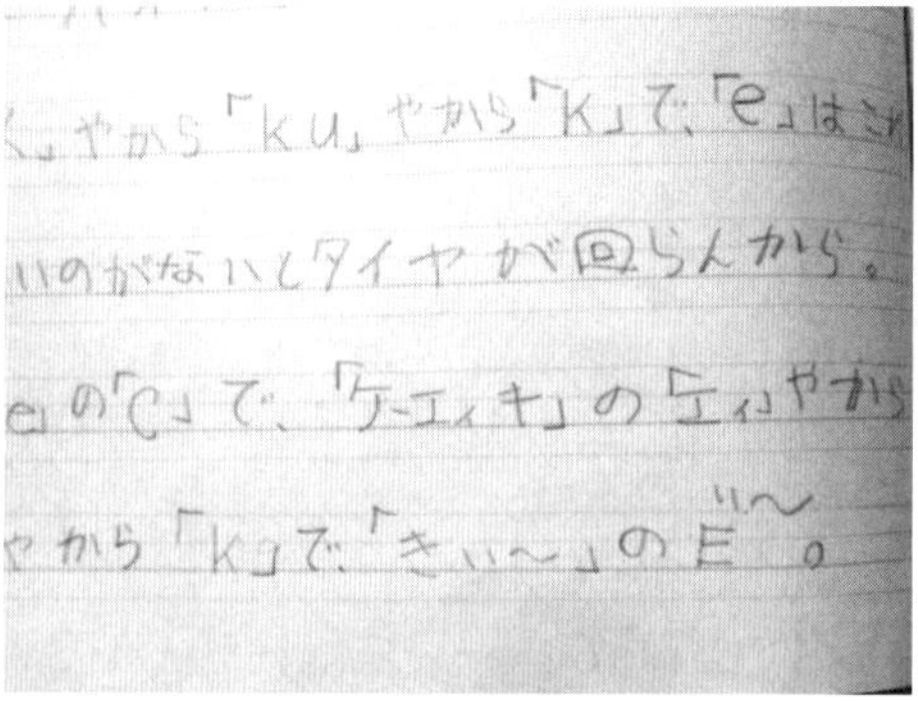

こぼれ話

中学のノートはもう全部捨ててしまったが(あのテストは苦労のかいあって100点でした)、高校時代のノートはまだ残っている。

私のノートは友達に「**いつか犯罪をおかした時にニュースで紹介されそうなノート**」と言われていたのだが、無意識に描いた落書きがひどい。

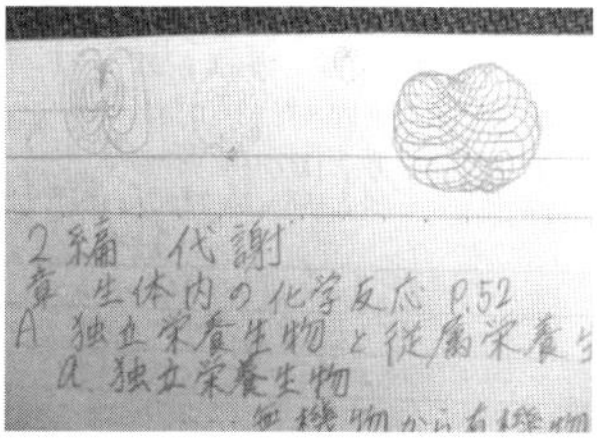

こんなんとか。

こんなんとか。

ヒラヒラとモワモワとガジガジと立体的なC。

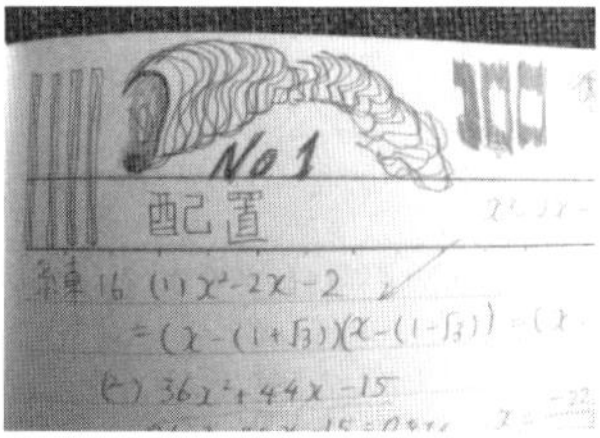

謎のNo.1と、ホラーな100と、やけに角ばった「配置」の文字。

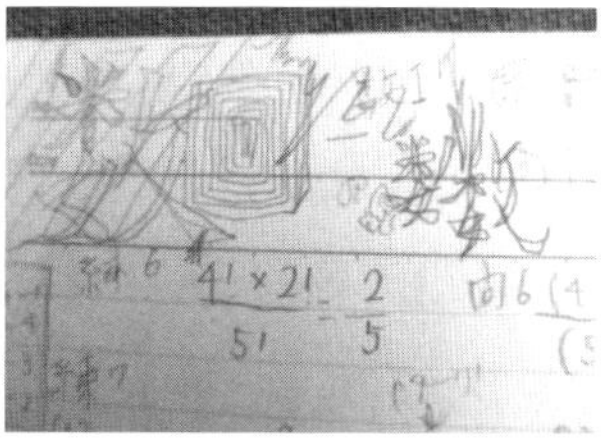

数の世界。(こっわ。怒ってらっしゃるわ)

怖い怖い。

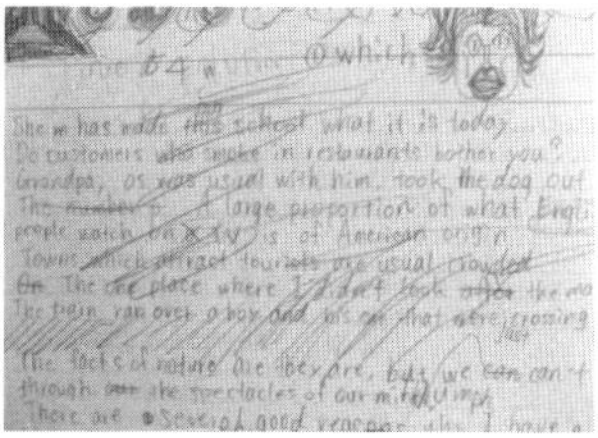

誰かおるー。

テレビチャンピオンと私

『テレビチャンピオン』という番組をご存知だろうか。今でも時々『テレビチャンピオン　極』などタイトルが変わって特番で放送されているが、毎週テーマに沿ったあらゆる達人たちが対決し、チャンピオンを決める競技型バラエティだ。私が幼い頃は毎週木曜日にやっており、姉妹揃って大好きだったが、とりわけ私はいちいち影響を受けまくっていた。

「手先が器用選手権」を観た日にはトランプでピラミッドを作り、1円玉を立てて遊んだ。「ペーパークラフト王選手権」を観れば家にあるあらゆる紙を切り刻んでゴミだらけにし、「ガーデニング王選手権」を観た週は草ぼうぼうの庭にラベンダーのタネをまき、花壇を作ろうとホームセンターに足を運んだ。満腹でごはんが入らない時は姉と「大食い選手権」を始め、「赤阪尊子！　ラストスパートです！」など励ましあって口に詰めた。赤阪尊子さんわかります？　大食い選手の先駆けの。そのあまりの食べっぷりに「女王赤阪」「飢えるジャンヌダルク」と呼ばれ、当時優勝選手やった藤田操さんとボーリングレーンを使った全長6mの細巻きで対決した時はラスト数秒、チラッと藤田さんの様子を確認して明らかに負けてたことがわかった瞬間かなりの長さの細巻きを一気にブリ〜ン口に放り込んで引き分けに持ち込んだあの伝説の海苔巻き対決は今でも脳裏に焼きついてますよね（マニアか）。

中でも圧倒的に好きだったのは「ケーキ職人選手権」だ。小学校の頃から料理が好きで当時の将来の夢はパティシエだったため、この回だけは毎回必ず録画し、ビデオが擦り切れてビリビリになるまで観た。むしろテレビチャンピオンの影響でパティシエになりたかったのかもしれない（当時は『どっちの料理ショー』や『きょうの料理』、『SMAP×SMAP』に至るまで、ケーキやスイーツが出てくる回があれば録画していた）。私が観ていたのは1994年、パティスリーエスコヤマの小山進さんが優勝した回からで、録画をしていたのは1998年、ル・パティシエ・ヨコヤマの横山知之さんが優勝した回からだ。当時ホテルニューオータニから出演していた横山さんはミルフィーユなどパイ生地が得意で3年連続で優勝し、殿堂入り。2000年にはクィーン洋菓子店のチーズケーキが得意な大濱幸雄さんに移り、また3連続優勝。お次もホテルニューオータニ、今はパティシエ・エイジ・ニッタの、目深な帽子がトレードマークの新田英資さんに移った（マニアか）。

たいてい第一ラウンドはクリスマスケーキやシュークリームなど小さめのもの、第2ラウンドが1000円以内で作れるレシピなどちょっと遊び心がある勝負が多く、決勝ラウンドは必ず巨大ケーキだった。第一ラウンドの審査員は、専門家の先生ではなく一般人であることが多い。実際に路上で販売し、先に10個売れたものが勝ちというルールだったりするので、どうしても手や技の込んだ難しい素材のケーキより、イチゴがぶわぁ〜！みたいな見た目が派手で子どもが喜びそうなケーキが売れる。今思えば、選手の方は勝敗だけでなく、自分のプロとしての技術を全国の同業者に見せていたのもあるだろうが、当時は姉とふたりで

「あー、もうこの人アカンわ。こんなとこで黒こしょうの風味とかいらんねん」

「紅茶のムースは子ども喜ばんやろ」

「横山さんベリー出してきた！！　よっしゃ！！！　もう勝ったな」

などめちゃくちゃに偉そうなことを言っていた。決勝ラウンドで飴細工が出てこようもんなら

「出たで飴細工…」

「飴細工は勝たれへんねんて」

「なんでマジパンにせーへんねやろな」

「これまで飴細工で優勝した人おらんやん」

「マジパンとクッキーしかあかんねんて」など言いたい放題。何様や。レベルが違うねん。

今でも、あの魔法のような技術、夢のようなケーキの数々が忘れられない。パイを丸く切って土台にした上にプリンをのせ、上にホイップクリームを絞り、三角形に切ったパイ生地を立てて立体的なツリーの形にし、間にベリーをいっぱい飾った横山さんのクリスマスケーキや、メレンゲを底に仕込んでサクサクの食感をプラスしたシュークリーム、キャラメリゼしたバナナをバタークリームと砕いたチョコのお菓子を混ぜたものの中に詰め、焼いたメレンゲを手で砕いて周りに貼りつけた「ブールドネージュ（雪の玉）」。ラズベリーのムースをチョコレートムースの中に沈め、顔が写るほど光沢があるチョコレートでコーティングしたケーキ……なんでこんなことできるんやと毎回感動の嵐。

放送後はただちに影響されて、ノートにオリジナルのケーキを考え（クレープの中にムースとチョコスポンジを交互を詰めてリボンで結ぶとか。作れるか）、お小遣いを削ってお菓子を作った。誕生日にはレシピ本や製菓道具を買ってもらった。高校時代には、いつか女性パティシエ初のクープドュモンド（お菓子の世界選手権）に出たいと思うようになった。パティシエになるための本や雑誌を買い、土日は阪急百貨店や阪神百貨店のケーキ売り場を飽きずに見てまわった。その頃から少しずつ、市販のレシピを別の材料で代用したり、自分でレシピを考えるようになっていた。

ただ、とにかくお金がない。高1で毎月のお小遣いから、友達とのカラオケ代やごはん代、化粧品代、さらにケータイ代と服代まで捻出していたのだ。無塩バターなど買えるわけがない。ナッツは柿ピーのピーを取り出す、フルーツタルトの果物はスーパーの入口で売ってるカットフルーツを買う、アーモンドパウダーは薄力粉と混ぜて使う、ナパージュはマーマレードの果肉がないドロドロの部分を使うなど、1円でも安くお菓子が作れる方法を日々考えていた。

その後パティシエという仕事について知れば知るほど、そもそもめんどくさがりで雑、不器用な自分に最高に向いてない職業であることを悟り、夢は方向を変えた。社会人になり、お金もたまり、今では無塩バターでも生クリームでもいくらでも買えるようになった。いい無塩バターで作るパウンドケーキは、マーガリンのそれとは香り、風味、後味、何もかも違う。卵黄で作るカスタードは全卵よりずっとコクがあるし、植物性ホイップと純正生クリームは誰の舌でもわかるほど違う。ほんの数百円の違いで手作りお菓子の味は格段に上がることを知った。

それでも……材料に「バター」と書く時、「生クリーム」と書く時、学生時代の私が頭の端に現れる。ショートカットにジャージ姿、授業中ノートの端に、週末作るケーキの材料費を必死で計算している自分。あの頃、マーガリンでもおいしくできると書いてある本があればすごくホッとしただろうし、これもこれもこれも材料が揃ってる！という本があったら使い倒したと思う。だから私は、本でもブログでも、できるだけ代用品を示したい。「これがないのでこれに変えてもいいですか？」には「いいですよ！」と答えたい。「バターまたはマーガリン」と書き続けたい。いつもスーパーの一番安い食材でおいしく作れる料理を考えたい。

今のレシピは、あの頃の私に向けて書いているのかもしれない。

テレビチャンピオン

1992年から2006年までテレビ東京系列で放送されていた競技型バラエティ番組。私が観ていた時代の司会は田中義剛さん、松本明子さんで、ゲストがひとり入る形。レポーターで一番印象があるのは中村有志さん。出演回数は280回以上らしい。ちなみにさかなクンもテレビチャンピオン出身。「全国魚通選手権」に高校生で出演、その後5連覇を達成してました。

どっちの料理ショー

1997年から2006年まで日本テレビ系列で放送されていた料理バラエティ番組。関口宏さんと三宅裕司さんの赤と黄色のチームに分かれ、天丼VSカツ丼や、ハヤシライスVSオムライスなど似たような料理で対決。どちらの料理にするかをパネリストに選択させ、最終的に人数が多い側のみが食べることができる（選ばれなかったほうは「負けシェフの晩餐」というコーナーでシェフがひとりで食べる）。録画して何度も観たのは「チーズケーキVSフルーツタルト」「フレンチトーストVSワッフル」の回。もう、ほんまにおいしそうなんです。

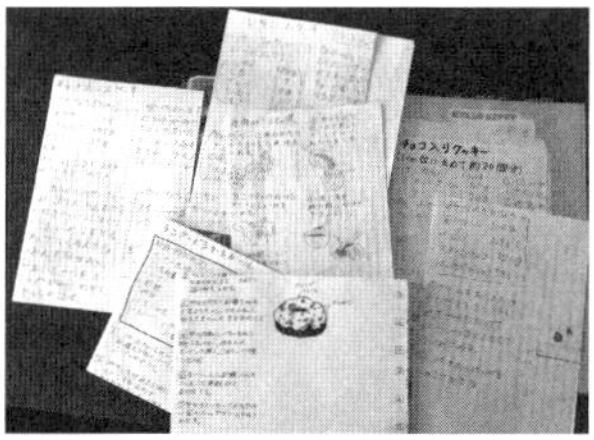

小学校時代のファイル。NHKの「きょうの料理」などのお菓子のレシピは急いでメモって清書し、家にある材料で再現しようとしてました。

Z Z Z……

「ママと呼べなくて」より
当時飼っていた文鳥の「ピーちゃん」を再現

文鳥おにぎり

寝る時はほんまにおにぎりのような形で丸まってたんで、どうにかおにぎりにしてみました。
キャラ弁が苦手すぎて5分後にはくちばし落下してたわ。

材料（2個分）

温かいご飯、黒すりごま、ケチャップ、塩、味つけ海苔（または焼き海苔）……… 各適量

作り方

1 ごはんに塩を好みの量混ぜて味つけし、ふたつに分けて、少しだけとってケチャップを、もう少しとってすりごまをそれぞれ混ぜる。
2 手に水をつけて1個は白ご飯を三角に握り、そこから手で文鳥っぽくする（文鳥っぽくするて何）。くちばし部分にケチャップのごはんをギュッとつまんでつけ、海苔をはさみで丸く切って目の位置に貼る（イィ---！となるわこの作業）。もう1個はすりごまで体にし、上に白ご飯で頭をつけ、頭部に海苔を貼って、なんだかんだ頑張って文鳥に仕上げる。

「きよこと激辛カレー」より
けっしてこんなお洒落ではなかった

カレースパゲティ

レンジで簡単に作れるキーマカレーをスパゲティにからめて食べるレシピ。余ったカレーに麺を入れてもいいんですけどね。いいんですけどねっていうか、本家はそれ。

材料（2人分）

合いびき肉 ………… 100g
玉ねぎ ………… 1/4個
A 水 ………… 200ml
固形カレールウ ………… 2かけ
トマトケチャップ、ウスターソース … 各大さじ1
スパゲティの麺 ………… 200g
塩 ………… 少々
バターまたはマーガリン10g（オリーブオイルでも）
温泉卵、あればドライパセリ ………… 各適量

作り方

1 玉ねぎはみじん切りにしてひき肉とともに耐熱ボウルに入れる。Aを加え、ふわっとラップをかけて電子レンジ（600W）で13分加熱する。
2 スパゲティは塩を入れた熱湯で袋の表示通りにゆで（レンジでも。パスタ専用のレンジ容器に入れるか耐熱容器に半分に折って入れ、水を250mlほど注ぎ、ラップをかけずに袋の表示＋3分加熱）、バターをからめる。
3 器に2を盛って1をかけ、温泉卵をのせ、あればパセリをふる。

「例のあの腹痛」より　便秘解消に

ごぼうの塩バター焼き

「これおいしい」「止まらない」と撮影時に人気だった一品。娘のアミにも大好評でした。ごぼうをバターで炒めただけですが、あと引くおいしさ。ささがきにしなくていいから簡単！（ただし便秘が重い方は、ごぼうなど不要性食物繊維を食べると逆に詰まってしまうので注意！　そういう方は水溶性食物繊維（海藻類など）の方がオススメ！

材料（2人分）

- ごぼう……1本
- 片栗粉……適量
- サラダ油……大さじ2
- バターまたはマーガリン……20g
- 塩……小さじ1/2
- こしょう……少々

作り方

1 ごぼうは丸めたアルミホイルで皮をこそげるようにこすって洗い、斜め薄切りにしてポリ袋に入れ、片栗粉をまぶす。

2 フライパンにサラダ油とバターを入れて熱し、1を入れ、弱～中火でカリカリになるまで焼いて塩、こしょうをふる。（油が足りんかったら足してください）

「まいとお金と食べ物と」より
当時大好きだったチェーン居酒屋メニュー

餃子の皮で＊明太餅ピザ

大学前の居酒屋「居心伝」のピザを餃子の皮で再現。餃子の皮を並べてピザを作ると、
薄くてパリパリしてなんぼでもいけるんでおつまみに最適！
他にもケチャップとウインナーやコーン、ピーマン、玉ねぎなど好みの具でどうぞ。

材料（1枚分）

餃子の皮……………………………10枚
切り餅………………………………1個
明太子………………………………1本
マヨネーズ、ピザ用チーズ、刻み海苔
……………………………………各適量

包丁ではなく
キッチンバサミでザクザ
ク切って食べて。1枚ず
つのミニピザならトース
ターで焼いても。

作り方

1 餅は5mm厚さにスライスする。明太子はほぐす。
2 フライパンに油をひかずに油をひかずに餃子の皮を丸く並べて（周囲に8枚、中央に2枚でうまいこと丸っぽく）マヨネーズを絞り、1とピザ用チーズを散らす。ふたをして弱～中火で5～10分焼き（餅がやわらかくなるまで。裏面が焦げてないかだけ注意）、刻み海苔をのせる。

焼き色は
あまりつけないほうがフワッと仕上がります。爪楊枝を刺して生っぽい生地がついてこなければOK。

「テレビチャンピオン」より
子どもの頃によく作った

基本のカップケーキ

卵1個で作るシンプル、ふわふわのカップケーキ。優しい甘さなので好みでホイップクリームやチョコペンでデコレーションしても。ナッツやチョコチップ、レーズンも自由に入れてください。コツはとにかく分離しないよう、ひとつひとつよく混ぜることぐらいです！

材料（直径7cmの型4個分）

A 薄力粉……………………………… 50g
ベーキングパウダー ………小さじ1/2（2g）
★入れすぎるとパサつくので注意！

バターまたはマーガリン ………50g。無塩が理想やけど有塩マーガリンで作ってました。
砂糖……………………………… 40g
溶き卵……………………………… 1個分
豆乳（調整、無調整どちらでも）または牛乳
……………………………… 大さじ2

溶き卵は一気に入れると分離します！ ほんまに少しずつ加え、加えるごとに思い切りガーッと混ぜると、分離せずふんわり仕上がります。（多少分離してもおいしいはおいしいです）

下準備

Aはあわせてふるっておく。オーブンを170度に温めておく。型にバターを薄くぬって小麦粉をはたいておくか、グラシンケースを入れておく。（紙カップならそのままでOK）

作り方

1 ボウルにやわらかくしたバターを入れ、泡だて器でよく練り、砂糖を加えて白っぽくなるまでよーくすり混ぜる。溶き卵を少しずつ、5〜6回にわけて加え、その都度ガーッとよく混ぜ、豆乳を加えて混ぜる。

2 あわせてふるったAを入れてゴムベラでさっくり混ぜ、型に流す。トントンと打ちつけて空気を抜き、170度のオーブンで15〜20分焼く。

Twitter @syunkon0507 のつぶやきより

ただの何気ないつぶやきです。

お弁当作ってる方
朝ごはん、なんかもうこんなん食べてたりしません？

コレ何でできてると思いますか？
なんと高野豆腐なんです。
しかもなんとこれ
全然おいしくないんです。

娘が「コロッケご飯のおかずにならへん」と言い出したから「いやなるかならんかちゃうねん、するかせんかや」と自己啓発セミナーの講師みたいなこと言ってしまった。

まさかの
3.4万リツイート。
全然おいしくないのに。

友達がこの前、教員採用の面接を受けたんですが
「友達がいない子がいたらなんて声かけますか？」
って質問されて
「え!?　それは、その子は友達がほしいっていう前提ですか？」
と返してしまったと言っていて、こんな子が先生だったらいいなぁーと。

ほなカスタードくり〜むぱんやろ

どんな環境やねん

昭和59年の「きょうの料理」、プロのこつのページの本気度すごい。
「トリフ（あれば）少々」

ないやろ

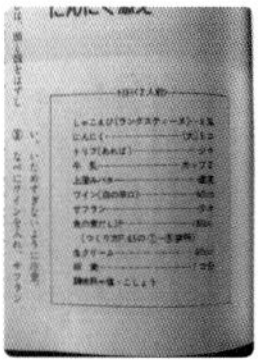

ときめきに従って服を捨てたら、この秋ほぼ全裸で過ごすことになりそう

子どもの衛生面や栄養バランスに自信がない時、頭の中で奈良時代あたりの暮らしとか屋外で暮らすような部族を引き合いに出して自分を安心させてる人、私以外におらん？

時々ふと、夫に対して
「え…なんで私この人とこんな自然になんの恥じらいもなく生活してるんやろ」
みたいな、突然他人ということを意識して、照れるというか不思議な感覚になることないですか。

ダイソーで買ったエアプランツに心読まれてて笑った。

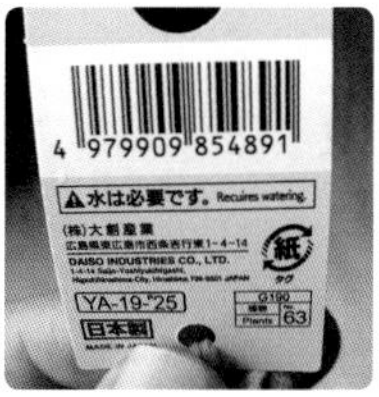

幼い頃原っぱで見た、パステルカラーで1個1個違う色の実がなった植物。宝石みたいでビックリして色んな人に話したけど誰も知らなくて、その後は一度も見つけられないまま時が過ぎ、記憶が曖昧になり。見間違えか、夢で見ただけやったんかなと自分の中で処理してたんですが

昨日見つけて震えた

昔、キュウリに蜂蜜かけたらメロンの味になるって流行りませんでした？
①キュウリ1本は皮をむき乱切り。耐熱ボウルに入れ蜂蜜か砂糖を大さじ2かける
②ふわっとラップで3分チン
③冷蔵庫でよーく冷やす

なんとあのキュウリが

ただの若干やわらかくて甘いキュウリになるだけ！

やめとき！

ノブドウ だそうです。
（虫が寄生してできる色らしい…）

実際の娘のごはん

朝ごはん

納豆卵ご飯
納豆さえ食べればいけると思ってる。

目玉焼きのせたパン
基本、朝に野菜や色合いなどはない。

ポンデリングとチョコココロネ(姉妹で半分こ)と昨日の残りの豚汁
どんなんや。

おにぎりとハムエッグと昨日の残りのお味噌汁
沼底に沈みゆくキティ。(タス…ケテ…)

食パンにハムのっけたやつとオムレツ
オムレツの中身…とかは特にない。

にゅうめん&シスコーン
「なんかな、にゅうめんとセットで出てきたらしいねん」
「ほなコーンフレーク違うか〜」。

ホットケーキ
突然どんだけ可愛いねん。

ブタメン&バナナ
カップ麺の罪悪感をバナナのビタミンで打ち消す。

第6章

いつか晴れた日に

あなたがしんどいことはしんどい

人に悩みを打ち明けた時に、「もっとしんどい人もいるよ」とか「つらいのはあなただけじゃないよ」みたいなアドバイスを受けることがある。そう言われた時に

「そうか、私だけじゃないんだな、よ〜し、もっと頑張ろう！」
「もっとしんどい人がいるんなら、私はまだ全然大丈夫！」

みたいに思える人ってあんまりいないのではないか。いや、そのアドバイスが有効な場面ももちろんあるけど、それは回復の兆しがある時だったり、人の気持ちまで考える余裕がある時で。大抵は「自分だけ被害者ぶるな」「甘えるな」と否定され、責められたように感じて余計落ち込むと思う。

当たり前の話だが、つらさとか痛みというのは目に見えないし、人と比べたり数値化できるものでもない。でも確実にいえるのが、**あなたがつらいと思ったら、それは間違いなくつらいということで。**

だからといって、誰かれ構わず話したり相談するのはちょっと無神経かもしれないし、わかってもらおうとするのは違う。特に病気や災害、性や子どものことなどデリケートな話に関しては、相手の状況をなんも知らずに話すのは傷つけることになりかねない。自分の悩みが相手にとってはうらやましい、聞くだけでしんどい場面だってある。

ただこれを考えすぎるあまり、自分なんてまだ全然つらくないはずとか、もっとしんどい人がいるから頑張らないと……と抱え込んで潰れてしまったり、なんでみんなが耐えられることを自分だけができないんだろうみたいな、**実際の悩み＋悩んでいる自分に対する自己嫌悪**という、ダブルの作用が働いてしまう人もいる（洗剤か）。でも人それぞれキャパも違うし、身体も性格も、傷つきやすさも違う。だから人に対して「もっとつらい人だっているんだから」とアドバイスするのは、ちょっと、危ないと思うのだ。そう言いたくなっちゃうぐらい甘えてる、恵まれてるくせに文句ばっかり言うてる人ももちろんいるけど、それでもその人の中では最大級のつらいことなわけで。

それ言い出したら、戦争もなく命の危険もなく、綺麗な水が飲めて家があるだけで贅沢やし、健康に生きてるだけで悩みなんてないやろの世界になってしまうしな。

ほんでむしろ、誰からみてもつらいことよりも、他の人からみると贅沢な悩みのほうが当人を苦しめることだってあると思う。

夫も子どももいてお金持ちで何不自由なく専業主婦をしているけど、いつも満たされない虚無感とさみしさに駆られているとか、親戚から泥つきの野菜が毎月たくさん送られてくるけど冷蔵庫に入りきらないし、たまに虫がいて正直にいうと困るとか(突然どんだけ具体的やねん)、お姑さんが娘にたくさん可愛い服を買ってきてくれるみたいな優しさからくる行動が、実はとんでもなくストレスになっていたり。嫌だと思う自分の性格が悪いような気がして自己嫌悪に陥り、誰にも相談できなかったり。あるいは単純に巨乳であるとか、食べても全然太らないみたいな身体のこと、容姿端麗で勘違いされやすいとかもあるかもしれないし(いいなー。↑これや。これを言うとんねん)、それこそ悩みとして口に出したら嫌味ととらえられることだってある。

まあ、今挙げたようなことで悩めるのは健康で文化的な最低限度の生活があってこそですけど、それでも本人にとってはずっとついてまわる悩みなのだ。

自分の今の状況をうらましいと感じる人がいる、と想像することで、自分がいかに恵まれてることに気づけたり、救われたりするなら全然いいことやけど、自分は本気で悩んでて、でも言っても共感も同情もされないから言えなくて、自分の性格が悪いんじゃないかみたいな、自分のことが嫌いになってしまっている状態ってすごくつらいんじゃないかなと。悩みだけでもつらいのに、悩んでいる自分を責めるようになったら余計につらい。

極論、生きたい人もいるし、死にたい人もいる。

逆の立場の人にしたら腹が立つだろうし、立っていいけど、その人にとってのつらいことはその人にしかわからない。

だから何が言いたいか、泥つき野菜から命まで幅広くしゃべりすぎたけど
自分がしんどい時は、しんどいって言っていいねんで。

と、つい我慢しがちな誰かに向けて書きました。

今を生きる

この言葉、昔はピンとこなかったし、逆に今しか生きられへんやろって思ってたけど、「最初に『今を生きる』て言うた人誰———！　ヨッ天才！」ってなるぐらい人生の真理やと思う。

でもこれ、相当な難しさで。

人間って、……って書くと母体が大きすぎて「**いや私は今を生きてますけど**」「**俺も**」「**ワシもじゃ**」「**アタイも**」「**ワタクシも今を生きております**」「**ミートゥー**」「**イェーイ**」って方もいるかもしれんけど(どんだけ今を生きてる人多いねん↑したことないツッコミ)、生きてるのは確かに今やけど、思考はたいてい未来か過去だ。悩みとかストレスは「すでに起きてしまったこと」か「まだ起きていないこと」のどちらかしかない、ってよくいわれるように、過去の失敗を思い出して落ち込んだり、言われた嫌味を思い出してしんどかったり、お金がなくて将来が不安になったり……たいてい過去か未来で悩んでて。ほんまに今、目の前のことだけに焦点を当てて生きることができたらストレスは激減すると思う。まさに今もこれ書きながら、この本、締め切りに間に合うのだろうか、ほんまに3月に出せるんだろうかとか考えだしたら胃が痛いしな…。

ここ数年は特に、子どもと遊びながらも夜ごはんのことを考え、夜ごはんを食べながら仕事のことを考え、授乳しながら楽天で買い物し、ミルクをあげながらSNSを眺め…いつもこの先のこと、ここではない場所に意識がいってて、100%目の前にあることに集中して楽しむことがどんどんできなくなっている。子どもはその点、今泣いてたと思えば次の瞬間にはキャッキャと笑って遊んでるし、お腹がすいたら数分後に晩ごはんだろうがおやつを食べたがるし、教育番組で歌のお姉さんが変わったり、プリキュアやマジマジョピュアーズが次の代に変わったら一瞬で切り替えて好きになるし、今を生きることに長けてるなあと感心する。同時に「何回同じこと言ったらわかんねん!」「毎日同じことで怒られてるやろ!」みたいな怒りも生むわけやけども。

大人になるほど記憶力と思考力が備わってくるから過去と未来に思いを馳せてまうのはしょうがない。でも、目の前にいる子どもとか、今食べてるごはん、観ているテレビ…今を100%楽しまないともったいないなと、ここ最近、特に思うようになった。

きっかけは、長女のアミがひとりでお風呂に入れるようになったことだ。成長したなあ、楽やなあ…と思っていたが、ふと落ち着いた時に、ジワジワと寂しさが染み出てきて。つい最近まで、お風呂の壁に絵を描いたり、お腹に泡で文字を書いたり、泡立てた髪の毛でドキンちゃん作ったりしてたのに。コップにお湯とスーパーボールをいっぱい詰めて「ジュース屋さんでーす」と言ってくるアミはもうおらんのかと。ああ、もっとゆっくり入ってあげたらよかった。「今日湯船にバスボム入れたい!」とか「いらっしゃいませ〜どのジュースにしますか?」とか言う娘ふたりに「ごめん今日はお湯ためてる時間ない」とか「もう遅いねんからサッと出なさい」『もう9時なるで!』と怒り、早く早くと急かしてたのは自分やのに。

早く大きくなってほしい、会話ができるようになってほしい、早く自由に仕事がしたい。子育てが終わった人は、その時期が懐かしくなる、戻りたくなるというし、そういうブログや本を読んだりしても、私はならん、忘れへんと思っていた。

そして今小学校3年生。寝かしつけもいらない、お風呂もひとりで入れる、帰ってきたら私よりゲーム、家族よりも友達と…ほんまに楽になった。そしたら……なんでなんやろう。あの頃のアミにもう1回会いたいと思う自分がいるのだ。もちろん今のほうがさらに可愛いし、会話も楽しいし、「ほな時を戻そか？」って言われたら、「いや遠慮しときます」ってなるけどな。

オカッパでこけしみたいで、公園やイオンから帰る時は腕の中でピチピチのマグロのように暴れてたアミ。保育園の送り迎え、自転車の後ろに乗せて片手を後ろにまわしてつなぎながらこいだり、今日のお弁当はどんなんやったとか、月が大きいなあとか他愛ない話をしたり、アンパンマンやおかあさんといっしょの歌を歌ったり、帰りにコンビニでコロッケを買って一緒に食べたり…怒ってばっかりの最低な母親やのに、ママ、ママ、ママ――――！と1日に何十回と呼んでくれたあの頃、もっといっぱい抱っこして、1日くらいごはんもお風呂も歯磨きも全部適当にすまし、朝から晩まで1回も怒らず、公園で気のすむまで遊んであげたらよかった。新生児の時なんて今思ったらどれだけ可愛かったんやろう（余裕がなさすぎて可愛いという感情に至った時には新生児期を終えていた）。

これから先、反抗期や思春期に入ったら、今の小学3年生のアミなんて、どれだけ可愛い無邪気な子どもと思うやろう。成人して家を出て行くことがあれば、反抗期でさえも懐かしくなるかもしれない。いつだって今こそが、過去に憧れ、未来にうらやむであろう一番幸せな時期なのだ。今は毎日バタバタで、「はよしなさい」「いいから食べなさい」と言わない日がない、こんな日々が一生続くような気がしてるけど、本当は人生のほんの一瞬の時期で、あっという間に終わってしまう。

それに気づいたんなら、大事にするのはまさに今でしょ!!だ。

仕事も然り。今まさに憧れていた料理の仕事、執筆の仕事につけたのに、そのありがたみに気づかず、ただただ締め切りに追われ、必死にこなす毎日で。やりたかったこと、望んでいた姿はまさに今。バタバタで日々追われている今の状態なのだ。

いつでも会える母親も、連絡しあえる友達も、当たり前に横にいる夫も、思うように動かせる身体も…そこらじゅうに落ちている幸せに気づかないまま過ぎ去っていくのはもったいない。

今を生きよう。

って

言うは易し行うは難しですけどね。この文章書いたあとに数日間意識してみたけど、今を生きるの難しすぎるわ。仙人やわ。「当たり前に思える毎日が実はかけがえのない時間だった」とか「なんでもないようなことが幸せだったと思う」的な歌詞が世の中にあふれてるにもかかわらずみんなが同じ過ちを繰り返すのは、もう脳科学的に、**過ぎ去ってからしか輝きが見えないシステム**になってるんかもわからんね。だって毎時間「かけがえのない時間!!」とか「今が幸せやねんで…なんでもないようなことやけどな…」って意識してたら心臓持たんし、子どもがぐずりまくってる時に「こんな日々も宝物ね」とか到底思われへんしな。

毎日を当たり前に思える。もしかしたら、それこそが本当の幸せなのかもしれない。

マジマジョピュアーズ

正式には『魔法×戦士(まほうせんし)マジマジョピュアーズ！』2018年4月から2019年3月までテレビ東京系列で放送されていた特撮テレビドラマ。『ガールズ×戦士シリーズ』の2作目。1作目は『アイドル×戦士ミラクルちゅーんず！』3作目は『ひみつ×戦士ファントミラージュ！』4作目となる今は『ポリス×戦士ラブパトリーナ！』。プリキュアとか仮面ライダーと同じく毎年変わって、その都度オモチャも全部変わる系。娘ふたりが大好きです。

このバタバタも宝物

そのひと言を大切に

たとえば仕事で料理写真を納品した時。メールの「受け取りました」の返事にひと言「すごくおいしそうです！　次回も楽しみにしています！」などと書いてあると嬉しくなり、次はもっとおいしそうな写真を送ろうとやる気が出る。「いつもたくさんのアイデアさすがですー！」なんて言われちゃうと尻尾ふって2品でいいところを10品提案してしまうし、「クライアントがとても喜んでましたよ！」と教えられると、ブログの紹介でも熱がこもり、インスタとツイッターにも無料ですぐ載せてしまう。

ほんのひと言。そのたったひと言で、仕事への熱意が一気に上がるし相手の印象も大きく変わる。何度も一緒に仕事をしたくなる相手は、そういえばいつも、このひと言をくれる人だ。なので私も、「レシピの修正お願いします」と送られてきた雑誌や本のデザインが可愛かったら「めっちゃ可愛いページですね！」とか「この字体好きです！」など、思ったことをできるだけ伝えるようにしている。うそをついたり持ち上げる必要はまったくないけど、「オシャレ！」って思ったら心にとど

めずそのまま相手に「オシャレですね！」て言うほうが絶対にいいからだ。

感謝の言葉、人を思いやる言葉、ほめ言葉。なんの道具も準備もいらないし、誰でも使えて無料。減るもんでもないのに、言われた側はその日1日嬉しかったり、10年20年、心の支えになることもある。幼い頃からのモヤモヤやトラウマが綺麗に消えることもある。言葉の持つ力って本当にすごいなと思う。

でも、身近な人、いつものことになると、つい言わなくなっていくもんで。

母に「身近な人ほど大切にしなさい」「家族だからこそお礼を言いなさい」と昔からよく叱られたが、今だにやっぱり、わかっててもつい、ないがしろにしてしまう。友達が洗い物や洗濯をしてくれたらめちゃめちゃお礼を言うやろうし、しんどそうにしていたら、「大丈夫？」「無理したあかんで」などなんぼでも優しい言葉をかけるだろう。でも夫に対しては、その言葉がスッとでないことが多いのだ。家事や育児に関しては当たり前に思ってしまったり、体調不良に関しては、むしろ若干イライラしてしまったり。「(この寒いのに酔っ払ってお腹出したまま薄着で裸足でソファーで寝るとか、昨日『そんなんしてたら風邪ひいても知らんで』て言うたやろ！　こっちはもし風邪ひいても子どものこととか全部やらなあかんねんで。自分は寝てられるかしらんけど）**大丈夫？**」みたいな、**邪念がすごい**。自分が一番お世話になっていて、それこそ病める時も健やかなる時も愛し敬い助ける言うたはずやのに。

余裕がない時、自己肯定感が低くなっている時も、なかなか相手を認めたり、優しい言葉をかけたりするのは難しい。相手に華を持たせることで自分の華を失ってしまうような、認めることで何かを奪われるような感覚になる。でもほんまは、相手を認めるほど、優しくするほど、自分にとって良いことしか起こらないんですよね。逆の立場にたって考えたらすぐわかるけど、料理をほめてくれたらもっとおいしいものを作ろうと思うし、「ありがとう」と言ってもらえたらもっと尽くそうと思う。優しくされたら返そうと思う。ほめられることに慣れて価値がなくなるとか、調子にのって何もしなくなることって、そんなにないんじゃないかと。期待してた反応が返ってこなかったり、自分ばっかり言う側になったらキィ――ってなるけど、**別に何かを奪われたわけじゃない**し、自分でも、嫌味を言った時より相手に優しくした時のほうが気分が良いと思うのだ。

それに、どれだけ相手を良く思っていたとしても、感謝していたとしても、口に出さないと伝わらない。人間、クレームや文句は伝えるけど、良いと思ってる人やもの、いつもある事柄に対して「いつも良いと思ってますよ」「いつもありがとう」とはあえて言わなかったりする。言わなくてもわかるだろうと思っていたり、面倒だったり、なんとなく照れくさかったり。

でも、相手の気持ちが離れてから、好きな芸能人や歌手が引退を表明してから、クリエイターさんが創作活動を辞めてしまってから。その商品がなくなってから、友達、両親、大切な人がいなくなってしまってから…どれだけ「大好きだったのに」とか「いつも力をもらってました」とか「ありがとうございました」を言っても遅いのだ。

何かの記念日じゃなくても、唐突なタイミングでも。

思った時に、伝えられるうちに伝えたほうがいい。

それこそ今何があったわけでもないけど、ふと思ったので書いてみました。

いつもブログを読んでくださって、本を手に取ってくださって、本当にありがとうございます。

言葉のかけ方、受け取り方

「頑張れ」「頑張って」。この言葉、使うのに躊躇する人は多いと思う。試合や出産など明らかにゴールが見えてて頑張るしかない時には迷わず言えるけど（試合と出産て）、そうじゃない場合、必死に頑張っている人に対してこれ以上何を頑張れというのか、自分の「頑張って」という言葉で追い詰めてしまわないかと。でも「頑張りすぎないで」という言葉は、なんとなく無責任な感じもあったりするんです。

結局「頑張れ」も「頑張らないで」も、どちらも根本は同じ意味やと思うんです。「あなたのことを心配してます」「応援してます」っていう。

私個人でいえば、ブログのコメント欄や手紙で「頑張ってください」といわれたら素直に嬉しい。それは、まだ余裕があったり、頑張るしか選択肢がないからで、「頑張って」という言葉で背中をグッと押してもらえ、迷いなく進むことができる。何より「頑張って」という言葉は、自分の本なり料

理なり、作品を楽しみに思ってくれているのが伝わるやん。嬉しくて「**よ〜し！　おじさん頑張っちゃうぞ〜！**」ってなる（おじさんちゃうやん。何その感情）。でも、「頑張らないで」「頑張り過ぎないで」と言われるのもまた、同じぐらい嬉しかったりもするんです。それは作品というより、私自身を、健康面や生活面、家族含めて大事に思ってくれている気がするからで。同じように「本の出版ゆっくりでいいですよ」も「早く読ませて！」も、どちらも嬉しい。そもそも、どこぞの馬のアバラかもわからぬ私にコメントをくださるだけでありがたいし、何を言われても嬉しいほうに勝手に変換して受け取らせてもらっている（なんで馬の骨の部位若干予想したん）。

「頑張って」に限らず、言葉を受け取る際、良いフィルターを通すか悪いフィルターを通すかで心の平穏はだいぶ変わってくる。悪いフィルターを通せばなんぼでも嫌なとらえ方ができるし、ほめ言葉さえ嫌味になる。「丈夫な赤ちゃんを産んでね」みたいな何気ない言葉にしても、文字通り「丈夫じゃなかったらあかんのか」となったり、「女の子なんだから足を広げて座らないの」とか、「男の子だからたくましく育ってほしいな」などという微笑ましいやりとり、「家族のために頑張るお母さんへ」という企業広告に対しても「ジェンダーの押しつけですか⁉」となったりもする。いや、言ってることは正しいし、こういう小さいモヤモヤはこの先どんどん変わっていくと思うけど、言葉のひとつひとつにあまりに敏感になると、言葉狩りのようでちょっとお互いしんどくなるんちゃうかなと。被害妄想がひどくなると「やっぱりシャトレーゼのケーキが一番」に対して「アンリシャルパンティエに失礼じゃないですか⁉」みたいな、りんごをほめたからってみかんをけなしてるわけじゃないから！と言いたくなることも起こる。言葉足らずだったり、価値観がアップデートされてなかったりしても、ざっくりと「励ましの言葉」「ほほえましい場面」として受け取ることは、相手も自分も傷つかない対処法のひとつだと思う。

だからといって相手にそれを求めるのは違う。こちらが話したり、文章を書いたりする時は、相手の善フィルターはないもの、むしろ**悪フィルターがかかる可能性が高い**とみて、どこかに誰かを傷つける言葉、モヤッとさせるような言葉がないかを気をつけなあかんと思う。関係性ができてない相手や、ＳＮＳなど不特定多数の人に向けた文章を書く時なんかは特に、色んな境遇の人がいるという想像力と思いやりを最大限に働かせたい。もちろん、本来は好きなことを書いていいもんやし、どれだけ気をつけてもまさかの角度で傷つき、責めてくる人はいる。「知らんがな」と言いたくなる時もある。すべての人が不快にならない文章は無理やし、考え出したら何ひとつ書けなくなる。でも自分が発した言葉で誰かが傷ついて１日を過ごすことは、避けられるなら避けたいし、できるだけ優しい気持ちになる言葉を使いたい。

相手の言葉はできるだけ善フィルターを通して受け取り、自分の言葉は悪フィルターを通してから放つ。受け手側、読み手側、余裕があるほうが思いやりを持てば、今のこの、ちょっとややこしく傷つきやすい世の中で、もう少し楽に生きられる気がしてます。

シャトレーゼ

全国に店舗を持つ食品メーカー。本社は山梨県甲府市。洋菓子、和菓子、飲料、パンなどを販売している。自社工場から直接フランチャイズ店舗へ商品を送るシステムで、それゆえ良い商品を安く提供できる。最近では糖質カットの商品がめちゃめちゃ充実している。

アンリシャルパンティエ

友達のお母さんが働いている洋菓子のメーカー(知らんがな)。生菓子も焼き菓子もなんでもおいしいが、特にフィナンシェが有名で、年間のフィナンシェ販売個数が6年連続ギネス世界記録に認定されている。2017年10月～18年9月に2908万9988個。そのうち16個くらいは私が買ったわ。

はみだしレシピ

疲れた時は甘いモノ

アイスクリームにトッピングするとおいしいもの

①インスタントコーヒーの粉
一番好き。苦みと甘味の組み合わせが絶品。さらにナッツが最高。

②レモン汁
酸味がさわやか。ヨーグルトアイスみたいになって夏にぴったり。

③オリーブオイル
ちょっと高級な雰囲気に。

④きなこと黒蜜
間違いない。牛角や土間土間のアイス。(チェーン店の焼肉屋、居酒屋)

⑥くだいたノアールかオレオ
クッキー＆クリームになります。

⑦つぶしたキウイ
酸味がおいしい！　お店でありそう。

すべてがダメな日

いやもう、すべてがあかん日ってありますよね。
は？　何が善フィルターやねん…ってなる日（さっきの話全否定か）。

朝から寝坊し、自分が起こすの遅くなったくせにモタモタする子どもにイライラ。子どもに言ってはいけないと言われている（けど言わない日はない）「早くしなさい」というワードを使いまくっていたら水筒にお茶を用意し忘れていて遅れ、どんよりした雰囲気で送り出し周りを見渡すと部屋汚っ。物多すぎやろ。肌も荒れてるわ太ったわ、ほうれい線とシワとクマすごいわ、もう嫌や…とりあえず洗濯せな…ってまた靴下裏むいてる何回言わせんねん―――――ん！！！

ハ―――ッ……とため息ついて何気なくインスタ開いたら友達の楽しそうな飲み会。旅行。ほのぼの家族の写真。みんな悩んだり落ち込んだりしながら生きてることも、自分も同じような投稿をしてることも忘れ、嫌味の７つ８つ言いたくなる。むしゃくしゃしてバーンと閉めたドアの

勢いで持ってたコーヒー床にバッチャ――!(う―――わ)

止まらない被害妄想。突然全部が重たく感じたり、ひとりで何もかもやってる気がしたり、みんなに嫌われてる気がして怖くなったり。影でむちゃくちゃ言われてたらどうしよ。とにかく怖い。みんな怖い。仕事も何もかも捨てたい。うそ! 捨てたくはないけどいったんちょっと落ち着きたい。でも休んだら積み上げたものが全部なくなる。居場所なんて一瞬で消えるし、もう何もかも自信ない。こんな自分がとにかく嫌い。

自分とは関係ない話に勝手に傷つき、他人の成功に落ち込み、将来が不安になる。ふだんなら意気揚々と答える「マヨネーズ嫌いなんですけど代用ありますか?」という何気ない質問さえも自分を傷つけようとしてる気がしてしまう(お前はマヨネーズか)。

楽しかった昨日と状況は何も変わってないのに、自分の心ひとつで幸せな毎日から最低の人生に簡単に転落する。アドバイスや励ましさえ素直に受け取れず、そんな自分も嫌になる。

世の中すべてに悪フィルターがかかる時。それは心がささくれだっている時や、疲れている時だ。何か大きな悩みがある時だったり、小さいモヤモヤが積み重なっていたり、単純に肉体的に痛みや疲れがたまっていたり。だから素直に受け取れない自分、被害妄想におちいった自分を、最低なダメ野郎やと責めなくてもいい。むしろいたわってあげていい。人間、いつでも優しく正しくはいられへんし、心の中でつく悪態や舌打ちくらいは許してあげてもいいと思うのだ。

イライラしたり、落ち込んだ時、私はとにかく寝るようにしている。パソコンでいう再起動。ハイ今日閉店ガラガラ〜ッと終わらせてしまう。睡眠不足は人格をぶち壊す一番の原因になるし、悩みやストレスは周りの状況ではなく脳が作り出してるから、寝ることですんなり解決することも多い。だから、今日あかん日や…と思ったら寝てみる。

とかいって毎回寝てばっかりになると、今度はそんな自分がよりいっそう嫌になるけどな。起きた時に「なんも解決されてへん」と思い返して、昨日の続きを生きなあかん息苦しさ。毎回寝たらすべてのことがリセットされたらいいんですけどね。**めっちゃ困りますけどね**（なんやねん）。

寝られへん時は、本や漫画、映画に逃亡する。現実逃避。人間の脳はふたつのことを同時に考えられないシステムらしいから、全然別のことを脳に詰め込んで悩むスペースをなくすか、元気になる本を読んでやる気をチャージする。

とかいって読み終わった瞬間に「ハイなんも解決されてへん」と思い返してズーン（飯尾）って

なるんですけどね。本読み終わったらすべてのことがリセットされたらいいんですけどね。**めっちゃ困りますけどね**（なんやねんさっきから）。

モヤモヤしすぎて何も頭に入ってこない時は、吐き出す。愚痴る。ただし公の場はＮＧ。あとから「どう思われたやろ」と悩んだり、「相手の時間を奪ってしまった」と気を遣ったりすることがない、信頼できる相手に。自分のことも、この悩みが一過性であることもわかってくれているような相手に「読み流し専用」「返信不要」とつけてメールで吐き出すと少し気持ちが楽になる。

そんな人もおらんし、人に悪いところは見せたくないわ…という場合はもう、とことん向き合うことにしている。じっくりコトコト向き合って、具体的に、何が一番引っかかっているのか。解決できることか、そうでないかを吟味する。どうにかできることならそこを解消すべく対策を練ればいいし、どうにもできないこと、もう起こってしまってることなら、これ以上悪くはならん。なんならそのことについて考えない限りは問題はないのと同じ、考えたってしゃーないか、と、ちょっとだけ冷静になることができる。

実際に誰かを悪く言ったり、嫌味を言ったり、公の場で愚痴るのはやめたほうがいい。わかってほしいし、つい言いたくなるけど世界は自分中心にまわってないし、自分がどれだけしんどくても同じ温度でわかってくれる人なんて世の中にそういない。意図と違った伝わり方をしたり、評価が下がってあとから後悔したり、自分のことが嫌いになって二重三重にしんどくなる。

だから「今の自分あかん！」と感じたら、スマホから離れ、できるだけしゃべらんようにしている。この状態で口を開くと子どもにも夫にも嫌な言葉しか出てこないから、意識して貝になる。その時の感情は正常な自分の感情じゃないし、いつまでも継続しない。でも、放った言葉はあとからどれだけ正常になって弁解しても完全に消すことはできない。多少空気が悪くなっても、傷つけるよりは全然マシだ（もう遅い！　傷つけてしまった！って時は、冷静になってから謝る。大丈夫。みんな自分の人生に必死やから、今すぐじゃなくてもきっとやり直しはきく）。

とにかく負の感情に支配されている時は、「この感情は正常ではない」「この感情は継続しない」ということを意識して、せめて誰も傷つけない（もちろん自分も。むしろ自分は傷つけんといて）。

なんて長々と書いたけど、今まさにその状態の時は全部無理やんな。自分で書けば書くほど薄っぺらく感じるわ。ほんと、モヤモヤしてイライラして胃がキュッとなって泣きたくなる時や、何もする気が起きなくて消えたくなる時ありますよね。もーほんまに。わかります。

と、それだけ伝えられたら本望です(5文字―――!)。

閉店ガラガラ

漫才コンビ「ますだおかだ」の岡田圭右さんによる一発ギャグ。岡田さんのもうひとつのギャグ「ワァオ!」は何回聞いても色あせずに笑ってしまうわ。

子どもに言ってはいけない言葉、よくネットでみるやつ

◎早くしなさい
◎ダメ!
◎片づけないと捨てちゃうよ
◎勉強しなさい
◎今日からテレビ禁止
◎いい加減にしなさい
◎ちゃんとしなさい

はい、全部言ってます。「全部捨てるで」とか何回言ったことか(もったいなくてできるわけがない)。

はみだしレシピ

元気が出るおかず
ガーリック甘辛味噌なす豚

材料(2人分)
なす2本　豚バラ薄切り肉200g　にんにくのみじん切り1片　片栗粉小さじ2　A[砂糖、しょうゆ、酒各大さじ2　ごま油　味噌各小さじ1]　①なすは乱切り、豚肉は3cm長さに切り片栗粉をまぶす。②フライパンにサラダ油(分量外)とにんにくを入れて弱火にかけ、香りがたったら豚肉を炒める。色が変わったらなすを加えて炒め(油がなくなれば足し)、合わせたAを加えてからめる。☆あればぜひ白ごまを!　ニラを足してもおいしい。

好きなこと正しいこと

後味の悪い小説や、過ちを犯す主人公、過激な歌詞の音楽、ブラックジョーク。あるいは不祥事を起こしたアーティストやその楽曲。好きだと口にすると「神経を疑う」「あなたのことも嫌いになりました」と言われることがあるかもしれない。

でも、**その人や作品が好きであることと、その人が社会的、倫理的に正しいかどうかは、私の中では全然違う**。好きであることと、行動や思想を支持、肯定することも全然別の話だ。行動は間違っているけど心を揺さぶる作品はあるし、嫌いになれない人もいる。むしろダメな部分や闇の部分に惹かれたり、安心する場合もある。

もしかしたら、自分がいつどこで道を踏みはずすかわからないと常に思っているからかもしれない。綺麗に並べられたガラス細工の店で、もし私がここで発狂してガラスをバキバキに割ったら捕まるんやろな…とふと思ったり（やらんけどな）、台風の日に川の様子を見に行きたいと思ってしまったり（絶対行かんけどな）。また実際、子どもから目を離している時もあるし、車の後部座

席のチャイルドシートに乗せていることを一瞬忘れかけていたこともある。お酒で失敗したことも、運転中あまりに眠くて事故を起こしそうになったことも、言うことをきかない子どもに手を出しそうになったこともある。いつだって間違った道、転落する人生と隣り合わせで、ほんとにたまたま運が良かっただけだ。たまたま周りの人、環境、健康に恵まれていたからここまで平和にこられただけなのだ。ひとつでも歯車が狂ったら、ニュースに出てくるあの人は私になるかもしれない。

人間は弱いし、保身にも走るし、誰だって人にはわからない闇がある。だからこそ、本や音楽や作品のドロドロの部分や、他人のどうしようもない部分に惹かれることがあるのだろう。それに、悪の感情をとことん排除した潔癖な世界はむしろ怖いと思うのだ。それ言い出したら『15の夜』なんて盗まれたバイクで走り出されたほうはたまったもんじゃないし、ワンピースのルフィとか海賊やしルパン三世も泥棒やしな。あなたの心を盗んでいくかもしれんしな(ええがな)。

正しくないけど好き、汚いけど好き。ダメだけど好き、ダメだから好き。大きい声で主張はしないが、そういう感情があってもいいんじゃないかと思う。

自分を好きでいるために

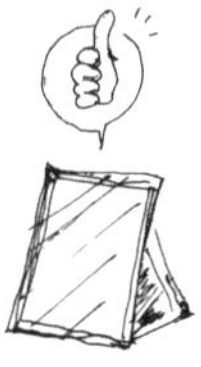

この話はこの章のすべてに通じるし、なんやったらこの話だけでええやんってなってしまうかもしれんけど、人生において、**自分を好きでいられることが一番大事**なんではないかという話です。ナルシストみたいな自己愛というよりは、毎度おなじみ〝自己肯定感〟に近いと思うけど、自分に自分で○を出してあげられること。○までつけられへんくても、×をつけない、自分で自分を嫌いにならない状態でいること。

一番番しんどいのは、自分で自分を嫌いになった時だと思うのだ。なんで自分はこうなんやろう、なんであんなこと言ってしまったんやろうとか、誰かと比べて、どうせ私はと自分にがっかりしたり、自分を軽蔑したりする時。誰かに悪口を言われたり嫌われたりした時も、結局はその悪口を言われる自分、嫌われた自分を**自分自身が嫌やと思うからしんどい**。誰かに裏切られた時も、信じていた自分のことが嫌になるからしんどい。「傷つく」＝「自分のことを嫌いになる」とも言えるんかも。

最近は「嫌なことから逃げてもいい」という考え方が広まってるし、私もほんまにそう思うけど、会社を辞めても、住む場所を変えても、どこにいっても結局ついてくるのは自分で（新水曜ドラマ『振り返れば俺がいる』）。嫌なことからどれだけ離れても自分ってやつからは絶対逃れられへんから、自分のことが嫌いやったら結局のところしんどい。逃げる勇気を持てた自分をほめて肯定できたらいいけど、逃げてしまった自分に対して自己嫌悪になったら本末転倒やし。

逆に自分のことを好きになれたら、ある程度揺るがない自信みたいなもんがあれば、どこで何をしてても、多少誰かに傷つく言葉を投げられても、もう、あれやん。無敵（小学生か）。


といっても丸ごと好きになるなんてなかなか難しいし、まず私は絶対に無理やけど、昔よりは自分を肯定できるようになったと思う。若い頃に比べて確実に図太くなったし、自分に過度に期待をせんくなったのも大きい。ある意味謙虚になったともいえるけど、理想の自分、思い描いた生活じゃなくても、まあ、これはこれでいいやないか。人と比べないなんて今の自分にはまだ無理やから、人と比べてもええやないかと。イライラしない、じゃなく、イライラしてる自分を否定しない。そんな時もある。みつをだもの。ｂｙにんげん（逆や。作者の母体でかすぎるわ）。

そしてすぐ「頑張った！　偉い偉い！」と自分を持ち上げる。雨の日とか寒い日なんか外に出るだけですごいと思ってるし、バランス悪くてもごはん作ってるだけで偉いし、疲れてる日はお風呂入ったり日常生活を送ってるだけで立派。ただでさえ世の中しんどいことといっぱいやから、自分だけでも自分をヨシヨシしてあげるのだ。

何かを選択する時、取るべき行動に迷った時も、自分を好きでいられるほうを選べばいいと思うようになった。

今の仕事をこのまま続けていいか悩んだ時は、会社の雰囲気、仕事内容、給料、待遇なんかの条件面や、仕事にやりがいがあるかよりも、**その仕事をしている自分が好きかどうか**。人付き合いで悩んだ時は、その人が良い人かどうかより、**その人といる自分が好きかどうか**。客観的にどれだけ良い環境でも、そこにいる自分のことがなんとなく嫌なら離れたらいいし、悪条件でも自分を好きでいられたらそれでいい。その基準、感覚は自分にしかわからない、自分しか持ってないもので。

昔は、ありのままの自分を受け入れてくれる人、ダメな自分を丸ごとわかってくれる人が理想だと思っていたが、今は一概にそうではないと思うようになった。というのが私の場合、受け入れてくれたらどこまでもダメ人間になってしまうのだ。

愚痴とかネガティブな感情って、聞いてくれたらスッキリして消えると思われがちやけど、実は愚痴れば愚痴るほど増えていく、母乳みたいなところがあって(何に例えんねん)。何を言っても受け入れてくれると自制心の鍵がはずれて、どこまで受け入れてくれるか試すかのように相手の気持ちを無視してイライラや寂しさ、不安、不満をどんどん見つけて垂れ流して。それで相手が受け止めきれなくなったら裏切られた気持ちになって、ホラやっぱり誰も自分のことなんてわかってくれないみたいな、面倒くささの極みに達する。相手が嫌になるというより、悪いところばっかり見せてる自分のことが心底嫌になるんです。

ある程度ネガティブの沼が浅いうちに自力で這い上がってこないと、気づいた時にはどっぷりはまって抜け出せない。無理したり我慢するのは違うけど、自分のことを嫌いにならない程度には自制心を持って、自分の足で、自分の意志でちゃんと立って一緒にいられる関係の人、結局のところ、**一緒にいて自分を好きでいられる人**が良いんです。ダメな人に惹かれる人がいるのもある意味ではうなづける。自分の存在意義が確かめられたり、必要とされることで満たされる、尽くしてる自分が好きになれたりするからだ(それがいいことではないかもしれんけど)。

って共感できへんわ！っていうような面倒くさい話に流れてしまったが、なんせ自分を嫌いにならずにいられるのが大事で。

愚痴や嫌味を言いたくなったら、言ってる自分、言わない自分、どっちのほうが好きか。嫌なことを頼まれたら、勇気を出してちゃんと断れる自分、なんだかんだで引き受けて頑張ってしまう自分、どっちのほうが好きか。同じお給料をもらえる場合、うまいこと息抜きしてスマートにこなす自分、いっさい手を抜かず全力で働く自分、どっちのほうが好きか。今その甘いものを食べる自分、我慢する自分、どっちのほうが好きか（言わんといて）。

自分を好きでいられる行動をする。
ダメな自分も認めて肯定し、自分に優しくする。

ある意味相反することのふたつを、その日のメンタルによって都合よく使い分ける。これが正しいかはわからんけども、当面はこの方法で、人生を進めていこうと思います。

災害時のモヤモヤと、思いと。

この10年の間に、地震や豪雨、豪雪、猛暑に台風など色々な災害があった。あった、と過去形にしているが、被災地では今も終わっていない。家族、友達、大切な誰かが被害に遭った傷は何年経っても完全には癒えないし、私などが想像もできないぐらい色々な思いを抱えて生きているのだろう。そして自分のように、幸いにも被害に遭わなかった者もいる。

テレビやネットのニュースを見るたびに、なんて言ったらいいかわからない悲しさ、もどかしさが渦巻く。悲しみが少しでもなくなりますように、平穏な日が訪れますように、物資がちゃんといき渡りますように、弱音を吐けますように、ちゃんと眠れますようにと、色々なことを願う。

かといってずっと想いを馳せてるわけでもなんでもなく、ふだんは忘れてさえいる。いつも通り仕事に追われ、いつも通り笑い、明日何食べようとか、週末は何をしようかとか考えている。ニュース番組でも観ない限り、どうかするとなんにも起きてないんじゃないかと錯覚しそうになる。

それでいい、なんもないねんから普通にしたらいいと思う。でもふと、そのことに焦点を当てた瞬間、怖くなって、こんなことをしている場合なのかと思えてくる。何かできることを呼びかけたほうがいいのか、いや、それもまた迷惑になるかも、わからないのに出過ぎた真似はすべきでない、でも何もしないのも薄情ではないか……。

大きな災害が起きた時、外にいる者は自分がどんな態度でいるべきか迷う。ふだん通り過ごすことに対して、どこか罪悪感があるというか。もはやこんな話を書くこと自体しょうもない、被害に遭われた方にしたら自分のことに必死で「どうでもええわ！」となるだろうし、「不謹慎ですよ」と言う人はいつだって外野が多い。それでもやっぱり、今まさに助けを求めている人がいて、現場は大変な状況。何もできないにしても、自分たちだけ楽しんでいいのだろうかと。

九州で豪雨災害が起きた時、いつものように音楽番組がやっていた。「こんな時だからこそ歌で元気づけてほしい」「普通の番組を観てホッとしたい」という人は絶対にいるから間違っていないと私は思う。でも、何も触れず、まるで自分とは関係ないことかのように楽しく盛り上がっているのを観ると、やっぱりモヤモヤしてしまう人もいるだろう。身近な人が被害に遭っていたら、何を呑気にと怒りに震えたり、温度差に泣けてくるかもしれない。

災害時は、どこにぶつけていいかわからない怒りや不安から、何をしても批判が起こる。行動すれば偽善、売名。何もしなければ無関心、無神経。でもどれかを選ばざるを得ないし、全員が納得できる答えはない。正義は立場によって変わるのだ。

ブログやSNSも然り。最初に決まり文句のように「今回の震災で被害に遭われた方…」と触れて、「では今日のレシピです」…って、なんやそれ。もう口先だけのようで、それだったら何も書かないほうがマシではないか。震災時に役立つレシピ？　そんなんほんまに被害に遭ってたら料理なんてしてる余裕ないわ。それこそ自己満、まるで役に立ってるかのような自分に酔ってる偽善者やないか。いや、偽善者やったらまだいい、人の気も知らないで…と余計にイライラさせたり、傷つけてしまうのではないか。いやいや、そんなこと考える時点でもう他人事だと思ってるやろ。無我夢中の人はどう見られるかなんて気にしてない、そこに迷いはないはずではないか。

そもそも災害に限らず、毎日どこかで誰かが亡くなっている。それは関係ないんか。ひとりならスルー、10人なら、100人なら気にかけるのか？　もっというと、世界では日々戦争でたくさんの人が亡くなっている。それはまた別の話？　日本じゃないから関係ない？　それもどうやねん。「今日で震災の日からちょうど1年です」…なんて1年間ずっと何も言わなかったくせに、思い出したように書きやがって。いやでも、せめてその日だけでも、思いを馳せるべきなんじゃないか。

もう、すべてが矛盾だらけで、考え出すと何もできなくなる。中途半端に触れるぐらいなら、もう何も言わない、あえて触れないという人も多いし、私もそうだった。極論、いつだってすべての人の心が晴れている時はないから、今の自分の環境を基準にして生きるしかない。

でも、その合間に見るニュースに胸が痛むのも間違ってない。生き物が殺される映像に残酷だと嘆きつつ、焼肉を喜んで食べる。虐待のニュースを観て泣いた直後に友達と爆笑する。どの感情もうそではなくて、矛盾した感情が常にいくつも存在しているのが人間なのだ（そこの整合性を取ろうとすると、人間そのものが汚い存在に感じて病むやろうし、実際そういう人もいると思う）。

自粛する人、つとめて明るくふるまう人、情報提供をする人、ふだんと変わらない生活を送る人。全部間違ってない。「こんな時なのに」も、「こんな時だからこそ」も根っこは同じなのだ。

ただ、大阪で地震や台風があった時に思ったことがある。個人的に大きな被害は全然なかったのだが、すぐに連絡をくれた友達、コメントで心配してくださった方がいて、それが嬉しかった。たとえ「大丈夫ですか？　心配しています」と打ちながら飲み会で爆笑していたとしても、一瞬でも思い出し、気にかけてくれたということがありがたかったのだ。

だから、口先だけかい、こういう時だけかいって思ったとしても、大丈夫かなって心配しているってことは、伝えてもいいのかもしれない、伝えよう、と思った。頭の中でどれだけグルグル考えていたとしても、口に出さない限り相手にとっては無関心と変わらない、伝わらないのだ。

そして今、初めて、誰もが当事者である災害に見舞われている。終わりも見えないし正解もわからない。でも、誰が悪い、誰が間違ってるとか、他人を非難するのは、やめへん？とか言うのもどの立場やねんと思うし、人は人だ。私はやめようと思う。しんどいことはコロナだけで十分なのだ。悪口を言うなら、頑張ってる人にお礼を言いたい。優しい言葉をかけ合って乗り越えたい。

いつか、あの時はほんまにみんな大変やったな…と振り返れますように。会いたい人と会って、おいしいものを食べながら思い切り笑って、抱きしめ合える日常が戻りますように。

今どこかでつらい思いをしている方に、少しでも笑える日が来ることを、心より願っています。

あとがき

改めまして、山本ゆりと申します。章を重ねるごとにどんどん暗い闇に引きずられていくという斬新なスタイルでお送りしてしまいましたが（もうラーメンの話忘れてるわ）、この本を手に取ってくださって本当にありがとうございます。とりあえず、はまざきまいの登場頻度どんだけ高いねん。

あ、あとがきから読まれるタイプの方でしょうか？　初めまして‼　いやーすみませんこんなよくわからんタイトルの本を手に取ってくださってほんとに。重いのにもう。おしゃべりな方ですか？　人見知りの方ですか？　どうぞどうぞゆっくりしていってください。最初生でいいですか？　お兄さーん生ビール2丁お願いしますー　すみませんこんなボサボサの頭で。昨日濡れたまま寝てしまって（笑）ハハハ（笑）。

（シャ――――……）※帰宅後の反省シャワー

2冊目のエッセイ本から5年。ずっと待ってくださっていた方、ブログの読者さんにまずはお礼が言いたいです。いつも支えてくださって、寝る前にコメントを読む楽しみをくださって、いつも温かい「無人の野菜売り場」を保ってくださって本当にありがとうございます。そしてツイッター、インスタグラムをフォローしてくださったり、著書を読んでくださっている方も本当にありがとうございます！

またデザイナーの清水さん。注釈などほんとにややこしく、また修正だらけの本を、こんなに素敵なデザインに仕上げてくださって本当に感謝の気持ちでいっぱいです。

そして長い間、プレッシャーをかけずに待っていてくださった編集の小林さん。普通ならバサバサ割愛するところを、「もっと読みたいです」「自由に書いてください」と言ってくださり、私が自分で落とすまで、どの文章も削除しない優しさに感動しました。最終原稿500ページ以上に膨れ上がってふたりで困り果てたのも良い思い出です。落とした原稿は4冊目に！

特になんの事件もない、何気ない日常の話をこれでもかと詰め込んだ1冊。でも人生は日常がすべて、日常こそが貴重なんですよね。どこを切り取るか、どうとらえるかで物事は悲劇にも喜劇にも持っていけるから、どうせなら小さい幸せをいちいちクチャクチャ噛みしめ（ガムか）、できるだけおもしろがって過ごしたい。しんどいことも、傷つくことも、孤独を感じることも、涙が止まらないこともあるけど、生きてさえいれば、色んなことが大丈夫になる時がいつかくるんじゃないかと私は思う。

今、世の中がモヤモヤしたり、みんな不安や疲れが溜まってギスギスしてますが、この本を読んでる間だけでも、ちょっと休憩してもらえたら。何を伝えたいとかもおこがましい、まさに不要不急の1冊ですが、クラッチバッグにでも忍ばせて出かけて頂けたら嬉しいです。（全336ページ。地獄やわ）

季節の変わり目ですが、ご自愛くださいませ（ヨッ）。

山本ゆり

山本ゆり Yamamoto Yuri

料理コラムニスト。１９８６年大阪生まれ＆在住。結婚前は広告代理店の営業、現在は３児の母。著書「syunkonカフェごはん」シリーズ（宝島社刊）は10冊累計で６７０万部を超えるベストセラーに。ツイッターのフォロワー数は１００万人、インスタグラムは90万人を超える。『syunkonカフェ　どこにでもある素材でだれでもできる料理を１冊にまとめた「作る気になる」本』、エッセイ『syunkonカフェ雑記　クリームシチュウはごはんに合うか否かなど』『syunkon日記　スターバックスで普通のコーヒーを頼む人を尊敬する件』（すべて扶桑社刊）も発売中。どこにでもある材料でできるレシピと日常の話をつづったブログを気まぐれ更新中。

ブログ「含み笑いのカフェごはん『syunkon』」
http://ameblo.jp/syunkon/
Instagram：@yamamoto0507
Twitter：@syunkon0507

デザイン　清水肇［prigraphics］
カバー・帯・レシピページ写真　難波雄史
写真・イラスト　山本ゆり

syunkon日記

おしゃべりな人見知り

発行日　２０２１年３月31日
初版第１刷発行

著者　山本ゆり
発行者　久保田榮一
発行所　株式会社扶桑社
〒１０５－８０７０
東京都港区芝浦１－１－１浜松町ビルディング
電話　０３－６３６８－８８７３
０３－６３６８－８８９１
www.fusosha.co.jp

製本・印刷　大日本印刷株式会社

Printed in Japan　ISBN978-4-594-08792-0